ハヤカワ・ミステリ

ED McBAIN

でぶのオリーの原稿

FAT OLLIE'S BOOK

エド・マクベイン
山本　博訳

TOKYO
HAYAKAWA
BOOKS

A HAYAKAWA
POCKET MYSTERY BOOK

FAT OLLIE'S BOOK
by
ED McBAIN

Translated by
HIROSHI YAMAMOTO
First published 2003 in Japan by
HAYAKAWA PUBLISHING, INC.
This book is published in Japan by
arrangement with
HUI CORPORATION
c/o CURTIS BROWN GROUP LTD.
through THE ENGLISH AGENCY (JAPAN) LTD.

毎度変わりばえがしないのは承知のうえで
本書も、そしていつまでも変わらず
わが妻ドラギガ・ディミトリエイチ‐ハンターに。

この小説に現われる都市は架空のものである。
登場人物も場所もすべて虚構である。
ただし、警察活動は実際の捜査方法に基づいている。

でぶのオリーの原稿

装幀　勝呂　忠

登場人物

オリー・ウィークス……………………88分署の一級刑事
イザドア・ハーシュ……………………88分署の警部補
パトリシア・ゴメス……………………87分署の巡査
イザベラ…………………………………オリーの妹
レスター・ヘンダーソン………………市議会議員
パメラ……………………………………レスターの妻
アラン・ピアス…………………………レスターの補佐
ジョシュ・クーガン……………………レスターのマスコミ担当
ガブリエル・フォスター………………牧師
フランシスコ・パラシオス……………情報屋
エミリオ・ヘレーラ
アン・ダガン　}……………………麻薬中毒者
ロシータ・ワシントン…………………麻薬の売人
ハリー・カーチス
コンスタンチン・スカヴォポロス
ロニー・ドイル　}…詐欺師
スージー…………………………………ハリーの妻
クラレンス・ウィーヴァー……………退役軍人
ハニー・ブレア…………………………ＴＶレポーター
シャーリン・クック……………………市警の外科部長代理
ネリー・ブランド………………………地方検事補
スティーヴ・キャレラ
アイリーン・バーク　}………………87分署の二級刑事
バート・クリング
アンディ・パーカー　}………………87分署の三級刑事
ジミー・ウォルシュ……………………87分署の風紀取締班
ピーター・バーンズ……………………87分署の警部

1

初動捜査——誰かがマーティン・ルーサー・キング・メモリアル・ホールから九一一番に電話をかけてから、八八分署のボーイ・セクター所属の八一号車が現場に到着するまで——は、たった四分二十八秒しかかからなかった。それでも、銃を撃った犯人は、とっくにどこかに消えていた。ただ、目撃者がいて、ホールの東側の路地から誰かが走って行くのを見ていた。彼は、警察や、ことに、たった今到着したテレビ局の連中に話を聞いてもらいたくてうずうずしていた。

目撃者は、ひどく酔っぱらっていた。

このあたりでは、銃声を聞いたら、誰もが走って逃げる。このあたりでは、走っている者がいたら、もちろんバスに飛び乗ろうとしているわけではない。この目撃者は走ってはいなかった。走れるどころではなくてひどい千鳥足で、倒れないようにするのがやっとだった。すでに朝の九時か十時、まあ何時でもいい、この男は立っていられないだけでなく、すごく酒臭かった。なんとか、路地に出してあるゴミの缶に座ることが出来た。その後ろでは、樋に集まった雨水が縦樋を伝って蓋のない下水格子の中に流れ込んでいた。

酔っぱらいは、いちはやく駆けつけた八一号車の警官に、ろれつが回らない口で、言った。俺はベトナム戦争の退役軍人だ。そんなことでも言えば少しは尊敬されると思いこんでいるのだ。制服警官の目には、薄汚い老いぼれた酔っぱらいの黒人にすぎなかった。ぼろぼろの作業ズボン、くすんだオリーブ色のタンクトップ、すり減ったペニーローファー。靴下は履いていない。ゴミの缶からすべり落ちないようにするだけで一苦労している。壁で支えようと手を伸ばしながら言った。この路地に入ろうとしたとき、あの男が飛び出してきて……

「セント・セバスチャン通りで左に曲がって」酔っぱらいは言った。「アップタウンの方へ走って行ったぜ」

「お前さんはなぜ路地なんかに入ろうとしたんだ?」制服警官の一人が聞いた。

「ゴミの缶を見ようと思ってさ」

「なぜだ?」

「瓶だよ」彼が言った。「換金してもらうのさ」

「その時に、誰かがここの路地から飛び出してきたって言うんだな?」もう一人の制服が聞いた。彼は思った。こんな老いぼれの酔っぱらいのために、なぜ時間をむだにしなきゃならないんだ。自分たちは迅速に対応した。だがこれ以上こんなやつにつき合っていたら、巡査部長からぐずだと思われてしまう。ところが、テレビカメラが回っていた。

「コウモリが糞から飛び出したみたいに猛スピードで路地から飛び出してきやがった」酔っぱらいが言った。チャンネル4の移動レポーター、茶色のミニスカートに黄褐色のコットン・タートルネックセーターを着たブロンド美人、ハニー・ブレアはひどく困っていた。その瞬間、カメラがしっかりとその男の顔を捉えていたからだ。〝糞〟などというような言葉が入ると、ビープ音でもかぶせて消さないと、このショットが使えなくなってしまう。プログラム・マネージャーは、取材中の言葉をビープ音で消したがらない。公平でバランスのとれた報道ではなく、検閲でもされているように聞こえるからだ。反面、酔っぱらいというのは、とてもコミカルだし立派な気晴らしとなる。庶民は酔っぱらいが好きだ。映画や芝居に酔っぱらいのシーンを入れてみればいい。今でも観客は笑いころげるはずだ。しかし、面白い画面の裏では酒浸りの夫から殴られている妻たちをどのくらい多くインタビューしてきたかを知ってもらいたかった。

「どんな男だった?」最初の制服警官が聞いた。テレビカメラを意識して、ベテラン捜査官のような口のきき方をした。ほんとうは、八カ月前にパトロールを始めたばかりの新米なのだ。

「若造だよ」目撃者は言った。

「白人、黒人、それともヒスパニックか?」最初の制服警官が鋭い声で聞いた。本人は、テレビの視聴者に大物だと思われるような態度をとったつもりでいたが、カメラが彼ではなく目撃者に向けられていることに気付いていなかった。

「白人のガキだ」目撃者が答えた。「ねえ、お巡りさん、ジーンズをはいて……ありゃ何て言うんだい、スキーパーカーかな。それから、白のスニーカーと、大きなつばのついた黒い帽子。いやあ、速いのなんのって。もう少しでぶったおされるかと思ったよ」

「銃は持っていたかね?」

「見なかったなあ」

「銃を手にしているとか、そんなことはなかったんだね?」

「ないね」

「わかった、ご苦労さん」最初の制服警官が言った。

「こちら、ハニー・ブレア」チャンネル4のレポーターが言った。「ダイヤモンドバックのキング・メモリアル前からお届けしました」。彼女は、左手の人差し指で自分ののどを掻き切る真似をして言った。「皆さん、これで終わりね」。それからテレビ班のチーフの方に向くと「この人から放送承諾のサインをもらってくれない? 私は中に入るから」と言い、正面入り口のガラスドアへ向った。その時、ベトナム戦争退役軍人が——それが本当にそうならばだが——質問した。「礼はもらえるかな?」ハニーは思った。どうして放送中にきかないのよ。

この街はいつだって邪悪な大都市《ビッグ・バッド・シティ》だ。今もそうだし、これからもずっとそうだろう。

この事実は絶対変わらない、オリーはそう思った。絶対に。

しかも、春が一番ひどい。もっとも、至る所で花が咲く。八八分署管区でさえ咲いている。バラの花園でもないのに。

一級刑事のオリヴァー・ウェンデル・ウィークスは、この明るい四月の朝、ニヤニヤしていた。それにはもっともな理由があった。本を終わったところなのだ。終わったと言っても読み終わったのではない、何と書き終わったのだ。

最終章だけはまだ読み返しているところだから、アパートにおいてある。もうこれ以上手を入れる必要はないとは思うのだが、最終章がもっとも重要だということもまままある。それに気が付いたから、完璧を期すつもりなのだ。今、八八分署からさほど離れていないコピー屋に完璧にできあがった分を持っていくところだ。

彼は考えた。隣の八七分署でも太陽が輝き、花が咲いているのだろうか。今はロッキー山脈でも、ロンドンでも、パリでも、ローマでも、イスタンブールでも、どこでも、春が来ているのだろうか。初めての小説を書き終えるとき、世界中に花が咲くのだろうか。今や、れっきとした作家気取りのオリーは、かくも深遠で計り知れないこの世の事象まで思いめぐらすことができるのだ。

『市警察本部長への報告書』と題するオリーの本は、アタッシェケースの中にしっかりとしまわれ、彼が乗ってこの美しい市を走り回っている車の――法の番人の特権の一つなんだぜ――後部座席に置かれている。シェヴィーのセダンは、川面を渡るそよ風を入れるために窓が大きく開け放ってある。陽光に輝く、美しい月曜の朝十時三十分だった。

オリーは七時五十分に出勤し(五分の遅刻。だが誰が気にするっていうんだ?)、机の上のくだらない雑用を片づけ、今、分署から四ブロックも離れていないカルヴァー・アベニューのコピー屋に向かっているところだった。これまでのところ、その日は――

「テン・フォーティ、テン・フォーティ……」

ダッシュボードの無線機だ。

緊急出動。

「キング・メモリアル。住所、セント・セバスチャンと南三十番街。拳銃所持の男。テン・フォーティ、テン・フォーティ。キング・メモリアル……」

オリーはアクセルを踏んだ。

彼は、マーチン・ルーサー・キング・メモリアル・ホール横の縁石に車を突っ込んで止め――違法駐車だが――警察許可と書かれたカードが見えるように運転席側のバイザーを下ろし、鍵をかけた。顔をしかめながら威張って近づいてきた制服警官にブルーとゴールドのバッジをさっと見せた。「八八分署のウィークスだ」と言うと、ついて来たその警官と、あたりの見物人に手当たり次第マイクを突きつけているテレビチームをかき分けて入った。刑事の盾型《シールド》のバッジをまるで本物の戦士の盾《シールド》のように、行く手に立ちはだかる野蛮人に向かって高々とかかげながら、ホール正面入り口のガラスドアを堂々とくぐり、大理石のエントランスロビーに入り、続いて問題のホールに入った。現場にはすでに一握りのお偉方が来ていて、何やら重要な事態が進行しているようだった。

「おやおや、大男のお出ましか」という声がした。

その昔、妹のイザベラがオリーのことを〝大男〟と呼んだことがある。オリーはそれが〝デブ〟と同じ意味だということを知っていたから、素直には受け取らなかった。それどころか、その年はイザベラにバースデイ・プレゼントを買ってやらなかった。オリーは、自分のことを〝でぶ《ファット》のオリー〟と呼んでいる仲間がいることを知っている。しかし、誰もそれを面と向かって言わないのは、自分に敬意を払っているからだと解釈している。だが、〝大男〟と呼ばれたところで大して変わらない。オリーは、二羽の頑健なペンギンそっくりの、殺人課のモノハン刑事とモンロー刑事がすでに現場に来ているのを見て、頭に来た。誰かがやられたんだ。大ごとだ。この八八分署管内では、十秒ごとに誰かが殺されていると思わせられることが時々ある。オリーのことを〝大男〟と呼んだのはモノハンだ。傍らでモンローがその通りだと言わんばかりに、ニヤニヤしている。一対のブックエンドのような二人は、黒装束——死の色、殺人課の非公式の色——に身を固めている。この阿呆《あほう》たちは、警察の瓜二つ野郎《ツイードルダムとツイードルディー》だ。オリーは、二人の口にパンチでも一発くらわせたくなった。

「やられたのは誰だ？」彼が聞いた。

「レスター・ヘンダーソン」

「冗談だろう？」

「俺たちがお偉い刑事さんに冗談を言うかね？」モノハンが言った。

「超一流の刑事さんに？」モンローが言った。まだニヤニヤしている。

「そんなものは自分のけつの穴にでも突っ込め」オリーは丁寧に説明してやった。「他に八八分署から来た者は？」

「お前さんが一番乗りさ」

「それじゃあ、俺の担当だな」オリーが言った。

この市では、殺人現場には必ず殺人課の刑事が来ることになっている。その必要があろうとなかろうとだ。〝顧問兼監督〟のつもりなんだろう。ということは、事件を摑んだ分署刑事の邪魔をするのが仕事なのだ。この事件は、オリーが一番乗りをしたから、オリーの担当になる。ただ、殺人課には、報告書を三部提出しなければならない。それさえすれば、あとは自分の好きにやれる。オリーは、俺たちが何から何までやるのがこの大都市の警察のしきたりだということをこのM&M野郎に今更悟らせる必要はないだろうと思った。殺人課の栄光なるものは、テレビを別にすればとっくに消えてなくなっている。そのことは、こいつらも十分承知のはずだ。

死んだ男は、赤、白、青の旗がかかっている演壇のかたわらに、だらしない塊のように仰向けに倒れていた。演壇の頭上には〈レスターは法律を意味する〉という垂れ幕がかかっている。オリーは、それが何を意味するのかわからなかった。死んだ男が身につけているのはブルー・ジーンズに茶のローファー。靴下は履いていない。それにピンクのクルーネックのコットンセーター。セーターの前は血がにじんでいる。

「どういうことだ？」オリーが聞いた。

「舞台の袖から撃たれた」モンローが言った。「今晩の大集会の準備をしている最中……」

「誰が？」

「彼の支援者たちがだ」

「ここにいる者たち全員がか？」

「ああ、全員だ」

「多すぎるな」

「その通り」

「どんな集会なんだ？」

「大規模な資金集めだな。だから、ライトやアメリカ国旗やカメラや万国旗を取り付けたりしてる。大がかりだ」

「それで？」

「誰かが、あそこの袖から半ダースほどぶっ放した」

「それは正確な数字かね？　それともあんたの当てずっぽうかい？」

「ヘンダーソンの補佐がそう言ってた。五発か六発。まあ、そんなもんだろう」

「ヘンダーソンの補佐？　誰だね、それは？」

「あそこでレポーターに囲まれているやつさ」

「あいつらを入れたのは誰だ？」

「我々が来たときには、もういたね」モンローが言った。

「たいしたセキュリティだな」オリーが言った。「補佐の名は？」

「アラン・ピアス」

だらしなく突っ張った姿で倒れている死体が、移動科研班の技師と検視官に囲まれている。検視官は、死んだ男の脇に膝をつき、ピンクのコットンセーターをそっと持ち上げた。この専門家たちの一団から十五フィートも離れていないところで、死んだ男のとよく似たブルー・ジーンズに、ブルーのデニムシャツ、ブルーソックスと黒のローファーを履いた男が、鉛筆とメモ、マイク、フラッシュカメラを振りかざしながら騒いでいる大勢の報道記者たちの真ん中に立っていた。背が高く、すらりとした男。ジョギングと水泳とウエイトリフティング——オリーに言わせればどれもがすべて時間の無駄だ——をしながら消費カロリーを計算しているような男、ピアスは青ざめて呆然としていたが、それでもどうにかこの状況に対応しているようだった。彼の周りに群がっているレポーターたちは、便所に行く道をあけてくれるようにと手を振り回している一団の三年生のようだった。

「どうぞ、ハニー？」ピアスが言うと、ミニスカートから脚と股をたっぷりと出した小柄でかわいいブロンドが、ピアスの顔の前にマイクを突き出した。オリーは、彼女が〝十一時のニュース〟に登場する移動取材班の、ハニー・

ブレアだとわかった。

「ミスター・ヘンダーソンが市長選に出馬する決心をしていたというのは本当ですか？」彼女が聞いた。

「その件については、前に……この事件の前に、彼と話し合う機会がありませんでした」ピアスが言った。「ただ、この週末にカーソン知事の側近たちと会っています。そのために州北部《アップステート》に行ったようなものですから」

「あなたご自身も市長をねらっているという噂がありますが」ハニーが言った。「本当ですか？」

「そんなことを聞くのは初めてです」ピアスが言った。

俺もだよ、とオリーは思った。だが、えらくおもしれえ話じゃないか、ミスター・ピアス。

ハニーは引き下がらなかった。

「では、助役に立候補することは考えませんでしたか？ ミスター・ヘンダーソンが市長ということで？」

「私どもはそのことについて話し合ったことはありません。デイヴィッドさん、どうぞ？」

オリーが二、三度市庁舎のあたりで見かけた男が、ピアスにマイクを突き出した。

「あのう」彼が言った。「あなたはどこにいらっしゃったんですか、ミスター・ヘンダーソンが……？」

「そこまでだ。みなさん、ご苦労さん」オリーはそう言うと、レポーターが群がっている中に割り込んだ。初めてできた子供の写真を誇らしげに見せる父親のように、バッジをさっとかざしながら「ここは警察の管理下だ。さあ、帰った、帰った」と言うと、制服警官の一人に、この群衆を外に出すように指示した。文句を言いつつ、記者たちはぞろぞろ舞台の袖へ引き上げていった。ハニーが出ていこうとしたとき、オリーが立ちふさがって言った。「やあ、なぜ急いでいるんだね？ 挨拶ぐらいないのかね？」

彼女は面食らってオリーを見た。

「オリヴァー・ウィークスだよ」彼がいった。「八八分署の。動物園のことを覚えていないかね？ ご婦人がライオンに食われただろう？ クリスマスのころだが？」

「ああ、そうだったわね」ハニーは全く興味を示さずにそういうと、再び向こうへ行きかけた。

「少しゆっくりしていけよ」オリーが言った。「後でコーヒーでも飲もうよ」

「ありがとう。でも締め切りがあるから」彼女はそう言って、舞台を降りていった。

オリーはピアスにバッジを見せた。「ウィークス刑事だ。八八分署の。会議の邪魔をしてすまんな。見たことを話してもらいたいんだが」

「わかりました」ピアスが言った。

「ミスター・ヘンダーソンが撃たれたとき、あんたはここにいた、確かかね？」

「隣に立っていました」

「撃ったやつを見なかったかね？」

「いいえ、見ませんでした」

「他の刑事に、銃弾は舞台の袖の方から飛んできた、と言ったそうだが」

「そう思えたんです」

「ほう？　じゃあ、考えを変えたのか？」

「いいや、そんなことありません。銃弾は舞台の袖から飛んできたと、今でも思っています」

「しかし、狙撃犯は見なかった」

「ええ、見ていません」

「そいつは五発か六発撃ったが、あんたは見なかった」

「ええ」

「なぜ？」

「最初の一発を聞いて、ひょいっと身をかがめたからです」

「俺もそうしただろうな」オリーは物わかりよく言った。

「二発目の時は？」

「レスターが倒れてきたんで、支えようとしました。舞台の袖を見ている暇なんかありません」

「三発目からは？」

「レスターの上にかがみこんでいました。誰かが走っていくのは聞こえましたが、何も見ませんでした。大混乱ですから、おわかりいただけるでしょう」

「助役に立候補するつもりは？」

「そんなこと誰からも頼まれていません。レスターの補佐にすぎないんです」

「ところで、どういう意味だね」オリーが聞いた。「補佐というのは?」

「あの人の右腕ということでしょう」ピアスが答えた。

「秘書のような?」

「助手に近いでしょう」

「じゃあ、政治的野心はないということかね?」

「そうは言っていませんよ」

「じゃあ、あるんだ」

「政治的野心がなければ、政治に首を突っ込んだりしないでしょう」

「ちょっと失礼、アラン」声がした。

オリーが振り向くと、か細く、几帳面な感じの小男が、ブルーのブレザー、赤のネクタイ、白いシャツ、グレーのズボンにソックス、黒いローファーというでたちで立っていた。テロリストがクラレンドン・ホールで爆弾を仕掛けて以来、この市では誰もがアメリカ国旗のような服装をしている。オリーに言わせれば、まあその半分は人まねだ。

「話の最中だ」オリーが言った。

「すみません、でも、ちょっと聞きたいことがあって……」

「この男を知ってるのかね?」オリーがピアスに聞いた。

「ええ。マスコミ担当のジョシュ・クーガンです」

「すみません、アラン」クーガンが言った。「本部に帰った方がいいかもしれないと思ってるんだが。たぶん、電話が殺到しているだろう……」

「いや、ここは犯行現場なんだ。」オリーが言った。「ここを離れんなよ」

クーガンは、一瞬、狼狽したようだった。二十四、五にはなっているだろうが、宿題をやっていなくて居眠りでもしようとしたところを突然指されてしまった高校生のようだった。オリーはとりわけ政治に熱を上げることはないが、急にここが悲しく思われてきた。二人の男が途方に暮れている。二人を連れだしてビールを飲ませてやりたいくらいだ。代わりに言った。「事件が起きたとき、あんたはこのホールにいたかね、ミスター・クーガン?」

「ええ、いました」

「ホールのどこに？」

「バルコニーです」

「そこで何をしてたんだ？」

「音響をチェックしてました」

「そのとき、銃声を聞かなかったかね？」

「聞きました」

「バルコニーで？」

「いいえ」

「じゃあ、どこで？」

「下のどこかです」

「下のどこだ？」

「舞台です」

「舞台のどっち側だ？」

「わかりません」

「右か左か？」

「ほんとうにわかりません」

「バルコニーには、他に誰かいなかったかね？」


「いいえ、僕一人でした」

「ところで、ミスター・ピアス」オリーがピアスの方に向いて言った。「ミスター・ヘンダーソンと一緒に州北部《アップステート》に行ったとレポーターに話したようだが」

「ええ、話しましたよ」

「州北部のどこかね？」

「州都ですが」

「いつ？」

「土曜の朝一緒に飛行機で。彼の補佐ですから。いや、補佐でしたから」彼は言い直した。

「帰りも一緒だったのかね？」

「いいえ。私は日曜の朝帰りました。朝七時の飛行機で」

「ということは、彼は日曜はずっと一人きりだったということだな？」

「ええ」ピアスが言った。「一人でした」

「あんたがここの担当刑事さん？」検視官が聞いた。

「おお、そうだ」オリーが言った。

「死因は胸の銃創だ」

たいした新事実だよ、とオリーは思った。

「もういつでも死体を動かしていいよ。死体保管所で何か新発見があるかもしれない。俺はないと思うけどな。頑張ってくれ」

モノハンが、赤いバンダナを巻き、ハイトップの作業靴を履いた男と歩いてきた。オーバーオールからは筋肉質の腕がむき出しになり、左の二の腕には〝忠誠《センパー・フィデリス》〟という入れ墨が彫ってあった。

「ウィークス、チャールズ・マストロヤンニだ。ホールの飾り付けを請け負っている。話を聞きたいだろうと思ってな」

「マルチェロとは関係ありませんぜ」マストロヤンニはすぐそう言ったが、言ったところで無駄だった。オリーには何のことだがまったくわからなかったからだ。「我が社はフェスティブ・インコーポレイテッドというんですがね」

彼は言った。当節、どんな職場に行ってもめったにお目にかかれないくらい仕事への誇りと情熱が態度にみなぎっている。「市のイエローページの〝装飾請負業者〟の欄に載ってます。イベントに必要なものをすべて取りそろえるのが、仕事です。結婚式やバルミツヴァ（ユダヤ教の成人式）はやりません。そんなのは宴会業者にやらせています。イベントの方がずっと規模が大きい。このキング・メモリアルの舞台の飾り付けがいい例でね。万国旗から風船、垂れ幕、音響機器、照明、その他何でも準備したんだ。欲しいと言われれば、バンドだって連れてくる。でも、今回のは、そういったぐいのものじゃなかった。まあ、そういうことですから、ホールの飾り付けと配線をして、お客さんがいつでも楽に使えるようにしたんです。議員は演壇に上って話すだけでいい」

議員は演壇に上って撃たれるだけでいい、とオリーは思った。

「金は払ってもらえるのかね？」彼が聞いた。

「えっ？」マストロヤンニが言った。

「お楽しみに対してさ。殺しがあっただろう」

「もちろん。でしょうね」

「仕事の契約は誰としたんだね」

「委員会です」

「どの委員会？」

「ヘンダーソンを支持する委員会」

「契約書にそう書いてあるのか？」

「書いてあります」

「契約書に署名したのは？」

「さあ、わからないな。郵送されてきたもんだから」

「まだ持っているかね？」

「探してみましょう」

「頼む。誰がお前さんを雇ったのか知りたいんだ」

「いいですよ」

「議員が殺された時、お前さんと一緒に舞台にいた連中だが」オリーが言った。「あの連中はみな常連かね？」

「どういう意味ですか、常連って？」

「あの連中とは前に一緒に仕事をしたことがあるかね？」

「もちろん。いつも一緒ですよ」

「みんな信用がおけるのかな？」

「もちろんです」


「お前さんが知らない者はいない。そういうことだな？俺が言いたいのは、あの連中の誰かが……」

「とんでもない、そんなことは」

「武器を隠して持っていて、ヘンダーソンを撃ったかもしれないということだ。そこんとこを聞きたいんだ」

「そんなことをする者はいません。全員保証します」

「とにかくこれは俺の仕事だからな。いずれにしても、八八分署の仲間をあの連中のところにやって、ひとりひとりに話を聞かせてもらわなきゃならんね」

「そんな心配はご無用です」

「そうだな。ところが、俺の方はそんなことが心配なんだな。ま、そんなわけだから、ここで仕事をしている者全員のリストをくれ」

「いいですよ。でも、あの連中はみんな身元が保証されています」

「なぜだね？」

「宝石や何かがそこらに置いてあるようなところで、大きなイベントを手がけることもあるんで……」

「ほほう」

「高価な骨董品なんかがあって、会場は大きな屋敷で……」

「あの連中は正直者だと言いたいわけだな」

「その通りです」

「ハエ一匹殺さない、とそう言いたいんだね」

「基本的には、そういうことになります」

「いずれにしても、あの連中と話をしなければならない」オリーが言った。「だから、いいかな、あの連中の名前を全部教えてくれた後で、あいつらに二、三日は市を離れてはいけないと言っておけ。こっちが話を聞きに行くまでだ」

「おやすいご用です」

「よし。じゃあ、聞かせて欲しいんだが、ミスター・ヤニ……」

「マストロヤンニです」

「俺はそう言っただろう?」

「いえ、刑事さんが言われたのは……えーと、なんだっけな、とにかく、マストロヤンニじゃなかった」

「お前さんは、名前を変えようと思ったことはないのかね?」

「ありませんよ」

「もっとやさしい名前に?」

「いやですよ、そんなこと。でもどんな名前に?」

「たとえば、ウィークスとか。短くて、すてきで、やさしい名前だ。そうすりゃ、みんな、お前さんのことをアメリカ人の刑事と親戚だと思うよ」

「そんなことしたくないですよ」

「お前さん次第だがな。うん」オリーが言った。

「それに、俺はアメリカ人ですよ」マストロヤンニが言った。

「もちろん、そうだろうとも」オリーが言った。「しかしな、チャールズ、お前さんのことをチャールズと呼んでもいいかな?」

「みんなは、チャックと呼んでます」

「チャックってやつは、だいたいがホモだっていうんだがな?」

「俺は違います」

「お前さんはチャックじゃないのか?」

「ホモじゃないって言ってるんです」

「じゃあ、チャールズと呼んだ方がいいんじゃないのか?」

「それより、ミスター・マストロヤンニと呼んでもらいたい」

「わかった。だが、アメリカ人の名前らしくないな、そう思わんかね? ところで聞かせてもらおうか、チャック、議員が殺されたとき、正確にはどこにいたんだ?」

「あそこの演壇の近くに立ってました」

「それで?」

「銃の音が聞こえました。そうしたら彼が倒れてきたんです」

「あそこの袖から聞こえてきたのか?」

「いや。バルコニーからです」

「何が起きたのか話してくれ、チャック。お前さんの言葉でだ」

「俺以外の言葉でしゃべれるはずがないじゃないですか?」マストロヤンニがいった。

「こりゃ傑作だ、チャック」オリーはそう言うと、ドラゴンのようにニヤリとした。

「さあ、話してくれ」

マストロヤンニの話によると、当の議員はエネルギッシュな小男で、九時十五分前にホールに到着。ジーンズにクルーネックのコットンセーター、ローファーという、仕事向きのほんとにカジュアルな格好だった、わかるでしょう? そこらじゅうを行ったり来たりしていた。補佐や、彼がいつも連れ回っている大学生みたいな坊やと相談をし、自分や自分の部下に指示を与え、風車みたいに腕を振り回し、あっちへ走り、こっちに走り、風船をあげるたびに前に出ていって舞台効果をチェックし、大学生の坊やをバルコニーにやって音がどう響くか聞かせ、次に自分もバルコニーに上がって補佐がマイクに向かって喋る声に耳をすませ、降りてきては演壇にかけた布がきちんとなっているか、垂れ幕が思い通りのところにかかっているか確認し、再び音響効果をチェックし、オーケーのサインを送ってきたバルコニーの坊やに手を振り、自分が紹介されたあと、どこでスポットライトが当たるのか知りたくて照明のチェックを始め……

「そんなことをやってるときに撃たれたんです。舞台の端から演壇に向かって歩きながら、スポットライトがちゃんとついてくるか確かめていたんです」

「お前さんはどこにいたんだね？」

「演壇です、さっき言ったでしょう。ブースの男を見上げながら待っていたんです、議員が……」

「ブースの男とはなんだね？」

「彼の担当者です」

「お前さんが使っている男か？」

「いや」

「じゃあ、誰だ？」

「知りませんよ。このホールで働いている人じゃないんですか？」

「誰なら知ってるんだ？」

「参ったなあ」

「お前さんは何から何まで取りそろえるんだと思っていたんだがな。音響、照明……」

「舞台上の照明ですよ。普通、ここのようなホールの場合、そなえつけの照明器具があって、専従の照明技師やエンジニアがいるんです。照明エンジニアと呼ばれることもあるんです」

「そのブースの男と話したことは？　技師だか、エンジニアだか知らんが」

「ありません」

「話をした者は？」

「ミスター・ピアス――ヘンダーソンの補佐だけど――が大声で何か言ってました。議員自身も大声を出していました。大学の坊やも指示を出していたと思いますよ。上のバルコニーから」

「銃撃が始まったとき、坊やは上にいたのか？」

「そうだと思います」

「上を見なかったのかね？　そこから弾が来たと言ったぞ。誰が撃ったか見ようとしなかったのかね？」

「しましたよ。けど、スポットライトで目がくらんだんです。スポットライトが演壇までずっと議員を追ってきてましてね。そのとき撃たれたんです。ちょうど演壇に着いたときに」

「ということは、スポットライトを操っていた男はまだ上にいた。そういうことだな？」

「当然上にいたはずです」

「そいつが誰だが見つけようじゃないか」

モールをやたらとくっつけた制服姿の警視が歩いてきた。オリーは自己紹介をしておいた方がいいだろうと思った。

「ウィークス刑事です」彼は言った。「八八分署の。一番乗りをしました」

「そうらしいな」警視はそう言うと、むこうへ行ってしまった。

2

オリーが車に戻ってくると、なんと助手席側の後ろの窓が破られ、ドアが大きく開いていた。『市警察本部長への報告書』が入ったあのアタッシェケースが消えている。オリーは一番近くにいた制服警官の方に向いた。

「おい！」彼は言った。「お前は警官か、それともドアマンか？」

「はあ？」

「誰かが俺の車に押し入って、俺の本を盗んでいったんだぞ」オリーが言った。「何か目撃しなかったのか、それともただそこに突っ立って鼻をほじくっていたのかね？」

「ええ？」制服警官が言った。

「近頃じゃ、耳なしのお巡りがお仕事か？」オリーが言った。「失礼。聴覚障害のあるお巡りだな？」

「私の任務は、許可のない人物をホールに入れないことです」制服警官が言った。「市議会議員があそこで殺されたんです」

「ふん、冗談かね？」オリーが言った。「俺の本がここで盗まれたんだぞ」

「お気の毒でございます」制服が言った。「でも、本なら図書館に行けばほかのものがいつでも借り出せますよ」

「お前のバッジの番号を教えるんだ。後は黙ってろ」オリーが言った。「お前は何者かが警察の車を破壊し、重要な物件を盗むのを放置していたんだ」

「私はただ任務に従っていただけです」

オリーは、このばか野郎は死んじまえ、と思った。

八八分署の刑事班を仕切っているのは、イザドア・ハーシュ警部補だ。彼は、たまたまユダヤ人だ。オリーはユダヤ人があまり好きじゃないが、それでもハーシュのことを公平な人だと思っている。黒人も好きとはいえない。怒るのを承知の上で、わざとニグロと呼んでいる。ついでに言わせて貰えば、アイルランド人やイタリア人、ヒスパニックやラテン系も好きじゃない。近頃タンゴダンサーたちが、自分たちの名前を母国風に呼んでいるが、それも気に入らない。もっと言えば、アフガニスタン人もパキスタン人も、この市で増殖しているそれ以外のイスラム教徒も好きじゃない。そいつらがいろんなものを爆破し始める前から気に入らない。それに中国人も日本人も他の東洋系も好みじゃない。実際、オリーは頑固な平等主義者であって、自分ではいささかなりとも偏見をもっているとは思ってもいなかった。単に、人を見る目があるだけだと思っている。

「イズィー」彼は言った——イズィーというのはなかなかユダヤ人らしい名前だ——「俺のところに大物が転がり込んできたんだぞ、この十年間で初めてだ。だから、お偉方がこの件を俺から取り上げたりしないだろうな？　そんなことをしたんじゃ不公平というもんだ、イズィー、そうだろう？」

「人生は公平でなきゃならんなどと誰が言ったね？」ハーシュが言った。ラビのような口の利き方だ、とオリーは思った。

事実、ハーシュは、その勇敢な行動のために誰よりも多くの表彰を貰っているのだが、それにもかかわらず、警察官よりむしろラビに似ていた。恨みと先端を切りつめたショットガンを抱いた前科者をやっつけた時も、表彰された。黒い目にひげ面、少しばかり禿で、顎が長く、悲しげな風情を漂わせている。永遠の悲しみに沈んだ表情を浮かべているため、エルサレムかハイファか、さもなくばどこかの嘆きの壁でずっとユダヤ教の祈りを唱えていたかのように見える。

「俺が一番乗りだった」オリーが言った。「この市じゃ、一番乗りに特別の意味があった。今はもうないなどと言わんでくれ」

「時代は変わる」ハーシュの口振りはラビのようだ。

「この事件をやりたいんだ、イズィー」

「俺たちの事件だ、お前の言う通り」

「そうなんだ、絶対に俺たちのもんだ」

「いくつか電話をかけてみるさ。ともかく、やってみることだ」

「約束してもらえるかね？」

「信じていいよ」

嘘つき連中がこんな言葉を言っても、オリーは経験から信用できないことを知っていたが、警部補の言葉なら金科玉条だった。

その晩、妹にこの話をした。

「イザベラ」彼は言った。「あいつら俺の本を盗みやがった」

〝大男〟の兄とは対照的に、イザベラは、かみそりのようにやせていた。しかし、顔には兄と同じ疑い深そうな表情が、突き刺すように青い目には同じように人を探る表情がある。もう一つ共通の遺伝的特性は、旺盛な食欲だ。しかし、イザベラはいくら食べても、今もディナー用に作ったローストビーフをなかなか見事に平らげているが、体重は変わらない。一方、オリーは何を食べても、たちまち……イザベラ風に言えば〝大きく〟なってしまう。これじゃあ不公平というものだ。

「誰が兄さんの本を盗んだの？」イザベラが言った。「どの本？」

「小説を書いていると言っただろう……」

「あら、そうだったわね」

取り合おうともしない。ただ、グレービーのかかったマッシュポテトをかっ込んでいる。ああ、なんていう妹だ。クリスマスの頃から精魂込めて取り組んできたのに。あいつったら「どの本？」だと。いやはや。

「とにかく、車の後部座席においてあった。誰かがそれを見て、窓を破って盗んだんだ」

「なぜ、兄さんの本を盗みたいなんて思うのかしら？」

イザベラの言い方は、まるで「なぜ兄さんのアコーディオンを盗みたいなんて思うのかしら？」と言っているようだった。アコーディオンであろうとなかろうとどのみち大したものではないという口調だった。

オリーは、本当は妹のようなバカモンと自分の小説のことを話したくなかった。彼はひたすら一途に、長く、真剣に取り組んできたのだった。それに、文学のニュアンスがわからない者と話をすると、折角の芸術作品が台無しになる可能性もある。彼は最初『偽金《バッド・マネー》』というタイトルを付けた。偽金づくりの一味について書いた本という意味で、なかなかいいタイトルだった。この一味は、本物と区別できないほど見事な百ドル札を印刷している。しかし、そのギャングの中に裏切り者が出て、六百四十万ドル相当の偽金を持って逃走し、ダイヤモンドバック――本の中ではルビータウンとなっている――のとある地下室に隠す。ストーリーは、オリーと似ていないこともない非常に優秀な刑事が、行方不明だった略奪品を取り戻したり、昇進したり、表彰されたりする。

オリーは、『偽金《バッド・マネー》』の〝偽〟という言葉が、知ったかぶりの書評家から批判を招くかもしれないと気づいて、そのタイトルを捨てた。代わりにつけたのが、『本物の金《グッド・マネー》』。これは、作家たちが緩叙法といっている比喩的表現で、自分が言いたいことの逆を意味する言葉を使うことを言う。しかし、オリーは考えた。おそらく作家のトリックがわかる読者はあまりいないだろう――編集者だって同じだろう。というわけで、このタイトルも捨てた。だが、本そのものは別だ。

最初は、本そのものに苦労した。〝ナイト・アンド・デイ〟の最初の三つの音符を覚えようとしたときも苦労したが、とてもそんなもんじゃない。あの時は、大好きなピアノ教師のミス・ホブソンのおかげで、どうやらやり遂げた。今度の本の問題は、警察官でもないのに〝警察小説〟なるものを書いているつまらない作家たちと同じような雰囲気を出そうとしすぎた点にある。そんなことをしたため、つまりそんな作家たちの真似をしたため、彼は自分らしさ、オリヴァー・ウェンデル・ウィークスらしさを失っていったのだ。ウィークスは弱《ウィークス》みだが、別に駄じゃれを言っているわけではない。

その後に、すごいアイディアがひらめいた。

刑事部の報告書のような本を書いたらどうだろう？　自分自身の言葉で、刑事部の報告用紙にタイプするように。もちろん三部作る必要はない（今思えば、三部作っておけばよかった）。上司、たとえば、警部補とか、刑事部長とか――思い切って――市警察本部長とかに報告書を書いているようにするのはどうだろう？　自分自身の言葉で書けば、欠点も何もかもひっくるめて、俺だ、一級刑事・オリヴァー・ウェンデル・ウィークスだ。本は『刑事の報告書』か、『刑事からの報告書』か――

ちょっと待てよ。

よーく考えろ。

『市警察本部長への報告書』彼は声を出して言った。

インスピレーションがひらめいたのは、食事をしているときだった。ピザ店のテーブルの上のホールダーからナプキンを抜き取ると、ポケットからペンを出し、ナプキンの上に長方形を描き……

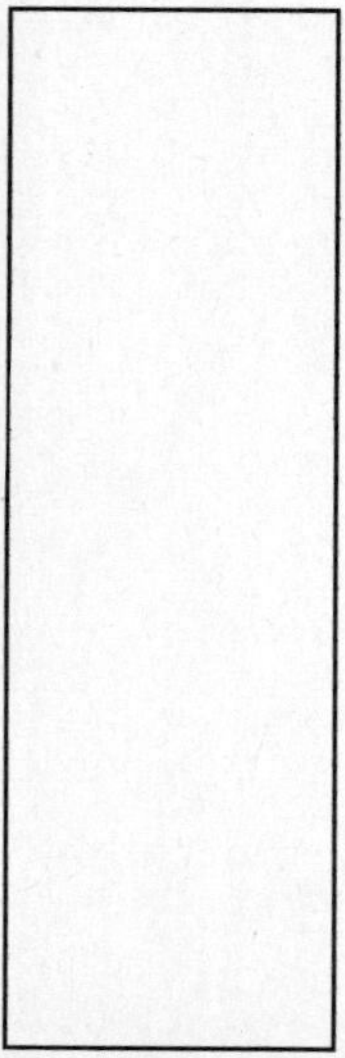

……それから、字を書き込んだ。

市警察本部長への報告書

一級刑事 オリヴァー・ウェンデル・ウィークス 著

これでできあがりだ。

タイトルを見つけ、アプローチの仕方を見つけ、自分のスタイルを確立したのだった……。

「おまえがくれたアタッシェケースに入っていたんだ」オリーが言った。「本だとは思わなかったんだろう。八八分署管区じゃ、誰かがアタッシェケースを持っていれば、中は百ドル札かコカインに決まっている。きっと大儲けできると思ったんだ」

「そうよ、ほら」イザベラが言った。「兄さんの一大小説だものね」

やせっぽちは皮肉を言うもんじゃないと、いつか妹に言ってやらなきゃなるまい。

「それに、あいつら、俺が摑んだでっかい殺人事件を取り上げようとしてるんだ」

「たぶん、兄さんの一大小説が出版されたら、もっと尊敬してくれるわよ」

「一大小説ってほどでもないよ」オリーが言った。「長いって意味ならね」

「とにかく、なんでそんなに騒ぐの？　もう一部プリントすればいいでしょ」

「何をするって？」

「もう一部プリントするの。コンピュータのところに行って……」

「どのコンピュータのことだ？」

「だいたい、何に書いたの？　罫線のある黄色の便せんに手書きでもしたって……」

「いや、俺は……」

「トイレットペーパーに口紅で書いたとか？」イザベラはそう聞くと、自分のシャレに笑ってしまった。

「違う。タイプライターを使った」オリーが言った。「いいか、イザベラ、誰かが教えてやんなきゃいけないな。裸足で三十七ポンドしかないような人間は皮肉を言うもんじゃない」

「でっかな人間だけが皮肉を言えると言いたいんでしょ」

イザベラが言った。「タイプライターって何？」

「タイプライターぐらいよく知ってるだろうに」

「本のコピーを持ってないの？」

「最終章だけは持ってるよ。家に置いてあるんだ」

「どうして最終章が家にあるの？」

「磨きを入れる必要があるかもしれないと思って」

「磨く？　いったい何を磨くっていうの、我が家の銀器？」

「何ごとも完成するまでは、完成しないのさ」

「ということは、兄さんの本の最終章以外が全部、今朝、車から盗まれたってわけね」

「そう、俺の本の六分の五に当たる」

「それってどのくらい？」

「三十六ページぐらいだ」

「小説としては短くない？」

「そんなことないさ、いい小説ならね。それに、過ぎたるは及ばざるがごとし。我々作家仲間の格言だ」

「兄さんたち作家連中は、カーボン紙ってものを使ったことがないの？」

「だから、キンコーズ（コピー店）があるんだろ」オリーが言った。「自分の手を汚さないですむじゃないか。カーボン紙を手に入れる暇もなかったんだ。それに、どっかのヤク中が俺の車に押し入って本を盗むなんて思いもしなかった。おまけに、俺は別のささいな事件で忙しいんだ」。彼は元気をふりしぼって言った。「それに、俺はたまたまプロの法執行官なんだ……」

「あら、兄さんはノーラ・ロバーツかと思ってたわ……」

「イザベラ、皮肉というものは……」

「それとも、メアリー・ヒギンズ・クラーク……」

「俺はオリヴァー・ウェンデル・ウィークス刑事だ」彼はそう言うと、立ち上がって皿にナプキンを放り投げた。

「忘れるな！」

「座りなさいよ。デザートを食べたら」

スティーヴ・キャレラ刑事は、火曜日の朝になって、初めてでぶのオリー・ウィークスがヘンダーソン殺人事件を握ったことを知った。その朝、バーンズ警部がキャレラを自分のコーナーオフィスに呼んで、市のタブロイド版の朝刊を机の上にポイと投げてよこしたのだ。

一面の見出しは次のように書いてあった。

八八分署
ヘンダーソン殺人事件を掴む

小見出しは、次のようになっている。

地元警官
大物を釣る

「でぶのオリーが事件を掴んだようだな」バーンズが言った。

「よくやったじゃないですか」キャレラが言った。

「俺たちにはよくないね」バーンズが言った。「ヘンダーソンは八七分署管区に住んでいる。いや、住んでいた」訂正した。「スモーク・ライズだ」

スモーク・ライズは、塀に囲まれ、門を備えた七十五軒ほどのコミュニティで、すべての家がハーブ河を見下ろす段丘の素晴らしい位置にある。住民は、屋内・屋外プール、ヘルスクラブ、夜間照明付きのテニスコートを独占的に使用できる。敷地には、一年生から八年生までのスモーク・ライズ・アカデミーという私立の学校があり、サッカーと野球のチームを誇っていた。そのグレーと黒のユニホームは、立ち昇る煙のイメージを表しているようだ。

昔々、はるかかなたの銀河での話。キャレラはダグラス・キングという男の屋敷で誘拐事件を扱った。男の地所は、その先にはハーブ河と隣の州しかないという場所で、八七分署管区の一番はずれにあった。八七分署管区の高級住宅地の中でも、スモーク・ライズは、雑然とした市街地から脱した超高級的都市の顔に、すぐ先は別世界の田園へと移り変わる雰囲気が重なっている。スモーク・ライズは、富と排他性を象徴していた。

木々が影を落としているプロスペクト・レーン通りに、市議会議員レスター・ヘンダーソンが妻と二人の子供と住んでいた。ヘンダーソンが昨日の朝射殺されたのは、そこから地理的には七マイルと離れていないが、環境的には百マイルも彼方の場所であった。つまり、文明の縁《へり》をガラガラヘビのようにとぐろを巻いているヒスパニックと黒人の混在地区、ダイヤモンドバックのセント・セバスチャン通りにあるマーチン・ルーサー・キング・メモリアル・ホールだった。

「つまり、オリーが今にも現れるってことだ」バーンズが言った。

二人は顔を見合わせた。

キャレラは、ため息までついた。

ところが、火曜日、オリーがやっと分署に姿を現したのは、ランチにぴったり間に合うように十二時だった。オリーの肉体的メカニズムは、常に、いつ飯を食ったらいいかを教えてくれるようだ。もっとも、オリーにしてみれば、肉体は一年中が飯を食う時間だ、と教えてくれているようだと思っている。

「誰かランチに行かないか？」彼が聞いた。

刑事部屋と外側の長い廊下を隔てる板張りの腰仕切の木戸口をすでに開けていて、よたよたと——ぴったりの表現だ、とキャレラは思った——部屋を横切り、机の前に座っているキャレラの方にやってきた。このまばゆい四月の朝、オリーはライムグリーンのゴルフシャツと青いダクロンのズボンの上に格子のスポーツジャケットを着ていた。帆を一杯に張ったローマのガレー船のように見える。対照的に、キャレラは——面談を予定している窃盗事件の被害者がすぐにでも現れるはずなのだ——なかなかエレガントな服装だった。麦色の麻のシャツの襟元を開けて袖をまくり上げ、目の色にマッチした濃茶のズボンをはいている。オリーは、キャレラがたれ目で、そのためにちょっと東洋人のように見えるのに初めて気がついた。そこらへんのどこかに鎧をまとったちびの中国人でもいるんじゃないか？

「永遠に恩義を感じている友よ、ご機嫌いかが？」オリーが聞いた。

クリスマスのころ、キャレラの命を救ったこと――それも二回も救ったことを言っているのだ。

「永遠に恩義を感じているよ」キャレラが言った。正直に言えば、どんなことであれ、オリーに借りがあるとは考えたくない。「なんでこっちに顔を出したんだ？」彼が聞いた。まるで何も知らないみたいにだ。

「ここの住人が昨日の朝殺されたんだ。うーむ」オリーが言った。

「そうらしいな」キャレラが言った。

「じゃあ、なぜ聞くんだ？　小鳥ちゃん？」オリーがまたもや、有名なW・C・フィールズを真似て言った。気の毒に――オリーは気づいていないが――この頃は誰もW・C・フィールズを知らない。オリーがこの物まねをするたびに、《夢の香り《セント・オブ・ウーマン》》のアル・パチーノだと思われている。

「ちょっと食事に行かないか？」

「この時間に他にすることがあるかね？」と、キャレラが言った。

皮肉言ってやがるな、とオリーは思った。近頃は、誰でも皮肉を言いたがる。

彼らが選んだのは、カルヴァーと南十一番街の簡易食堂だった。オリーは、マフィアが経営していると言ったが、キャレラは違うと思った。ここの分署でずっと働き続けてきたからわかるのだ。売春とナンバー賭博を除けば、ここの連中は黒人ギャングやコロンビアの暴力団に島を明け渡していた。黒人のギャング連中は、昔は昼も夜も街の喧嘩であけくれていたが、麻薬を扱えば金になると気がついた。コロンビアのギャングは、そんなことははなから承知していた。残念なことに、麻薬は人が人を殺すのを止めはしない。それどころか、けしかけているらしい。

「手を貸してくれ」オリーが言った。「ホールをチェックしたり、拳銃を持ったやつがどうやって出入りできたのかを調べたりで、俺はお手上げになりそうだ。弾道課は、へンダーソンをやったのは三二口径だと言ってるがね。ヘンダーソンの政策は、いわゆるニグロ社会じゃ、あまり受け入れられてないんだ。だから、怒り狂った有色人種がやったという可能性がないとは言いきれないんだ。あいつらは時々自分たちのことを有色人種なんて呼ぶんだぜ、うーん」

「俺に何をしろと言うんだ」キャレラが聞いた。

彼はオリーの食べっぷりを見ていた。オリー以外なら途方もない量だ。大食漢。オリーはまず、ハンバーガーを三つ注文すると、両手を使い、ひっきりなしに口を動かしながらむさぼり食い、同時に、ケチャップをかけた大盛りのポテトフライに食らいつき、二杯目のチョコレートミルクシェークを飲んでいる。絶え間ない動き。食べたり、飲んだり、ズルズル音を立てたり、よだれを垂らしたり、こぼしたり。止まらない消化機械。

「スモーク・ライズに行ってくれないか」オリーが言いながら、ウエイトレスに合図した。「議員の未亡人の話を聞いて、ありきたりの容疑者のほかに敵がいなかったか、調べて欲しいんだ……おっと、お嬢さん、頼めるかな」。彼はウエイトレスに言った。「シェークをもう一つ。チョコレートのだ。それからハンバーガーを一つと、あのアップルパイ——アップルだろ?——うまそうだな。ヴァニラアイスを二すくい載せてくれないか。アップルだろ?」

「実は、ストロベリーピーチなんです」ウエイトレスが言った。昼の十二時半なのに、もう疲れているらしい。しかし、オリーはぶちのめされて、負け犬のように見える女もなかなかいいと思う。

「うむ、ストロベリーピーチもうまそうだな」彼が言った。「アイスクリームを二すくいつけて、いいね?」

「うけたまわりました」

「それと、その制服よく似合うよ、うーん」オリーが言った。「お嬢さん、モデルになろうと考えたことないの?」

ウエイトレスは微笑んだ。

オリーも微笑み返した。

キャレラは、グリルしたチーズサンドイッチに嚙みついた。

「ホールを覗いてみたい」キャレラが言った。「未亡人に会う前に、何が起きたのか知りたいんだ」

「それとこれとどういう関係があるんだ？」オリーが聞いた。

「そりゃ、ダンナが撃たれたんだから、詳しく知りたがるかもしれないだろう」

「あんたが知りたいことなら、今ここで何でも教えるよ。時間を無駄にすることはないさ。ヘンダーソンはあそこの様子を見に行って、昨日の夜やるはずだった大集会のための舞台で、取り巻き連がセットするのを手伝っていた。何者かが舞台の袖か、バルコニーあたりから彼に向けて発砲した——俺はまだ、検視官や弾道課から、弾道やら飛行曲線やらのくだらない情報が送られてくるのを待っているがね。犯行現場では目撃者から発射音のことで三つの異なった報告を受けた。一つは……」

「目撃者は誰？」

「アラン・ピアスという男。ヘンダーソンの補佐だ。それから、風船やら、万国旗やらくだらないものを提供する会社の男。二人とも、弾が当たったとき、議員のすぐ隣に立っていた」

「二人は何と言ってる？」

「ピアスは、弾は舞台の袖から来たと言っている。もう一人の男は——名前はチャック・マストロヤンニ、あんたの同国人だ」オリーはそう言って、卑猥な冗談でもいってるようにニヤニヤした。「弾はバルコニーからだと言っている。どっちも何にもわかっちゃいない。たぶん、銃声について言ったんだろう。三番目の男は若いアホ学生。実際にバルコニーに座っていた。だから、弾は階下から来たと言っているんだろう。実際は弾がどこから撃たれたにしても……」

「何発だ？」キャレラが聞いた。

「六発。弾道課によれば、三二口径のスミス・アンド・ウェッソンから発射されている。ということは、狙撃犯は弾を全部撃ったことになる。怒りを表しているんじゃないか、たぶん？　ニグロ《ジグ》がやったかもしれないという可能性にもどれば——おっと、失礼、あんたは俗語がお好みじゃあないんだ」

「あんたの俗語を人種偏見と見なす者もいるぜ」キャレラが言った。

「そりゃ違うぜ」オリーは英国議会議員《ビップ・ビップ》を真似て言ったが、W・C・フィールズかアル・パチーノのように聞こえた。

「政治的に正しくないことと、人種偏見との間には大いなる相違がある」

「いつかアーティ・ブラウンにその相違を説明してやれ」

「いや実際、ブラウンは立派な警官だ」オリーが言った。

「ニグロにしてはな」

「ニグロについても説明してやれ」

「スティーヴ、むきになるなよ」オリーが言った。「あんたの命を救ったんだぞ」

「二度もな。忘れてないさ」

「忘れないのはいいことだ」

「でも、やっぱりホールは覗いてみたい」キャレラが言った。

3

犯行現場に張られた黄色いテープが、歩道からホールの入り口まで、広い範囲を囲っている。制服警官が建物の外に一列に並んで立ち、帽子に金の派手な縫い取りをつけたお偉方が登場するのをそわそわ待っていた。どの警官も、昨日の朝、市議会議員がこの中で射殺されたことを知っている。どの警官も、この殺人事件が昨日の午後と今朝早く、そこら中の新聞やテレビで報道されたことを知っている。また、去年の夏グローヴァー・パークで一連の痴漢騒ぎがあった時、メディアの厳しい追及を招いたことも知っている。パンティを強引に下ろされそうになっているご婦人方の助けを求める声に、何人かの警官がいたのに注意を向けなかったからだ。今日ここにいる警官たちは、職務怠慢だと思われたくなかった。だから、ホールの外に立ち、尻をかきつつ、ここでいったい何をすべきかと考えながら、同時にこれから襲ってくるかもしれない暗殺者を警戒しているふりをしていた。金とブルーのバッジをつけた二人の登場は、彼らを不安にさせた。

「休め、諸君」オリーが言った。もっとも、制服警官の誰一人として気をつけの姿勢を取ってはいなかった。

世の中を知り尽くしている巡査部長は、オリーがガラスのドアを開けキャレラを先に入らせるのを、見ているだけだった。この二人連れは風変わりだった。キャレラは靴なしで約六フィート、体重は気をつけているから百八十ポンド、肩幅が広く、腰が細く、生まれながらのスポーツマン——ではないが——のようにさっそうと歩く。オリーは幾分低めで、港に漂っているベルブイのような梨型の体型。しかし、その歩き方はキャレラをしのぐ。太った男は足が軽いという話も、まんざら嘘ではない。その昔、カリブ海で休暇を過ごしたときに、オリーはサルサ・コンテストで優勝したことすらある。まあ、この話はまたにしよう。二人肩を並べて、大理石のエントランスロビーの方に歩いていくとき、キャレラがオリーについていくのにひと苦労したのは、本当だった。オリーは、内側のドアの前で目を光らせて立っている制服警官どもにバッジをさっと見せると、再びキャレラを先に行かせた。巨大なホールに入った。

ホールは、静かで、幽霊でも出そうだった。殺人現場としては別に異常ではない。しかし、洞窟のような場所だけに、なにやら静けさに断固としたものが感じられた。舞台にはまだ、万国旗、風船、アメリカ国旗、議員の名前を書いた垂れ幕などが一部残っていた。しかし、この飾り付けは完成してはいなかった。ヘンダーソンと取り巻きがまだ準備を進めているときに、何者かがヘンダーソンを撃つという無惨なことをやってのけたからだ。舞踏会に行くためにドレスアップをしたが、まだイヤリングや口紅をつけていないご婦人のように、舞台はただ部分的に飾り付けられているだけで、未完成のままのわびしい状態だった。二人の男は、ホールの後部に立って、舞台の方を眺めた。外目には、同じことを考え、同じ気持ちを共有しているように見えたが、実際には全く異なった感情を味わっていた。キャレラには、喪失感だけがあった。歩道で、引き裂かれ血を流している死体を見下ろすときにいつも感じるのと同じ痛みだ。オリーは舞台を眺め、解かなければならないパズルだけを考えていた。おそらく、これがこの二人の本質的相違だろう。

黙ったまま、二人は中央通路を歩いていった。両側には空席が続き、芝居が中途で終わり、上演が延期されたという感じが強まった。キャレラは舞台へ向かう途中で足を止め、振り返ってバルコニーを見上げた。三二口径の弾が飛んで来るには距離がありすぎるように見えた。

「袖からだな、そう思わないか？」オリーが、キャレラの考えを読みとって言った。

「たぶんな」

「問題は、誰も何も見ていなかったことだ」――またしても、訳知り顔の流し目を使った――「ピアスもあんたの同国人も彼のすぐ隣に立っていた。作業員もそこら中にいた。バン、バン、バン。何者かがヘンダーソンを撃って消えた。それなのに、誰も何も見ていないんだ」

「作業員は何をしていたんだ？」

「旗かなんかをおっ立てていたんだろ」

二人は今舞台の上に立っていた。旗やら何やらが頭上にぶら下がっている。ヘンダーソンが二度と立つことのない演壇には、〈レスターは法律を意味する〉と書いてある巨大な垂れ幕の下にあった。どちらの刑事もその意味がわからなかった。

「作業員は何人？」キャレラが聞いた。

「一ダースぐらいだ。リストを持っている」

「その中で誰一人、何も見ていないのか？」

「今、部下を聞き取りにやっているが、いい結果は出そうもない」

「でも、撃たれたとき、連中は皆そこらあたりで作業していたんだろう？」

「みんなこの舞台にいて、飾り付けをしたり、マイクのテストをしたり、まあ、いろいろやっていたんだが」

「袖には誰もいなかったのか？」

「狙撃犯だけだ」

「整理させてもらうが……」

「いいよ」

「ヘンダーソンが自分の取り巻きと一ダースほどの作業員といっしょに舞台にいた……」

「そう聞いている」

「……その時、六発の発砲があった」

「そのうち二発が胸に当たり、四発は外れた」

「誰かが行動を起こしたときには、もう狙撃犯は消えていた」

「詰まるところは、そういうことだ」

彼は、門の詰め所にいた制服の警備員に、ヘンダーソン夫人に会いに来たと言った。警備員はクリップボードのリストを見て、キャレラの名前がないので、電話機を取り上げた。どうやらパメラ・ヘンダーソンが承諾したらしく、警備員は、プロスペクト・レーンの右側の最初の家だと言って、手を振って彼を通らせた。

美しい春の日だった。


キャレラは曲がりくねった道に沿って車を走らせ、晴れ渡った青空の下で白い服の男女がテニスをしていたり、スモーク・ライズ・アカデミーのどっしりとした建物の裏の広場で、グレーと黒の制服を着た少年少女がサッカーや野球をしているところを通り過ぎた。子供たちの元気な声で、もうとっくに忘れていたと思っていた青春の一ページを思い出した。ヘンダーソンの家は、大きな石造りの建物で、木が生い茂った二エーカーはゆうにある土地に立っていた。砂利のドライブウェーに車を止め、正面玄関まで歩き、〈プロスペクト二六〉とだけ書かれている盾型の飾り板の下のベルを押した。制服を着た家政婦が出てきて、ヘンダーソン夫人を呼んで参りますと言った。

キャレラは、パメラ・ヘンダーソンは四十代半ばだろうとふんだ。背が高くほっそりしていて、富と影響力を持った女性によく見られるさりげない自信がにじみ出ていた。しかし、よく見ると、魅力的な女性ではない。顔の割に目が小さいし、鼻が少しばかり大きかった。しかし、新聞なら間違いなく「美しい」と書いただろう。美に憧れる女性への弔いの鐘として。

すでに黒の服を着ていた彼女は――もっともジーンズとコットンのタートルネックだったが――玄関口で礼儀正しく落ち着いた態度でキャレラに挨拶し、居間に通してくれた。家は河に面し、午後の日差しがフレンチドアから流れ込み、近くにハミルトン・ブリッジが垣間見え、隣州の崖は春の緑にはち切れんばかりだった。彼女の目ははるか彼方の丘のようにグリーンだった。化粧はしていない。シンプルで特大の金の十字架が、黒いコットンのタートルネックの胸元に下がっている。

「新聞を見ますと……違う刑事さんがこの事件を捜査なさっていられるとか」彼女は、新聞の誤報道だったか、捜査に思いがけない変更が生じたのかわからなかったので「違う」という言葉を言う前にちょっとためらった。

そこには、突然の死とそれに続く悲しみのルールを厳密に守るという、ある種の儀式があった。呆然としている未亡人と、同情はしているものの超然とした捜査官が、またもや、初めて同席したのだ。この明るい春の午後、二人をこの場に引き合わせた理由を除けば話すこともなかった。

一人の男が命を取られていた。キャレラにとって、レスター・ヘンダーソンは、野望家や成功者がひしめいている市の大物政治家という漠然とした記憶があるだけだ。しかし、パメラ・ヘンダーソンにとっては、夫であり、父親であり、おそらくは友人でもあったのだ。

「コーヒーはいかがですか?」彼女が聞いた。

「いえ、結構です」彼が言った。

銀のコーヒーメーカーが、透き通ったサフラン色のカーテンの前のテーブルにおかれていた。彼女はコーヒーを注いだ。クリームと角砂糖を二つ加えた。

「可能性はどのくらいですの?」彼女が聞いた。「現実的にいって」

「何の可能性ですか?」

「犯人を捕まえる可能性ですわ」

「見込みはあります」彼が言った。

未亡人に何と言ったらいいんだ? 逃がすのと捕まえるのとが半々くらいだとでもいうのか? うまくいく時もあ

りますとか？　見た目は落ち着いているが、彼女が内心は緊張で揺れ動いているのが手に取るようにわかるのに、いったい何と言ったらいいんだ？　彼は、コーヒー皿に載った彼女の手が震えているのに気付いた。真実を告げようと思った。真実が一番だ。そうすれば、後になって、この時はどんな嘘を付いたかをいちいち思い出さなくてすむのだ。

「ご主人が撃たれたとき、舞台には一ダースかそこらの人が一緒にいました」彼が言った。「八八分署のウィークス刑事と彼の同僚が、その人たちからもう少し詳しい話を聞いているところです。それから、ホール近辺の聞き込みをしています。なんとか突き止めようと……」

「もう少し詳しい話を聞くって、どういうことですの？」

「すでに一度は当たっているのです」

「それで？」

「ところが誰も何も見ていないと言うんです。弾は、ホールのあちこちから飛んで来たことになっています。もっとも、こうしたことは捜査ではよくあることなんですよ。目撃者というものは……」

「狙撃犯が二人という可能性はありますか？」

彼は「狙撃犯」という言葉に気付いた。この頃は、誰もがテレビを見ているんだ。

「今、検視官と弾道課からの報告を待っているところです」

「いつわかるのですか？」

「場合によります」

真実を語れ。常に真実を。この市では、毎日起きる殺人事件の数の関係から、時には報告が戻ってくるのに一週間か十日かかる。「この事件の重大さを考えますと、遅くなるよりは早くなると思います」彼がいった。

「事件の重大さね」彼女はそう言って頷いた。

「ええ、そうなんです、奥さん」

「夫が重要人物だということですの？」

「ええ、事件は注目を集めています、奥さん」

「子供たちに、何と言ったらいいんでしょうか？」彼女はそう聞くと、突然すすり泣きを始めた。コーヒーカップをおろし、テーブルの上のティッシュの箱に手を伸ばし、ティッシュの端を探り当てると、ぐいっと引き抜き、目に当てた。「今日は学校に行かないように家においています。あの子たちに何と言ったらいいかしら。息子は野球の練習をすることになっていました。娘はサッカーチームに入っています。子供たちに何と言えばいいでしょう？　あなたたちのお父様は死んだのよとでも？　父親はまだ州北部《アップステート》にいると思っていますわ。何と言えばいいのかしら？」

キャレラは黙って聞いていた。こういう時に何と言ったらいいかわからない。いったい何と言ったらいいのか。彼女はティッシュを当ててすすり泣き、くちゃくちゃに丸め、箱からもう一枚取った。彼は待った。

「すみません」彼女が言った。

彼は頷いた。

「なぜここにいらしたの？」彼女が聞いた。

「幾つかお聞きしたいことがあるのです。別の日に出直した方がよろしいようでしたら……」

「いいえ。どうぞ、おたずねください」

彼はためらったが、ジャケットの内ポケットからノートを出して広げ、オリーと一緒に作った質問のリストを見た。突然質問が無情なものに思えた。彼女の夫は殺されたのだ。

彼は咳払いをした。

「ご主人は昨日の朝、何時に家を出られましたか？」

「なぜそれが重要なんですの？」彼女が聞いた。

「我々は事件の流れを時系列に追っているんです、奥さん。もしある時間のことが確かめることができれば……」

「その奥さんというのはやめていただけないかしら」彼女が言った。「私たち、同じぐらいの年齢ではないかしら？　そうでしょう、刑事さんはおいくつ？」

「四十歳です、奥さん」

彼女がキャレラを見た。

「ミセス・ヘンダーソン」彼は言い直した。

「私は四十二ですわ」彼女が言った。

彼が頷いた。

彼女も頷き返した。

氷が溶けた。

その午後四時十五分前に署に戻ると、外で記者たちが待ちかまえていた。一組の制服警官が、広い正面階段に立って、古代ローマ時代に門のところで警護した兵士のように通り道をふさいでいる。キャレラは歩道に群がる群衆の脇を通り過ぎ、ひと目で関係者だとわかる迫力をただよわせて階段に近づいていった。

「失礼ですが」誰かが言った。「あなたは……？」

「関係ない……」彼はそう言いながら、彼らの側を通り過ぎ、上部のガラス張りの部分が〝87〟という数字で飾られている入り口のドアを入っていった。点呼机の後ろで、マーチソン巡査部長が忙しそうに電話を捌いていた。キャレラが通り過ぎたとき、顔を上げ、目をぐるりと回すと、電話に向かって「その件については、広報課に電話してください」と言って切った。キャレラは、鉄の踏み板の階段を二階まで上り、トイレに寄り、手を洗い、廊下を通って刑事部屋に入った。ここではすべてが多少なりとも正常に見える。彼は、ほっとしてため息をもらすところだった。

禿で、がっしりとした、青い目のマイヤー・マイヤーが、自分の机のところで女と話をしていた。売春婦のように見えるが、おそらくは主婦。超ミニのスカートでめかし込み、何やらひどい事件を警察に報告しに来たのだ。女は、ほとんど服装らしいものを着ていないが、ひどく興奮しているようだった。マイヤーはただ辛抱強く聞いているらしい。もしかしたら、退屈しているのかもしれない。

バート・クリングは、髪がブロンド、目がハシバミ色。ブロンドでまだらの髭を生やしている。今取り組んでいるおとり捜査にどうしても必要な気がするからだろう。自分の机のところで、チャーリーとかいう男と電話をしている。相手が携帯電話を使っているらしい。クリングは「チャーリー、チャーリー、よく聞こえないぞ」と言い続けている。

どでかくて怖そうな感じがするし、色が黒く、しかめ面のアーティ・ブラウンは、掲示板の前に立っている。そこにぶら下がっているたくさんのポスターやメモ、お知らせを見ては考え込み、国中の警察署からEメールされてくる最近のジョークも眺めている。キャレラは、彼がニヤッとするのを見た。ブラウンは、キャレラが脇を通り過ぎたとき振り返り、キャレラの行く方に曖昧に手を振り、それから、自分の机に戻った。そこでは電話が猛然と鳴り始めていた。

　これが俺の仕事なんだ、とキャレラは思った。そして、警部のドアをノックした。

　ピーター・バーンズ警部は、派手な事件が好きではなかった。レスター・ヘンダーソンなんかはスモーク・ライズに住んでくれなければよかったのだ。河向こうの隣州か、どこでもいいから八七分署管区以外に住んでいてくれたらよかったのだ。ことにオリー・ウィークスなんかにわざわざ頼み事を抱えて来てもらいたくなかった。もっとも、こちらの刑事の命を救ってくれたのだから――忘れてはいけない、二回もだ――お返しを要求するのは――こちらの顔を立てに来たというより――無理のない話なのかもしれない。この市では、警官が他の分署に頼み事をするのはとりわけ異常なことではない。そして、いつもとは言わないが、たいがいは、手入れをうまくやらせてもらえば手柄も分け合おうと申し出るものなのだ。ところが、オリーはそのような申し出はいらないと思っている。もっとも、彼はキャレラの命を救ってくれたんだ。それも二度もだ！

　一度目は、ライオンが彼を齧ろうとしたとき。

　そうだ。

　ライオンがキャレラの胸にのしかかったのだ。ひどい話だった。

　その瞬間、オリーがライオンの目と目の間を撃ち抜いてくれた。ライオンは一巻の終わりで、そのひどい話も一巻の終わり。キャレラは、未だにあのライオンのくさい息を感じることがある。

　二度目は、その一週間ぐらい後だった。ＡＫ‐四七を持ったブロンドがキャレラを――残念ながら――齧ろうとしたわけではなかった。代わりに、キャレラの目かどこかを撃とうとした。その時、誰あろう、八八分署の大男が登場したのだ。バン、バーン、ご苦労、お嬢さん。もっとも、彼はライオンのように彼女を殺しはしなかった。キャレラは、未だに彼女の息も感じることがある。思い起こせば、チクタク（イタリア製の小粒ミント）の匂いに、ライオンの時と同じ迫り来る死という悪臭が加わっていた。

　バーンズは、オリーに権利があるんだろうと思った。しかし、昨日の朝殺されたのがありきたりの犯罪がらみの人間だったらよかったのにと本心から思った。

「それで、彼女は何と言ったんだね？」彼がキャレラに聞いた。

「彼女の夫は日曜日の夜、家に帰ってこなかったそうです」

「どういう意味だ？」

「彼が昨日の朝、何時に家を出たか聞いたんですよ。そうしたら、夫は家にいなかったから知らないと言ったんです」

「じゃあ、どこにいたんだ？」

「州北部《アップステート》です。知事の支持者たちに会うために」

「いいじゃないか。知事の支持者か」バーンズが言った。

「奥さんの話では、連中は市長選に出馬するように彼を説得していたようですね」

「おやおや、政治がらみになるなどと言わないでくれよ」バーンズが言った。

「ありえます。彼は政治家なんだから、ピート。いや、政治家だったんだから」

「近頃の民主党と共和党間のいがみあいはひどすぎるからな」バーンズはそう言って頭を振った。

「民主党の誰かがやったと思うんですか？」

　彼はニヤッとした。民主党員が共和党員を殺すという考えがなぜか面白かった。その意味では、共和党員が民主党員を殺すというのも面白い。

「誰が殺したかはわからない」バーンズが言った。笑ってはいなかった。「まあ、聞いてくれ。誰が殺そうが、俺の知ったことではない。この事件はデブ閣下のものだ。俺たちがどうして巻き込まれてしまったんだかわからないよ」

「お返しの時期が来たんですよ、ピート」

「あんまり何度も殺されないようにしてくれよ。それと、デブの救世主は御免こうむりたいね」

「努力しましょう」

「ヘンダーソンは州北部《アップステート》のどこに泊まっていたんだね?」

「奥さんに聞いてみます」

「どこのホテルだろうと、とにかくそこに電話して、何時にチェックアウトしたか聞き出せよ。車を使ったのか、汽車に乗ったのか、飛行機か? オリーにホールへの予想到着時刻を教えてやれ。そしてバイバイだ」

「わかりました。これは命令ですか?」

「とにかく、この事件はやりたくないんだ」バーンズが言った。


その火曜日の夜七時、キャレラが妻と二人の子供と夕食のテーブルについているとき、オリーが電話してきた。残念ながら今日はオフィスで会えなかった、今話をしてもいいかな?

「夕食の最中なんだ」キャレラが言った。

「かまわないよ」オリーが言った。「俺も食事中だ」

キャレラは、どういうわけかオリーの奴はいつも夕食か、ランチか、朝食か、何かを食べている最中だという気がした。

「後で電話するよ、いいだろう?」

「うん、まあ、いいよ」オリーは言って電話を切った。気を悪くしたようだ。

キャレラは、双子がベッドに入ったあと、八時ちょっと過ぎに電話した。オリーは受話器を取り上げ、「ウィークスです」と言うと、げっぷをした。

「オリー、スティーヴだ」

「ああ、スティーヴか」

まだ気を悪くしたままだ。

「ミセス・ヘンダーソンから聞いたことを話そうと思ったんだ」

「そうか、スティーヴ」

声は、俺はただお前の命を救ってやっただけさ、わかってるんだろうがという口ぶりだった。

「今日の午後、彼女と電話で長いこと話したんだ。彼女は……」

「お前さんは自らおでましかと思ってたぜ」オリーが言った。

「行ったさ。電話は彼女と会った後のことだ」

「なるほど」

「彼女の話では、夫は土曜日に州都に飛び……」

「ほう」

「……週末をそこのローリーホテルで過ごし……」

「わかった」

「おそらく月曜の朝早く飛行機で帰ってきた……」

「おそらくとはどういう意味だ?」

「彼は家には帰らなかった。だから、彼女は、飛行場からキング・メモリアルに直接行ったにちがいないと思っているんだ」

「彼女が思っているとは、どういうことだ?」

「オリー」キャレラが言った。「いちいち口を出すなよ《ノン・ミ・ロンペレ》、わかったな?」

「えっ?」

「俺は、今まで摑んだことをあんたに教えようとしているんだ。あのご婦人は、夫がいつどこにいたか、はっきりわからないんだよ。ローリーホテルにいる夫と話したのが最後なんだ。次にわかったのは、夫はキング・メモリアルで射殺されたことだ。だから、彼女は、夫が飛行機で帰り、直接……」

「オーケー、わかった、わかった」オリーは言った。「飛行場には電話したのか?」

「朝早くこっちを出る直行便が二本ある。両方ともUSエアウエイだ。州都までだいたい一時間。乗り継ぎ便は割に合わない。近頃じゃ、車でも簡単に行かれる。その上フライトだと空港で並ばなければならないし」

「帰りは?」

「同じことだ。早朝便が二本ある。ホテルに電話してみた。ヘンダーソンは、月曜の朝六時にチェックアウトしている。どちらかの便に間に合って、八時か八時半には、ここに戻って来られたはずだ。飛行場からタクシーに乗れば、ホールには八時半か九時に着くだろう。だいたい合っている」

「スーツケースはどこにある?」

「えっ？」

「バッグぐらい持ってただろう？　だから、もしまっすぐホールに行ったんなら、バッグはどこにある？」

「いいところに気が付いたな」

「明日調べよう。八時に分署で会おうぜ」

「あのな……オリー……ボスは、俺をこの事件から手を引かせようと思っているんだ」

「ほう？　なぜだ？」

「ボスは、アップタウンに寄りすぎていると思ってるんだ」

「前にはお前さんと一緒にアップタウンに行ったぜ。そうだろうが」

「今は、警部はそっちに行きたくないらしい」

「手柄を分け合ってもか？」

「ただ、ボスがこの事件に巻き込まれたくないんだと俺は思うよ」

「あんたは俺と交渉しているつもりか？」

「そんなこと夢にも思ってないさ」


「この事件を解決すれば男になれる」

「男になれるのはギャングだけかと思っていた」

「警察だってギャングさ。そう思うかどうかは別としてな。お前さんとこの警部に言ってくれ。手柄を分け合って、みんなで栄光を手に入れようとな」

「どうしてそういうことになるんだ、オリー？」

「市長選に出馬する男がいた。そいつが消された。どうだ、一大事件だろう、スティヴァリーノ」

「市長に立候補するとどうしてわかったんだ？」

「補佐が教えてくれた。アラン・ピアス、エリート中のエリートだ、スティーヴ。わかってるよ、俺がおまえさんの命を救ったことが何の意味もないことぐらい……」

「もう沢山だ、オリー」

「警部に言うんだ。俺たちは金持ちの有名人になるんだって」

「警部は、もう金持ちだし、有名だよ」

「もちろんそうだ、ティリーおばさんみたいにな。でも彼に言ってくれ、俺たちはテレビに出たり、いろいろとやれ

「マネー・マネー・マネーだ」キャレラが言った。「それとも、風呂で腐ってるばあさんの方がいいかって？」

「ばあさんの方がいいって言うと思うよ」

「じゃあ、自分がばあさんだ、あんたのボスは。彼に言ってくれ、自分が弱みを握られる前にこの市の弱みを握らなきゃいけないと。チャンスは一度きりだと。彼に言ってくれ、世界中の警官がラリー・キングのトーク番組に出られるわけではないんだと。オリヴァー・ウェンデル・ウィークスがそう言ってたとな」

「ボスはきっと感心するよ」

「彼に言っといてくれ」

「言うよ」

「ばあさんの比喩を忘れるなよ」オリーは言って、電話を切った。


るんだ」

「今朝俺たちが何を摑んだか知ってるか、オリー？」

「今朝あんたたちが何を摑んだか教えてくれ、スティーヴ」

「百四歳の老婆が風呂で溺れた」

「めずらしくもないな。ああいうばあさんは、時々……」

「最初に目を突き刺されているんだよ、オリー」

「異常だ」オリーが言った。「しかしな、その事件じゃ、あんたの写真は新聞に載らないぜ。あんたは、生涯、八七分署をちゃちな分署のままにしておきたいのか、それとも打席に入り、場外ホームランをかっ飛ばしたいのか？」

「俺は子供にお休みを言いに行きたいね」

「それよりも、警部に電話しろよ。名前は何だっけ？　バーンスタインか？」

「バーンズだ」

「俺のボスみたいにユダヤ人かと思ってた。彼に聞いてくれ、クリスマス頃にやったマネー・マネー事件のようなおいしいのがいいか……」

4

二級刑事アイリーン・バークは、八七分署に転属になったのがどんな気持ちか自分でも説明できなかった。

　バーンズ警部が、彼女の心を代弁してくれた。

「アイリーン、君は立派な警官だ」彼が言った。「君を迎えて嬉しく思う。しかし、バートとのことがある」

　警部は、それほど遠くない昔、アイリーンが彼の部下の刑事と短くも（といっても、八七分署の歴史の中では短いということだが）狂おしい関係を持った事実を指しているのだ。バーンズの表情は、昔の恋愛に尾を引くごたごたは御免だと言っている。アイリーンは彼の表情を読み、彼の言葉を心にとめたが、何と言ったらいいかわからなかった。バート・クリングにはずいぶん長いこと会っていないし、今は別の女と恋愛関係にあることも知っている。

　アイリーンは、新しいボスの机の前に立っていた。茶のスラックスに茶のローヒール・パンプスを履き、オリーブ・グリーンのクルーネック・セーターとそれにマッチしたカーディガンを着ている。日の光が警部の角部屋の窓から流れ込み、彼女の赤い髪を燃え立たせている。彼女は、なぜボスがプライベートな生活に立ち入る権利があるのか、ボスは以前のロマンスの相手にも同じ警告を与えるつもりなのかと考え、くたばっちまえと言いたい誘惑にかられた。ボスは彼女のグリーンの目の表情を読み、アイルランド人の気性がめらめらと燃え上がるのを見たにちがいない。何と言っても、彼自身がアイルランド人なのだ。

「私には関係ないがね」彼が言い直した。

「問題が起こることはありません、警部」アイリーンが言った。

　バーンズは「警部」と言われたことに気付いた。二人は、以前仕事を一緒にしたことがあった。その時、アイリーンは覆面のおとり役として、彼のところに出向してきた。そのころは「ピート」だった。今は「警部」だ。ということは、彼女との関係がうまく始まってないということになる。

彼の望むところではなかった。詫びるつもりで彼は言った。

「君は私の班に所属することになった初めての女性だ、アイリーン」

「わかっております、警部」

「ピートにしてくれないか？」

「ピート」彼女は言って、頷いた。

「そのうちわかると思うが、このあたりは静かだ」彼が言った。「あの人質交渉の後はな」

「この市に、静かなところなどないでしょう」彼女が言った。

実は、近頃、人質事件は少し下火になっている。もちろん、時には頭のいかれた男が、マジェスタあたりの薄汚いアパートで、自分の女房と二人の子供を撃ってから、三番目の子供に銃を突きつけたりして、警官がそいつにペルーに行く飛行機とハーシーのチョコレートバー三ダースを約束することもある。が、たいていの場合、悪い奴はもっとでかいことを企むものだ。だいたい飛行機を乗っ取るようないかれた手合いには、交渉役を差し向けて話し合いをさせたりしないものだ——いや、実際にはしても無駄だろう。しかし、八七分署なら、AK‐四七を自分の祖母に突きつけた人質犯と面と向かって対決したこともあるから、たぶん手慣れているだろう。まあ、アイリーンは田舎での休養が必要なのかもしれない。それはそれとして、警官仲間の噂話によれば、この分署の男どもは、最近、財務省やらCIAやらを巻き込んだ非常に大がかりな事件を手がけたらしい。

バーンズは、彼女がクリングと組むことがないようにできるだけのことはしようと、言ってよいかどうか考えた——しかし、それじゃあ、言い訳めいている。刑事二人の仕事上の関係が生死を分かつことがよくあるとでも言おうか——しかし、それじゃあ、いかにもありきたりだ。

「アイリーン」彼はあっさりと言った。「我々は、固く結ばれた家族も同然だ。歓迎するよ」

「ありがとうございます、警部」彼女は言い直した。「ピート」

その時、警部の部屋のドアにノックの音がした。

「入れ」バーンズが言った。

ドアが開いた——そして噂をすれば何とやら。

その水曜日の朝九時二十分前——警部の部屋に足を踏み入れ、赤い髪の幽霊に出会ってから十五分ぐらい後のこと——バート・クリングは覆面パトカーの運転席に座り、自分とキャレラを乗せてアップタウンの八八分署に向かっていた。

「白状すると」彼が言った。「心臓が止まったよ」

キャレラは黙っていた。前の晩、警部に電話して、手入れの手柄は五分五分でいこうというオリー・ウィークスの申し出について話をした。もしあればのことだが。自分が弱みを握られる前にこの市の弱みを握らなきゃいけないということも話した。チャンスは一度きりで、世界中の警官がラリー・キングのトークショーに出られるわけではないんだということも話した。

「オリヴァー・ウェンデル・ウィークスがそう言ったんです」彼は言った。

バーンズはそれに答えて言ったものだ。「一か八かやってみよう」

そういうわけで、その昔、命がけで愛した女に今頃出会ってどう感じたのか、クリングがくどくどと語っているのを聞きながら、キャレラは、再びアップタウンに向かっていた。

雨が降り始めていた。

八七分署は、雨がほとんど絶え間なく降り続いていた三月に、ある事件を捜査したことがあった。キャリーバッグの中に切断された手が発見されるという事件だったが、後になってこれを〝雨事件〟と呼んだものだった。この市では、雨が心地よく感じられる時がある。今朝は違った。雨は激しく絶え間なく降り続き——新しい言い方をすれば——バケツごと空から落ちてくるようだった。フロントガラスに滝のように流れ、ワイパーがせっせと動いても視界らしきものを保つことができなかった。

「君が大好きだった、と言いたくなってね」クリングが言った。「でも、すぐそこに警部が座っている。それに、まだ心残りがあるのかもしれないと彼女に思わせたくなかった」

「それで、どう言ったの?」キャレラが聞いた。

「そこで、ピートが、これから彼女は俺たちと一緒に仕事をすることになったと言ったんだ。だから、〝仲間になってくれて嬉しいよ〟みたいなバカなことを言ってしまった。それから握手をしたんだけど、妙な感じだった。つまり……俺たちは長いこと一緒にいた、知ってるだろう、カップルだった。それなのに、今はただ握手をしている。他人みたいにね。その時、君が大好きだったと言いたくなったんだよ。握手をしている時に」

「署の後ろに駐車できる」キャレラが言った。「裏に回ってくれ」

クリングはハンドルの上に身を乗り出し、目を細めてフロントガラス越しにドライブウエーを見つけ、車を回して駐車場に入れた。できる限り建物に近いスペースに車を止めたが、二人とも、車から足を踏み出し署の裏口に猛烈にダッシュする前に、もうずぶぬれになっていた。

古い署は、どこも同じような構造になっている。八八分署だろうと八七分署だろうと同じように簡単に入っていけるだろう。二人は、裸電球がともされた長い廊下に出た。ドアの内側には誰もいない。キャレラはふと思った。精神に異常を来したやつが爆弾を持って入ろうと思えば堂々と入って来れる。署に帰ったら、このことをバーンズに言おうと心に留めた。廊下の先の、もう使わなくなった石炭用暖房炉の脇を通り過ぎ、木の階段を一フライトだけ上ると、点呼部屋へ入るドアに出る。八七分署と同じ点呼机に、違う巡査部長。彼は、キャレラとクリングを知っていたかもしれないが、それにしても二人が自棄になったテロリストであろうとなかろうと気にもしていないようにみえた。

左側に携帯無線機の棚、右には防弾チョッキの棚がある。鉄の踏み板の階段を二階まで上り、男性トイレ、続いて女性トイレを通り過ぎ、自分の署と全く同じ板張りの腰仕切の木戸口を入ると、目の前にはデブ閣下のお出ましだった。

「遅刻だぞ」オリーがニヤニヤしながら言った。

九時一分過ぎだった。

ここにも、慣れ親しんだ音と臭いがある。電話の鳴る音、ホットプレートの上のコーヒーの香り、日夜使用または悪用されてきた部屋のむっとするような臭い——特に雨の日はそうなのだ——部屋の奥の指紋机の上にある黒インクから漂ってくる、かすかな臭い、これは警察官にしかわからない。部屋の向こう側の窓の一つがわずかに開いていた。いつにない新鮮な空気も、ほのかに感じられる。何もかもおなじみの光景だ。特に、テレビでも見ていたとしたら。

「例のバッグを見つけた」とオリーが言った。

クリングは、どのバッグのことだろうと思った。

一瞬、キャレラも同じことを考えた。

「ああ、あのバッグか」思い出して言った。

オリーは、メキシコ沖合の鯨のように回転椅子から立ち上がった。よたよたと部屋を横切り、ウオータークーラーのそばに置いてある、おきまりの車付きの黒い小型キャリーバッグのところに行った。柄の部分を引っ張り出すと、バッグを自分の机まで引いていき、机の上に持ち上げ——シルクハットからウサギを取り出そうとする手品師のように——バッグのジッパーを開け、たれ蓋をひっくり返した。

「これが、市議会議員が一泊旅行に詰めていったものだ」

彼はそう言って、手を大きく広げた。「舞台におきっぱなしになっているのを見つけたんだ。後ろの壁に近いところだ」

バッグの中の衣服は洗濯物のように詰め込まれていた——もちろん、洗濯物である。これは、ヘンダーソンが州都で二晩過ごした時に着たものだ。バッグには、男性用パンツ一枚、ダークブルーの靴下二足、ブルーの長袖ボタンダウン・シャツ、同じような白のシャツ、ブルーの夏服、ブルーとグリーンの縞のシルクタイ、黒靴一足、洗面用具、電気カミソリが入っていた。

「殺されたときは、ジーンズにローファー、それとホモみたいにピンクのセーターを着ていた」オリーが言った。

「たぶん、帰りの飛行機でも着ていただろう」

「それじゃ何の手がかりにもならないじゃないか」クリングが言った。

オリーが彼をにらんだ。

キャレラは、何でもかかってこいとばかりに身構えた。オリーにかかわったら、どういうことになるか見当も付かないからだ。しかし、何事も起こらなかった。オリーはただ大きなため息をついた。そのため息は「どうして俺はいつもバカな新米野郎（クリングは決して新米ではなかったが）と付き合わなきゃならないんだ？」という意味だったかもしれない。それでなければ、「仕事が山ほどある日に、どうして雨が降らなきゃならないんだ？」ということかもしれなかった。

「今日は何時間ぐらい付き合ってくれるのかな？」オリーが聞いた。

「警部は、あんたのお好きなようにと言っている」

「本当か？　じゃあ、誰が風呂場のばあさんの面倒を見るんだい？」オリーが聞いた。まるで誰が目を突き刺した犯人なのか気にしているような口振りだ。キャレラには、修辞的質問だとわかったが、クリングは二人が何を話しているのかさっぱりだった。「これを今日片づけたいと思っているんだ」オリーは言って、左手の指を折りながらチェックしていった。まずは小指から。「第一に、ヘンダーソンが月曜の朝やられた時、フォロースポットを担当していた男を追いかけ、そいつが何を見たか突き止める。これは俺がやる。容赦しないぞ。第二は」次に薬指を使った。「あんたたち二人には、ガブリエル・フォスター牧師の話を聞いてきてもらいたい。奴とヘンダーソンが一週間ぐらい前にちょっとした殴り合いをやってるんだ」

「なぜ俺たちなんだ？」キャレラが聞いた。

「まあ、俺は牧師とあまり仲がいいとは言えないんでね。うーむ」

「ふーん、どうしてだ？」

「どんな殴り合いなんだ？」クリングが聞いた。

「罵倒したり、こぶしが飛んだりというところかな」

「どこで？」

「公会堂の討論会でだ。市長も出席していた。あのバカ野郎」

「本当はフォスターがヘンダーソンの殺人に関係あるとは

思ってないんだろう?」キャレラが言った。

「薪の中に黒人がいたら、あぶり出せ、と思ってるのさ」オリーが言った。

クリングが彼をにらんだ。

「何だね?」オリーが言った。

「俺はそういう言い方は嫌いだ」

「そうか、じゃあ、おまえなんか糞食らえだ」オリーが言った。

キャレラはすぐ間に入った。「どこでまた落ち合おうか?」

「次に俺たち三人が会うのはいつってことか?」オリーが言った。「ここにもどってくるってことで、どうかな。えーと、三時に」彼はクリングの目を見て言った。「ヘンダーソンが麻薬法の強化に賛成していたことは知ってるだろう」

「それで?」

「だから、いわゆる黒人社会の中には、ヘンダーソンが自分たちの仲間《ブラザー》を刑務所におっぱらうつもりだと考えているやつもいるかもしれないってことだ」

「それで?」

「そいつらは、有色人種を狙っている、と考えているかもしれないんだ」オリーが言った。「ここらじゃ、それをプロファイリングと言ってるやつもいる。それを忘れちゃいけないんだ、フォスターと話すときはな」

「ありがとう。覚えておこう」クリングが言った。

「いいか、俺はフォスターが有名なニグロのアジテーターで、民衆扇動家だと言ってるんだ。月曜の朝はたぶん、フォスター自身もすっかり扇動された気分になっていたかもしれない」

「あるいは、なってなかったかもしれないな」キャレラが言った。

「あるいは、なってなかったかもしれない」オリーが同意した。「ここは自由の国だ。誰もあの男にいちゃもんをつけたりしてないさ」

「俺たち以外はな」

「まともな質問は、いちゃもんではない。もちろん、ニグロじゃなければの話だがね。ニグロだと、この胸くそ悪い世界の誰も彼もが自分にいちゃもんをつけていると思うんだ。フォスターは世間ずれしているから気をつけろ、ぬれたコンドームみたいに捕まえどころがない。もっとも、あいつらはみんな同じようなもんだがな。邪悪な大都市《ビッグ・バッド・シティ》が始まるのは、ここからなんだぜ。この八八分署管区、つまりはニグロのふるさと、ヒスパニックの国からだ」

「また、そんなことを言うのか、オリー」クリングが言った。

「どうしたんだ?」オリーは、正真正銘わけがわからずに言った。

「じゃあ、三時に」キャレラは言うと、クリングの肘をとって刑事部屋から連れ出した。

後ろでオリーが叫んだ。「お前は新米か? でなけりゃ、何だ?」

キャレラは、ふと思い出した。この前、このファースト・バプティスト教会にガブリエル・フォスター牧師を訪ねたときも雨が降っていた。今回は、車から傘を持って出た。この市では、傘をさしている制服警官を目にすることは決してない。刑事でも持ち歩いているのを見かけることはめったにない。法執行官たる者は雨粒の間をぬって歩くことができるからだ。今、雨粒の間をぬって歩きながら、キャレラはクリングと一緒に大ぶりの黒い傘の下で背を丸め、教会の正面ドアまで水をパシャパシャはねながら歩いていった。

　ファースト・バプティストは、白の下見板仕上げの建物の中に入っている。両サイドは、最近赤煉瓦の正面をサンドブラストで磨いた六階建てのアパートだ。ダイヤモンドバックには、とっくの昔に絶望的な貧困の泥沼に吸い込まれ、区域再開発による中産階級化のアイディアは夢物語でしかなくなった区域もある。しかし、十七番街と二十一番街の間の八八分署管区にあるセント・セバスチャン通りは、活気にあふれたコミュニティの中心で、自給自足の小さな町に似ていなくもない。この通りに沿って、すてきなレストラン、極上の肉や新鮮な農産物があふれているスーパー、デザイナーズ・ブランドの服を売る店、靴、自転車、傘などの修繕屋、六つもスクリーンがある複合映画館、それにフィットネス・センターまである。

キャレラはドアのベルを鳴らした。

三つのドアのうち、真ん中のが開いた。黒っぽいスーツにメガネをかけた貧弱な体つきの黒人がこちらをじっと見た。

「濡れますからお入りください」彼が言った。

中に入ると、教会の屋根に雨が激しくたたきつけ、ステンドグラスの窓からかすかな明かりが差し込んでいた。信者席が、空虚に静まりかえったまま、連なっている。キャレラは傘を閉じた。

「あなたがたは警察官でしょう？」男が言った。

「キャレラ刑事です」彼が言った。

「以前こちらに来たことがありますね」

「ええ」

「覚えてますよ。牧師にお会いになりたいのですか？」

「もしおいでになるなら」

「牧師も、きっとあなたがたとお話ししたいと思ってますよ。私は、執事のエーンズワースです」彼は手を差し出した。

刑事は、二人とも彼と握手した。

「どうぞこちらへ」彼はそう言って、信者席の端の通路を通って祭壇の右側のドアまで連れて行った。ドアを開けると、狭い通路があって街路側に窓が続いていた。彼らは窓に沿って突き当たりのもう一つのドアまで歩いていった。エーンズワースがノックした。中から「どうぞ、お入り」という声がした。エーンズワースがドアを開けた。

警察の記録を見ると、ガブリエル・フォスター牧師の生まれたときの名前は、ガブリエル・フォスター・ジョーンズ。ヘビー級のボクサーとして短いキャリアを楽しんでいたときにリノ・ジョーンズに変え、説教を始めたときにガブリエル・フォスターに落ち着いた。フォスターは自分のことを市民権運動の活動家だと思っている。警察は、民衆扇動家、日和見主義の自己宣伝者、人種を種にしたゆすり屋と思っている。事実、彼の教会は〝要注意箇所〟――招かれざる警察の立入りが人種暴動を引き起こすかもしれない箇所を指す警察の符号――としてファイルに載っている。

身長六フィート二インチ、ヘビー級ファイターだったころそのままの広い肩と胸、傷跡が盛り上がった眉。四十九歳のフォスターは、すぐに五十になろうというのに、未だに並の挑戦者なら三十秒きっかりでたたきのめすことができそうな風貌をしている。刑事たちが牧師室に入ると同時に手を差し出し、ニコニコしながら言った。「キャレラ刑事じゃないですか！　またお目にかかれて嬉しいですな」

二人は握手をした。キャレラは、この前ここで会ったときのフォスターがあまり嬉しそうじゃなかったことを覚えていた。

「こちらは、クリング刑事です」彼が言った。

「初めまして」クリングが言った。

「あなたがたがなぜここに来たかわかってますよ」フォスターが言った。「探りを入れているんでしょう、違いますか？」

「我々がここに来たのは、あなたとヘンダーソンのこの前の討論会が、最後は殴り合いになったからなんだが」キャレラが言った。

「おやおや、それは、どうも真相だとは言えませんな」フォスターが言った。

「我々はそう理解してるんですがね」

「確かに、殴り合いはしました。その点については、全くその通りです」フォスターがニヤニヤしながら言った。

「異議を申したいのは、〝討論〟の部分です。私は、彼のこきおろしを討論だとは思いません」

クリングは、この男が気に入ったと決めてよいのかわからなかった。黒人の女、シャーリンと生活を共にするようになってから、黒人と関わるときにどうしても神経質になる。すべての黒人を、シャーリンの目を通して見ようとしていた。そうすれば、あらゆる皮膚の色に関するたわごとは消えてしまう。彼がシャーリンから最初に学んだことは、彼女が「アフリカ系アメリカ人」というレッテルを軽蔑していることだった。二番目は、彼女が目を開けたままキスするのが好きなことだ。シャーリン・クックは医者で、警察では外科部長代理だが、クリングは彼女に敬礼したことはなかった。

たぶん、自分はフォスターのいたずらっぽい目の輝きが好きなんだと思った。この男がトラブルメーカーだということは知っている。しかし、まっとうなトラブルを探し出すなら、時にはトラブルメーカーも悪くない。彼は、レスター・ヘンダーソンが、かつてリノ・ジョーンズと呼ばれていたボクサーと殴り合って、どうして殴り倒されなかったんだろうと思った。今朝の新聞に載った写真では、ヘンダーソンは肩幅の狭い貧弱な男だ。テレビに登場する政治家という政治家がしているのと同じヘアカットをしている。クリングが秘かに〝トレント・ロット（ミシシッピー州選出上院議員）・カット〟と呼んでいる超党派のヘアスタイルだ。フォスター牧師のハムのようなこぶしが、なぜ凶器にならなかったのか？ それとも、手心を加えたのか？ いずれにせよ、このボクシングの試合が行われたのは、正確にはいつのことだったのか？

彼の心を読んで、キャレラが言った。「殴り合いのことを聞かせてください、フォスター牧師」

「ほとんどの人が私をゲイブと呼んでますよ」フォスターが言った。「あんなのはとても殴り合いなんて呼べるしろものではなかったんです。殴り合いとは、相手が気絶するまでたたきのめすぞという意気込みで、二人の人間がパンチを食らわしあうことをいうんです。それが殴り合いというものです。あるいは、相手を殺すまでと考えることもあります——しかし、これは目下のところ注意を要する話題ですな、あのろくでなしに起こったことを考えると」フォスターが再びニヤニヤした。「一週間前の日曜のことだ、レスターが私めがけてパンチを食らわしてきた。私は横によけて、やつを押し返したら、尻餅をついたんだ。ただそれだけのことです。町中のカメラのシャッターチャンスだった。しかし判定はなかったな」

「なぜ、彼はあんたにパンチを食らわしたんですかね、ゲイブ？」クリングが聞いた。

「パンチを食らわしたんじゃない。ほんとうは、食らわそうとしただけだ。パンチがノースダコタからはるばるやってくるのが見えたよ。パンチがどうのって、やつが考えもしないうちに脇によけたってわけさ」

「なぜ、彼はあんたにパンチを食らわそうとしたんですかね？」クリングが聞いた。

「あんたがシャーリン・クックとデートしてるブラザーかね？」フォスターが聞いた。

〝ブラザー〟、クリングなら使わない言葉だ。〝デート〟も同じく使わない。

「そんなこと関係ないだろう？」彼が言った。

「ただ、そうかなって思っただけです。シャーリンの母親を知っていますからね。このダイヤモンドバックで清掃婦をしていて、時々、教会の手伝いもしてくれました。私が駆け出しのころの話です」

「なぜ、彼はあんたにパンチを食らわそうとしたんですかね？」クリングが聞いた。三度目だ。たぶん、今度はうまくいく。

「やれやれ、本当のところがわからないんです」フォスターが言った。「あいつのことを、人種差別主義の豚野郎と言ったからかもしれない？」

「じゃあ、なぜそんなことを言ったんです？」キャレラが聞いた。しかも、彼の目とかすかな微笑は、レスター・ヘンダーソンが以前にもそう呼ばれていたことを知っていると語っていた。表現はいろいろだが、同じ意味だった。一番新しいところでは、ある州議会議員が〝髭のないヒトラー〟と呼んでいたな。

「彼が、ダイヤモンドバックを絶滅させようと企んでいたのは周知の事実です」フォスターが言った。「もし私が間違ってなければ、キャレラ刑事、ここの麻薬が大きな問題になった事件を、あんた御自身がつい最近捜査したはずです。ヘンダーソンは、ただでさえ厳格な州の麻薬法をさらに厳格化することに賛成していた。街から組織的に黒人を追っ払い……」

演説が始まった、とクリングは思った。

「それでなくても満杯の刑務所に放り込み、その刑務所を維持するために納税者に莫大な負担をかけるという法律だ。この法律は、ここの若者たちが繁栄する街の生産的な一員になるのを助けるどころか、反対に犯罪人を作ろうとしているのだ。私はこの点をレスターに指摘したあと、何気なく言ったんだ、あんたが押し進めているような、政治的動機に基づく方針を推進する者は、人種差別主義の豚野郎だけだと。その時、あの男が俺を殴ろうとしたんだ」

「なるほど」キャレラが言った。「ところで、月曜の朝十時半頃あなたはどこにいました、ゲイブ？」

「おやおや」フォスターが言った。

「まったく、おやおやですな」

「私のちっちゃなベッドでひとりぼっちで寝てましたよ」

「それはどこです？」

「ルーズベルト・アベニュー一一二番地。アパート6B」

「それで、何時にあなたのちっちゃなベッドから起きました？」

「このオフィスに十一時に来ました。レポーターが十一時半にインタビューに来ることになっていたから」

「何時に家を出ました？」クリングが聞いた。

「十時半頃かな。天気がいいときは、いつも歩いて仕事に来ることにしています」

「ということは、月曜の十時半、キング・メモリアルの近くにはいなかった。間違いありませんね？」

「近くに行くことは、絶対にありません」

「誰かがあなたと寝ててくれればよかった」キャレラが言った。

「そうですね。一緒に寝てくれる人がいるならいつだって大歓迎です」

「でも、誰もいなかった」フォスターが言った。

「そう、まったく誰もいませんでした」

「住所はどこでした？」クリングが聞いた。

「ルーズベルト一一二番地」

「二十八番街と二十九番街の間ですか？」

「いや、もっとアップタウンです」

「キング・メモリアルの近く？」

「そうです、二ブロックか三ブロック離れています」

「正確にはどこですか？」キャレラが聞いた。

「三十一と二の間です」

「ホールはセント・セバスチャン通りにある。三十番街の角です」クリングが言った。

「そうです」フォスターが言った。

「もし一ブロックよけいに歩けば、仕事に来る途中でホールのところを通ることもできた」

「もし一ブロックよけいに歩いたなら、そうです」フォスターが言った。「しかし、まっすぐルーズベルトに出ました。いつもと同じ道です」

「あなたは、ここの二十一番街まで十ブロックほど歩いて……」

「そう、それから横にセント・セバスチャンまで一ブロック歩きます」

「いい散歩になる」

「天気さえよければ、その通りです」

「月曜日は、確かに天気がよかった」クリングが言った。

「確かによかった」キャレラが言った。

「さあ、だらだらとくだらない話はこれまでにして下さい。オーケー？」フォスターが言った。「あんたたちは、私があのいけすかないやつを殺さなかったことを知っている。だから、私が月曜の朝どこにいようと関係ないはずです。その気になれば、家でモルモン・タバーナクル聖歌隊の全員とベッドに入ることだってできただろうし、キング・メモリアルのすぐ前で靴のひもを結んでいた可能性だってあります。私だって、今まで生きて来る間には、バカなことをやったかもしれません。しかし、殴り合いの喧嘩をした一週間後に、人を殺すなんてバカなことは、決してやりません」

「そうでしょうな」キャレラが言った。

「俺もそう思うよ」クリングが言った。

「しかし、我々としてはなんでも聞かなきゃならないんでね」キャレラが言った。

「そのへんはわかってもらえるでしょう」クリングが言った。

「時間を割いてくれてありがとう、ゲイブ。もし何か耳にしたら……」

「どんなことを?」

「いいですか、あなたはこの街の実態をきちんと把握している人だ。誰かが何かを見たり、聞いたりして、街のリーダーに報告しなきゃいけないと感じるかもしれないじゃないですか……」

「ますますくだらない話です」フォスターが言った。「私は相変わらず容疑者なんでしょう?」

「ひとり寝ができるようにお教えしよう」キャレラが言った。

5

本当に本当のことを言うと、オリーは、レスター・ヘンダーソンを殺した犯人を捜すより、自分の本を盗んだやつを見つける方に関心があった。その目的のため、彼は無理やり移動科研班をはるばるアップタウンまで来させ、彼の車から指紋を採らせていた。この作業をさせる彼の理論は、うららかな春の日に犯人は手袋なんかはめてるはずがない、だから、そこら中にはっきりとした証拠を残していったはずだというものだった。

まさしくその通り。

小説ならば……。

移動科研班の連中は何も見つけられなかった――別にオリーは驚かなかった、あんなまぬけどもがすることだ――しかし、何者かが、オリーの車のドアを破り(それも、頭に来るのは、キング・メモリアルの外に立っていた目も耳もなんにもない制服警官から丸見えのところだった）、手をつっこんでドアの鍵を開け、オリーの貴重な原稿を持って逃走したことに変わりはない。オリーは思った。このあたりじゃ本を読める者なんかいるはずがない。だから、警察官が書いたものを見ても、そんなやっかいなものとは気がつかなかったんだろう。だが、今すぐ返さないと、後で思い知らせてやるぞ。

原稿が入っていたアタッシェケースは、二年前のクリスマスにイザベラから贈られたものだ。まぬけの妹がくれた他のすべてのプレセントと同じ様に、このケースも、今回キンコーズに持っていく原稿を入れるまで一度も使ったことがなかった。オリーの考えでは、もし泥棒がこのケースを役立てようと思ったら、質屋に持っていくほかない。そこで、八八分署と近隣分署のすべての質屋に、チラシを送っておいた。ヤク中は——もし本当にヤク中が盗んだとしたら——生まれつき縄張り意識があり、本能的に決まった行動を取るものなのだ。

本を書いていた三カ月の間に、オリーはいわゆるミステリーものについていろいろ勉強した。最初の『偽金《バッド・マネー》』のための努力ともいえない努力を捨てると、最初からやり直すつもりで、ベストセラー・リストに載っているくだらない本をかたっぱしから読んでみた。しかし、そのほとんどは、警官や、探偵や、検視官や、猟区管理人や、賞金稼ぎや、その他本の中に出てくる職業に、その生涯を通じて一度もついたことのない女性が書いたものだった。次に、アマゾン・ドット・コムに掲示されているすべての書評を読んだ。

インターネットをやる前は、アマゾン・ドット・コムは、ドロシー・コムというばかでかい女のことだと思っていた。今ではもう少しガクがある。この書籍販売サイトは、オリーにしてみれば六年生の時に書かなければならなかった読書感想文のようだった。事実、アマゾンの書評は、学校に行ったこともなければ、警官とか探偵とかでもない、世の中のことを何も知らない世間知らずで、放課後子供をサッカーやお稽古事に連れて行く専業主婦タイプの母親が書いているようだ。おまけに、文章があまりうまくない。オリーは、そもそも本の販売が商売のアマゾンともあろうものが、なぜ自分たちが売ろうとしている本の悪評を載せるのかと不思議だった。しかし、まあ、それはあいつらの問題で、俺には関係ない。それに、いわゆる書評なるものは、オリーにとって、大いに参考になる。

書評から学んだことは、半ダース以上の登場人物、あるいは、二つ以上の筋書のある本は複雑すぎて、ジョージア州のグリーン・ビーンズやテキサス州のサドル・ソアに住んでいる田舎者には理解できないということだった。要はシンプルであること。シンプルを忘れちゃいけない。もしそこらの単細胞が、ミステリーや、刑事物や、犯罪小説や、スリラーや、名前は何であれ、これに類する本を読んでいるとしたら、そういう本を実際に書いている者としては、シンプルにやる方法を学んだ方がいい。単細胞どもにはシンプルを。

シンプル。

そこで、彼がやったことは、以前『偽金《バッド・マネー》』の時に格闘した文学的アプローチを捨てることだった。例を挙げると、オリジナル・バージョンには次のような大仰な言葉があった。

〝部屋のどこかから音楽が流れてくる。その不快なビートが廊下を揺するほどに響いていた。〟

次のバージョンで、彼は次のように変更した。

〝うるさい音楽がホールを叩いていた。〟

ピリオド。

シンプルだ。

彼は自分の声を見つけたと思った。

作家でない者に〝声〟とは何か説明しても意味がない。一度、バカな妹のイザベラに声の定義を教えてやろうとしたが、妹は即座に言ったものだ。「あら、兄さん、今度は歌手になるつもり?」。作家にとって、声は歌うこととは関係ない。声はアイルランドの沼地に生じる霧のように触れることができない。声は魂の底の底からわき上がってくる何かなのだ。声は小説のエッセンス中のエッセンス、いわば、香水なのだ。こうした事柄の本質を、イザベラのようなバカに呑みこませてやってもらいたいものだ。

それから、突然、正真正銘素晴らしいアイディアがひらめいた。

本の最初のバージョンでは、彼は主役を一級刑事オズワルド・ウェズレー・ワッツにした。その上で、主役を次のように描写している。

〝背が高くハンサムで、肩幅と胸が広く、ウエストが細く、俊足の〈大きなオジー〉ワッツは、ピストル（九ミリ口径のセミオートマチックのグロック）を手に、勇敢にも、悪臭を放つアパートの四階まで上っていき、4Cのドアをノックした。〟

しかし、ベストセラー・リストに載っている大部分のミステリーが婦人によって書かれていることに気付いてからは、全く別のアプローチを試みることにした。改訂版は次のように始まっている。

〝私は、二百七十万ドル分の、いわゆるコンフリクト・ダイヤモンドと一緒に、ある地下室に閉じこめられています。ちょうど今ストッキングが伝線しました。〟


彼はついに声を発見したのだった。

エミリオ・ヘレーラは、大して時間がかからないうちに、何かとてつもなくでかいヤマに行き当たったことに気付いた。アタッシェケースのことを言っているんではない。それはすでに五ドルで売ってしまった。ケースの中身のことだ。今ちょうど読み終わったものは、女性刑事から市警察本部長へ宛てた私的報告書であった。

市警察本部長への報告書

一級刑事
オリヴァー・ウェンデル・ウィークス 著

彼がもう一度、今度はもっと注意深く読み返そうとしているものは、不首尾に終わった大がかりなダイヤモンド取引についての、ごく個人的な報告書だ。発見したいのは——

——暗号を解読できるほど彼の頭がよかったとすれば——何

百万ドルにも相当するいわゆるコンフリクト・ダイヤモンドのありかだった。

エミリオは読むのが速い。学校時代の得意科目は英文学だった。中退してヤク中になる前のことだ。何分もしないうちに、この報告書を書いている刑事は、自分と市警察本部長だけにわかる暗号を使っていることに気がついた。たとえば、刑事が〝ルビータウン〟という言葉を使った時、それはエミリオが住んでいるこのダイヤモンドバックのことを指しているのだとすぐにわかった。オリヴィア・ウェズレー・ワッツがこの市を何と呼ぼうが、この市のこと、エミリオが生まれ育ち、堕落していったこの邪悪な大都市のことを指しているのだ。

エミリオは自分が堕落したことを承知している。つまり、自分がヤク中であることを承知しているのだ。多くのヤク中は、自分は中毒になってはいない、やめようと思えばいつだってやめられる、麻薬をやるのもやめるのも自分一人でできると言う。しかし、エミリオは、自分に嘘を付かないことを好んだ。つまり、自分が完全に麻薬の虜になってしまったことを知っているのだ。彼だって、人生を始める時にヤク中になろうと計画したわけではなかった。母親にも「ねえ、母さん《ジェフィタ》、大人になったら何になりたいか知ってる？　ヤク中なんだ！」とは言わなかった。

本当は、野球の選手になりたかった。二塁手だ。代わりにヤク中になってしまった。麻薬は、この市で用心しなければならないものの一つだ。初めはアメリカ合衆国の大統領になりたいと思っていても、いろいろ誘惑する連中がいるんだ。そして突然、コカイン吸入に明け暮れている。あっという間のことだ。ある日、大通りに近い橋の下の空き地で野球をし、次の日には、車の窓を破っている。後部座席に茶色の革のアタッシェケースが見えたからだ。中に薬《ヤク》が入っているかもしれない。

だけど、まあ……

長い目で見れば、すべてうまく行くんだ、そうだろう？

今、エミリオの手に何百万ドルもの大金が手に入る鍵が握られている。考えようによっては、これは宝くじに当たるよりいいかもしれない。ワッツ刑事の報告書を、何度も何度も、そして前に後ろにと読み込み、本の中のどの暗号名がこの市に実在するどの土地名と一致するかを解き明かせばいい。そうすれば、本に登場するギャングが、伝線の入ったストッキングをはいたオリヴィアを地下室に閉じこめる前に、二百七十万ドルに相当するダイヤモンドを何処に隠したかわかるだろう。実を言うと、若い女性の下着について こんなに率直に書かれている箇所を読んで、エミリオは興奮してしまった。

電気担当の男は、ピーター・ハンデルといった。

雨はすでにやんでいて、オリーがこの男を見つけたとき、ダウンタウンにあるラムゼイ大学の外の公園でチェスをしていた。ハンデルもチェスの相手も、オリーの推定では、二、三ポンド体重を減らしてもよさそうだった。ジャイアント・パンダのように、二人の男は表面を石加工したテーブルの上にかがみ込み、次の一手を考え込んでいた。ものすごく集中している二人の邪魔をしたくなかったので、オリーは一瞬だけ待ってから、バッジをさっと見せて自己紹介した。

「二人だけで話をしたいんだが、ミスター・ハンデル」彼が言った。「こちらのご友人がよければ」

「あと三手でチェックメートなんだ」友人が言った。

オリーは、チェスをやる人間はどうしてそういうことがわかるのだろうと思った。

「ブロックを一回り散歩してきたらどうかな」彼が勧めた。

「いい天気になってきたし」

「あいつに俺の手を読まれてしまうよ」男は不満を漏らすと、しぶしぶ向こうへ歩いていった。

オリーは、彼の席に座った。オリーとハンデルはまだらに差し込む日の光の中に座っている。女たちがベビーカーを押しながらぶらぶら歩いていた。通りの向こうでは、若い密売人が学生たちに麻薬を売っている。オリーは、この市の警官は、揃いも揃っていったいどこに行きやがったんだと思った。

「ヘンダーソンが撃たれたとき、あんたは二階のブースにいたということだが」オリーが言った。

「ああ」ハンデルが言った。

ハンデルは、格子縞のスポーツシャツの上に、濃茶のボタンがついた茶のウールのカーディガンを羽織っている。オリーの妹が〝飴屋のセーター〟と呼んでるやつだ。太畝の茶のコーデュロイ・ズボンと組み合わせると、サイズの合ってないこのカーディガンを着たハンデルは、並はずれて太って見えた。オリーは、どうしてダイエットしないんだ、と思った。

「あんたが見たことを聞かせてくれ」彼が言った。

「俺は、舞台の左手からあの人を追っていた。ずっとスポットライトを当てながらね。彼がちょうど演壇に着いたとき、誰かが撃ったんだ」

「弾がどこから来たか、わかるかね？」

「舞台の右手だよ」

「どういう意味だね、舞台の右手とか左手というのは？」

「人の右か左かってことですよ。舞台に人が立っているでしょう。その人の右か左かってこと。観客に向かって」

「じゃあ、もし彼が左手から演壇に近づいているとしたら……」

「そう、彼の左手ってことです」

「あんたの話だと、彼が近づいてくるところを何者かが撃ったということだね？」

「ああ、誰かが舞台の右手から撃った」

「何発だ？」

「かなり多かったな」

「五発とか六発？」

「最低でも」

「バルコニーには、誰もいなかったかね？」

「バルコニーの方は見なかった。舞台を見ていたんだ。俺の仕事は、彼にスポットライトを当てることだから」

「弾がバルコニーから来たんじゃないとはっきり言えるかね？」

「もちろん。銃口が光るのを見たんだから」

「だけど、狙撃犯は見なかったんだな？」

「見なかった。銃口の閃光だけだ。それから彼が倒れた。倒れる時もスポットライトを当て続けた。そう指示されていたからな。ずっと彼にスポットライトを当ててろって。誰かが消せって怒鳴るまでそうしてた」

「誰が怒鳴ったかわかるか？」

「いや、わからない。ショーを運営している誰かだろう。で、俺はライトを消した。それから、誰かがホールの電気をつけた」

「ホールの電気がついたとき、舞台の袖に誰かいなかったかね？」

「いなかったですね。誰が撃ったにしても、その時には消えちまってたでしょう」

「舞台の右手だったな」

「そこで銃口が光るのを見たんです」ハンデルはためらった。それから言った。「ややこしいかもしれない。図を描こうか？」

オリーが、その水曜日の午後三時五分前に八八分署の刑事部屋にもどると、キャレラとクリングが待っていた。オリーは白いピザの箱を二つ抱えていた。一つを開けると、机の向こうに押しやって言った。「あんたたちの分だ。俺のおごりだぜ」。それから、二番目の箱を開け、二人がまだ座ってもいないのに食べ始めた。オリーが食べるところを見たことがないクリングは、あっけにとられて見つめた。

「何だ？」オリーが聞いた。

「別に」クリングはそう言ったが、驚嘆のあまり頭を振り続けた。

まさしく手品使いの早技《はやわざ》だ。オリーは、二つの手で三つのピザを箱から口へ絶え間なく運び続けている。しかも今、この華麗かつミステリアスな技に第四の要素を加えた。突然第三の手が生えてきたかのように、ジャケットの胸ポケットに手を入れ、折り畳んだ紙を取り出し、机の上に放り投げた。その間、一度たりともピザのリズムをはずすことはなかった。ピザを口へ、紙を机へ、次のピザを口へ。お見事。

「これを見てみろ」、紙の方へ顎をしゃくった。その間もピザをぱくついている。それも今度は一度に二切れらしい。

「何だい、これは？」キャレラが聞いた。

「電気屋が描いた図だ」

キャレラは食べかけのピザをおき、紙を開いて机の上で平らにした。

「中央に演壇がある」オリーが言った。「ヘンダーソンは舞台左手から現れ、演壇に向かって歩き、着いたところで撃たれた。狙撃犯は舞台右手の袖にいた。電気屋が銃口の閃光を繰り返し見ている。あんたたち、そのピザを食べきれるかね？」

「どうぞ、一つ取ってくださいよ」クリングが言った。

オリーがピザを四切れ操れるか、見たくてたまらなかったのだ。

「彼が床に倒れるまで、ずっとフォロースポットを当て続けていたんだ。熱心だろうが、な？」オリーが言った。手が伸び、口が動き、歯が嚙む。ソースとトッピングとチーズが手にもシャツにも机の上にもいっぱい垂れ散ってくる。すごいもんだ、とクリングは感心した。

「ウィークス刑事はいらっしゃいますか？」誰かが言った。

全員が振り返って、刑事部屋と外の廊下を隔てる板張りの腰仕切の方を見た。婦人警官が立っていた。右手に茶封筒を持っている。表には〝証拠品〟という文字が印刷されていた。

「俺がウィークス刑事だ」オリーが言った。

「ゴメス巡査です」彼女は言って、腰仕切の木戸を開け、机のところへ歩いてきた。教わった通りの態度でやろうとしているのだ。警察学校を出たばかりのほやほや、制服はきちんと仕立てられ、ボタンはぴかぴかに光り、バッジさえも新鮮な光を放っている。彼女は、大股で歩いた。それは、隠しきれない女性らしさをなんとか消そうとするものだったが、同時に、腰に下げたグロックの権威を強調するためでもあった。

「これをお届けするように頼まれました」彼女はそう言って、封筒を机の上に置いた。「受け渡し簿に、サインをお願いします」

「わかっているよ、ハニー」オリーが言った。

「ゴメス巡査です、刑事」彼女はきっぱりと、しかし丁寧にオリーの言い方を訂正した。

「そうか、そうか、そうだったな」オリーは言って、彼女ののぴーんと張った左胸の上にピンで留めてある名札をチラッと見た。黒字に白でP・ゴメスと書いてあった。彼は、封筒受け取りのサインをし、手のひらに載せて持ち上げながら言った。「中身は何だか知ってるかい、ゴメス巡査?」

「はい、刑事」ゴメスが言った。「現場で発見したとき、居合わせました」

「それはどこだったのかね、その現場というのは、ゴメス巡査?」

「キング・メモリアル・ホールの外の路地です。そこの下水溝にありました」

「なるほど、うーむ」オリーは言って、封筒を開けた。誰か仕事熱心な者が、三二口径のスミス・アンド・ウェッソン・リボルバーを回収したらしい。

オリーが、その夕方六時十五分前に刑事部屋を出ようとしたとき、弾道課から電話が来た。電話をかけてきた刑事は、強いヒスパニックの訛りがあった。オリーには、何を言っているのかほとんどわからなかった。彼は思った、なぜこいつらは英語を習わないんだ? ついでに思った。映画館に上映中の映画の題名や上映時刻を問い合わせると、録音メッセージはいつだってブルガリアで英語を習ったやつの声だ。なぜなんだ? 二度も三度も電話して、メッセージを初めから聞き直さなきゃならない。そうしなければ映画に出てるのが、メグ・ライアンなのかトム・クルーズかもわからないんだ。オリーは考えた。これはきっとあのくだらない機会均等計画とかいうやつのせいなんだ。だから ビジネスの必要上、留守電を録音するにも、会社の中で英語がからっきししゃべれないやつを選ばなければならないはめになる。オリーは今まで気がつかなかったんだが、問題は、この風習が警察署にまで及んでいることだった。

　彼がどうやら理解したところでは、キング・メモリアル・ホールの西端の路地にある下水溝から回収した三二口径のスミス・アンド・ウェッソンは、レスター・ヘンダーソンを射殺したピストルかもしれないし、そうでないかもしれない。さらに推測したところでは、回収された武器の製造番号は、この市の誰かに登録されているかもしれないし、されていないかもしれない。

「いいか」オリーが言った。「そこには英語をしゃべれるやつがいないのか?」

　バカモノは侮辱されたと思い、電話をガチャンと切った。

　オリーはすぐさま電話をかけなおしてやった。

　また、英語がしゃべれない別の男が出た。

「いったいどういうことなんだ?」オリーが聞いた。「カストロが合衆国を侵略でもしたのか?」

「どなたですか《キエン・エス》?」男が聞いた。

「一級刑事オリヴァー・ウェンデル・ウィークスだ」オリーが言った。「誰か英語を話す人間を出してくれ」

　向こうで、受話器をカウンターの上に載せる音が聞こえた。

　弾道課では至る所に危険な武器が散らばっているはずだ、それなのに、誰も英語がしゃべれないとは。

「ホーガン刑事です」誰かが言った。

「みろ、やったぞ」オリーが言った。

「どちらさん?」

「ウィークスだ。八八分署の。そっちに照合と鑑識をしてもらうために我々が送った証拠品があるだろう。その報告をいただこうとしてるわけなんだがね」

「誰かが電話しなかったかなあ?」

「電話はあったよ」

「それで?」

「それで、こっちからそちらさんに電話しているわけだ。証拠品を試験発射してくれたかね、もししてくれたなら、一致したのか?」

「ああ、試験の弾は証拠品の武器に対して陽性を示した」

ホーガンが言った。「他には?」

オリーは、この野郎は多分スペイン系の同僚が下手な英語をしゃべったからイライラしているんだろうと、考えた。そこで「あまりお手数じゃなかったら」と愛想よく言った。「証拠品の武器を、コンピューターチェックしてくれたか教えていただけますかな?」

「製造番号は消されていた」ホーガンが言った。「他には?」

「あるよ、ホーガン。お前さんのファーストネームは?」

「なぜですか?」

「お前さんの態度が気に入らないからだ。俺は殺人事件を捜査している。議員のだぞ。そして、お前さんはたまたまその殺人凶器を手にしている。だから、よかったら、ミスター・ホーガン、それと、あまり面倒じゃなかったら、その番号を復元してコンピューターにかけ、所有者が誰か見てもらいたいんだ。そのやり方はご存じかな、ミスター・ホーガン? まず番号のあったところをきれいにして……」

「やり方ぐらい知ってますよ」ホーガンが言った。「私の仲間もね」

「そりゃあ、結構。たぶん番号はスペイン語ででも書いてあるんだろうな。番号が出てきたら、コンピューターでわかったことを教えてくれ、いいな? 待ってるぞ。市長執務室も待ってるぜ。レスター・ヘンダーソンはただの街のチンピラじゃないんだ、知ってるだろう?」そこで強調するために一息入れた。「そうでなきゃ、こんなことであんたを煩わせたりしないよ、ミスター・ホーガン、あんたの時間がどんなに貴重か知ってるからね。しかし、たまたま武器にただひとつあったプリントが消され、俺たちには手がかりがなくなった。だからこそ、本件に関するあんたの専門知識が緊急に要請されているんだ、うーむ」

「番号は深いところまで消されている」ホーガンが言った。

「それを探り出すのはやっかいだな」

「そうだろうな、でも、それがあんたの仕事だろう?」オリーは言って、電話を切った。

6

アンディ・パーカーは、女とパートナーを組むのが好きというわけではなかった。ことに、勤務中に怪我をした女となるとなおさらだった。聞いた話だと、アイリーン・バークは、婦女暴行班と組んでいた事件で、覆面のおとり捜査中に切りつけられたということだった。警察側は、その時、いわば、乱暴もされたと見ているが、誰もそのことには触れない。バークにはすぐカッとなる友だちがいるからだ。バート・クリングもその一人で、その事件が起きたとき彼女と付き合っていたことをパーカーはよく知っている。二人の間がどうなったか、もう少し言えば、彼女の脚の間がどうなったかは、パーカーの関知するところではない。しかし、切りつけられたり撃たれたりした者とパートナーを組んだ時にどうなるか、それはまた別問題だ。そういう連中は、決して昔にもどれない。パーカーはそれを事実として知っている。

その水曜日の夜、パーカーが話をしていたのは、二月以来一緒に仕事をしてきた男である。名前はフランシスコ・パラシオス。薬草、夢占いの本、聖人像、数字ゲームの本、タロットカード、その他あれこれ関連商品を扱うこぎれいでこぢんまりとした店を経営している。

ところが、彼にはガウチョ・パラシオスとカウボーイ・パラシオスという無口のパートナーがいて、この店の裏でもう一つの店を経営している。ここでは医学的に認可された種々雑多な〝夫婦生活補助用品〟を売っている。張形、前のあいたパンティ、プラスチック・バイブレーター、革の死刑執行人マスク、貞操帯、ひだやいぼつきコンドーム、革ひものついた鞭、ペニス拡張器、催淫薬、ふくらまし式の等身大の人形、虹の七色と朱色のコンドーム、気の進まない女に催眠術をかけるか他のやらせる方法を書いた本、プラスチック製と金製の女性自慰用具、それに満足感の保証付きで、サック・ユー・レーターなんてうまい名前をつけた非常に人気のある器具などだ。

フランシスコと、ガウチョと、カウボーイは、実は同一人物である。三人まとめて警察の情報屋であり、おとりのハトであり、密告屋であり、時と場所によってはネズミでもある。エル・カスティーヨ・ド・パラシオスと呼んでいる二股かけた店の裏で、ガウチョは二人の刑事と一緒に座り、今度の火曜の夜に起こるはずのことを教えようとしていた。ただ、どうしても仕事に気持ちを集中できなかった。というのも、彼の目は赤毛の刑事の組んだ脚の上をさまよい続けていたし、彼女に〝腿のないパンティ〟とクロムの飾り鋲をちりばめた革のアンクレットを着けさせたらどんなだろうと考え続けていたからだ。

ガウチョは、彼女が自分のことをハンサムだと思ってくれないかなあと思った。

彼自身は自分を結構いかす男《オンブレ》だと思っている。二枚目のように背が高く身体が引き締まり、濃い茶色の目に、一年ぐらい前はなかった髭を生やし、長い黒髪をいまだに高いポンパドール（額からなで上げた男性の髪型）にしている。五〇年代の若者の髪型だ。彼は四人もの妻がいることを認めない。法律違反になるからだ――もっとも法律違反になるのは、実際に四人も妻を持つことで、四人の妻を認めること自体は別に法律違反になるわけではない――しかし、誰一人として赤毛ではなかった。それどころか、今まで赤毛の女と寝たことがない。彼は、赤毛の女はブロンドよりももっと情熱的だというのは本当なんだろうか、と思った。もっとも、彼の妻にブロンドはいない。少なくとも、本物のブロンドはいない。彼は思った。そう言えば、見事に脚を組み、左の頬にかすかな傷跡を残すアイリーン・バークは本当の赤毛だろうか？　カーペットはカーテンとマッチしているのだろうか、それとも、彼女は染毛《ミス・クレイロール》剤を使っているたぐいの女なのだろうか？

「今度の火曜日の真夜中に何が起こるかって言うと」彼が言った。「大量の……」

「火曜日の真夜中というと」パーカーが遮った。「火曜の夜に……」

「そうだ」パラシオスが言った。

「時計が零時を打つ……」

「うん」

「それとも、月曜の夜に時計が零時を打つ時かな？」パーカーはそう聞くと、手の端で月曜と火曜を分けるように空気を切り裂いた。

パラシオスが彼を見た。

「俺が聞きたいのは……たとえば、午後十一時五十九分とする。次が真夜中。それから長針が零時一分の方に動いていく。それが今話をしている火曜の夜のことか、それとも月曜の夜なのかね？」

「とにかく火曜の真夜中のことを言ってるんだ」パラシオスが言った。「火曜の夜十一時五十九分、それから真夜中、それから水曜の午前零時一分。麻薬の取引は火曜の真夜中になる」

「カレンダーを見た方がわかりやすいんじゃないの？」アイリーンが言った。

まったく男たちと来たら。

現に、ガウチョの店の壁にはカレンダーがかかっていた。

脚を広げた黒い髪の女の写真が載っている。日本の扇子を開いただけで何も身につけていない。パラシオスは四月二十四日水曜日のところに指をおいた。「ここが今日だ」。彼は次の一週間の欄に指を下ろした。「ここが四月三十日火曜、四月の最後の日だ。この日に麻薬取引がある。火曜の真夜中だ」

「これではっきりしたかね、アイリーン？」パーカーが聞いた。

彼女はパーカーを見た。

その一瞥を、パラシオスが見た。

ステキだ、いつかお尻をピシャピシャ叩いてほしがるかな？

パーカーは考えていた、お嬢さん、我々が今相手にしているのは幼稚園のガキじゃないんだ、それに、我々が踏み込んだ時にはタッチの差で乗り遅れ、手入れが大失敗だったなんてことになるのはごめんだ、あんたはそれでよくてもね。実際、パーカーは、来週、ドアを壊して地下階段を降りていって、そこで、拳銃か、ただのカッターナイフでも見かけたとたん、彼女がスカートをからげて一目散に逃げて行くんではないかと心配していた。

「ああいう連中は、素人じゃないんだぞ」彼が声を出して言った。

「あいつらは絶対に素人じゃないんだ」パラシオスが言った。彼女のパートナーが愛想よくしているのは、彼女がうっとりするような赤毛の美人でいつかベッドに連れて行きたいと思っているからだ。自分がそれに気付いたことを彼女にわからせようと、にっこり笑ってみせた。「とにかく、麻薬を売買するようなやつらだ。今回の取引についちゃあ、長いこと計画を練ってきたんだ」彼が言った。「あんたたちが地下室に乗り込んできて台無しになんぞしてもらいたくないはずだ」

どこを切られたのかわからないな、とパーカーは思った。顔だということは知っている。これはどうも心理的によくない、特に女性にとってはそうだ。でも、近頃じゃ整形外科で奇跡を行うらしい。それでもなあ……

「連中の地下室ってどこなの？」アイリーンが聞いた。

「それが問題なんだ」パラシオスが言った。

「何か問題があるなんて知らなかったわ」アイリーンはそう言って、またもパーカーを見た。

「問題は、しょっちゅう変わるってことなんだ」パラシオスが言った。

「何が変わるの？」

「麻薬を置いとく地下室だ」

「麻薬の置き場所をしょっちゅう変えているってこと？」

「今のところはね。これまでに三カ所変えた」

「なぜそんなことするの？」

「用心しているんだ」パーカーが言った。

「気をつけているんだ」パラシオスが同意して頷いた。

「素人じゃないんだよ」パーカーが彼女に念を押した。

「あるいは」アイリーンが言った。

男は二人とも彼女を見た。

「連中は我々に気付いてるわ」

ホーガンが、その晩十時にオリーに電話を返してきた。

オリーは、寝る前のスナックを食べているところだった。どんな食事でも邪魔されるのが大嫌いで、ホーガンに家の電話番号を教えたことを後悔しそうになった。

「俺がやったことは」ホーガンが説明した。「まず問題の箇所をきれいにし、なめらかになるまでヤスリをかけたあと、鏡のようになるまでカーボランダムで磨いたんだ。それから、数字が現れるまで塩酸で拭き続けた。全部で三時間もかかった」

お前さんが苦労した話なんか食事中に聞かせるなよ、とオリーは思った。

「それで、コンピューターの結果は?」彼が聞いた。

「拳銃が登録されているのは、チャールズ・マクグラスという男だ。こいつは五年前銀行強盗を働いたときにこの銃を使用し、警備員と、預金をしようとしていた女を撃った。二カ月後に逮捕されたときには、まだその銃を所持していた」

「そいつは今どこにいる?」

「キャッスルビューだ。B級の重罪で最高十年の刑を食らっている。一年かそこらすれば、仮釈放で出てくるはずだ」

「それまで彼はムショ暮らし、そう言いたいわけだね?」

「コンピューターがそう言ってるんだ」

「銃はどうなった?」

「どういう意味だ?」

「ミスター・マクグラスを刑務所に送った後さ」

「言っただろう。やつが持っていたところを発見されたんだ」

「そうだな、しかし、それがどうしてまた街に出てきたんだ?」

「さてね、そんなことあんたの仕事だろう?」ホーガンはそう言うと、電話を切った。

シャーリン・エバラード・クックは警察の外科部長代理。黒人の女性として初めてこの仕事に任命された――もっとも〝黒人〟というのは誤った名称だ。肌の色は焦げたアーモンド色だから。彼女は黒い髪をちょっと変わったアフロに結っていた。それは、彼女の高い頬骨や豊かな口元、土色の目と相まって、彼女を誇り高いマサイ族の女のように見せていた。五フィート九インチの身長に対し体重は百三十ポンド。彼女はちょっと太りすぎだと思っている。しかし、バート・クリングはちょうどいいと思っている。バート・クリングは、今まで彼女ほど美しい女に会ったことがないと思っている。彼女を死ぬほど愛している。

ただ一つの悩みは、どこで寝るかだった。

シャーリンのアパートは、地下鉄カームズポイント線の終点で、クリングのワンルームアパートからは四十分かけて河を越え森の中へ入っていくことになる。朝は自分のアパートからだと仕事場まで二十分、シャーリンのアパートからでは一時間十五分かかる。シャーリンは開業医でもあるが、制服組の一つ星チーフとしても、外科部長のオフィスで週十五時間から十八時間仕事をしている。オフィスはマジェスタとして知られる地区のランキン・プラザにあり、そこまでクリングのアパートから地下鉄で四十五分かかる。

というわけで、結局、夜はどこで寝るべきかがいつも二人の大問題となっている。まあ、どのカップルもいつも同じ問題をかかえているはずだ。

彼らは、その水曜日の夜をシャーリンのアパートで過ごす予定だった。しかし、ダウンタウンで一人の警官が撃たれ、シャーリンはシティに来ていたので、どっちみち——

この市のどこに住んでいようが、とにかくアイソラのことをシティと呼んでいる。リバーヘッドやマジェスタやカームズポイントに住んでいても、あるいはベスタウンに住んでいたとしても、地下鉄やバスを利用してダウンタウンに行くなら、シティに行くという。まあ、そういうことになっている。シャーリンはカームズ・ポイントに住み、クリングはシティに住んでいる。とにかくシャーリンはその日シティに来ていたので、二人は彼のアパートで寝ることに決めた。話は長くなったが、そういう成り行きだった。

彼の住まいは、ワンルームアパートだった。

どうみても快適とは言えなかった。

しかし、彼女は彼を愛している、そんなことどうでもいいでしょう？

「君のお母さんは、ほんとうにゲイブ・フォスターのところで働いていたのかい？」彼が聞いた。

彼女は浴室で歯を磨いていた。まだ、ハーフスリップとブラを着け、その朝仕事に履いていったサンダルを履いている。革ひもとバックルがついた中ヒールだ。洗ったストッキングがシャワー室の竿にかかっている。彼は彼女の物が部屋中にぶら下がっているのが好きだ。彼女のことを思い出させる物なら、何でも好きなのだ。

「母さんは、世界中の人のために働いたわ」彼女が言った。「私がどうやって大学と医学校を卒業できたと思うの？」

「フォスターが言ったんだ、君のお母さんはときどき教会の手伝いをしたって。彼が駆け出しのころだ」

「それはあり得るわ」シャーリンが言った。「母さんに聞いてみなければ」

今度はコールドクリームで化粧を落としている。毎晩寝る準備に三十分かかるのだ。ベッドに来るときにはいつも甘い匂いがして、清潔で、さっぱりとしていて、美しかった。彼は彼女の匂いが好きだった。彼女のことなら何でも好きだった。

「彼に会ったことがあるかい？」クリングが聞いた。

「フォスターのこと？　一度だけね。ダイヤモンドバックで酒屋に強盗が入ったことがあったの。駆けつけた警官の一人が黒人《ブラザー》で、胸に二発撃たれたの。フォスターは自分の出番が来たとばかりに病院に現れたわ」

「自分の出番って？」

「黒人に対する誤った同情とか、これは彼が勝手に想像していることなんだけど、黒人の男や女が軽視されることに対する義憤ね。彼はそれを騒ぎ立てるのよ。もっとも白人の女が好みらしいわ。ここの市長の座を狙っている民衆扇動家ね。それはそうと、どうして彼と話すことになったの？」

「オリー・ウィークスが……」

「あの偏屈者」

「わかってる。だから、オリーはフォスターが議員殺人に一枚噛んでると考えたのかもしれない」

「あなたもその事件を担当してるの？」

「まあね」

「どういう意味、そのまあね、というのは？」

「オリーと手柄を分け合うことにしてるんだ。もし逮捕できればね」

「フォスターは容疑者？」

「そうともいえない。とにかく、今のところは。だが、ヘンダーソンと殴り合いをやったんだから……」

「あらあら」

「だから、ひょっとしてということもあってね。でも、喧嘩したばかりの相手を撃つなんてちょっとバカだよ」

「私だったらやらないわね、確かに」

「特に世間の注目を浴びていればさ、フォスターみたいに」

「じゃあ、発砲騒ぎがあったとき、どこにいたのか聞いたら？」

「もう聞いたんだ。現場近くにいた可能性がある」

「それじゃあ、容疑者だわ」

「たぶんな。警察のやり方は……」

「はいはい、警察のやり方を全部話してちょうだい」

「警察のやり方は、賢いんだぞ、誰もかも、容疑者でなくなるまでは容疑者なんだ」

「まあ」シャーリンは、わざと驚いたように目をぐるっと回した。

　彼女は今浴室のドアのところに立っていた。背後からの明かりで、背が高く、堂々としていて、可愛らしく、そしてとにかく素晴らしく見えた。腰に手を当て、部屋の向こうでパンツ一つでベッドに横たわっている彼の方を見た。窓が開いていて、下の方でカームズ・ポイント・ブリッジに向かって走っていく車の音がする。

「今日はするつもり？」彼女が聞いた。

「さあ、君はしたい？」

「あなたは？」

「口説かれたら降参しそうだ」

「私が聞きたいのは……」

「わかってるさ」

「ペッサリーを入れた方がいい？」小声になった。「聞きたかったのは、そのこと」

「透き通ったスリップで、後ろから光が当たっている君は、すごくセクシーできれいだ。だからペッサリーを入れて、ピルを飲んで、自分を守るあらゆる手段を講じるべきだよ。だって、僕はどうしたって君に抵抗することができないただの男に過ぎないいんだからね」

「おじょうずね」彼女は言い、にっこりし、浴室に戻り、ドアを閉めた。

　しばらくして、彼のところに来た。

　彼と一緒にいると、親密さを共有できることが素晴らしい。クリングと出会うまでは、男と親密になったことがなかった。性的に親密な関係を言っているのではない。少なくともそれまでに一ダースほどの男と寝たことがあるんだから。男とセックスをすることが、彼女の言う親密な関係ではないのだ。彼女の想像では、どんな男とも性的に親密になれる。その男が白人だろうが黒人だろうが関係ない。もっとも、クリングはベッドを共にした最初の白人の男だったが。彼女は今後一切、別の白人と寝ようとは思っていない。黒人にしても同じだ。男と性的に親密になることが重要なのではない。彼女は、バート・クリングに出会ってはじめてその重要性を発見した。クリングはこの発見に一番ふさわしくない相手だったが。

　第一に、彼女は彼よりもはるかに《イン・スペード》（スペードは黒人の意味もある）地位が上だ。ここで駄洒落など言うつもりはない。この際、政治的公正さなどどうでもいい。とにかく彼と親密だという意味の一つが、こういうことなのだ。もし彼女が何かの拍子に「それに私の方がずっと地位が上なのよ」と言ったとする。すると、彼はサミー・デービス・ジュニアの田舎ッペ訛りを平気で真似て答えるのだ。「その通りだよ、可愛い子ちゃん《ハニーチャイル》」、そして、彼女は人種のことをほのめかされても笑い飛ばし、怒らないでいられるのだ。アメリカに住む黒人の女——特に医者になりたいと思っているような黒人の女——なら、時にはかんかんに怒るかもしれないところだ。その上、彼女は、彼より本当に遙かにランクが上だった。つまり、年収六万八千ドルを稼ぐ部長代理なのだ。それに対し、彼は三級刑事で、稼ぎもまるで太刀打ちできない。彼女は、彼がレストランで自分が持つと言い張るたびに、この事実を彼に思い出させなければならなかった。ああ、どんなにこの男を愛していることか。

警察という小さな準軍隊組織では、二人が付き合いはじめたころから、この地位の差が問題だった。そうした組織内では、チーフと一番ランクの低い刑事の交際は——禁止されないまでも——少なくとも苦い顔をして見られる。肌の色が違うという些細な問題は、もちろん言うまでもない。あるいは、二人の場合のように色が無いといおうか、というのも、黒と白は色がないのであって、止まれ、進めを表す赤や青のようにはっきりしているわけではないのだ。そういうことを、二人は付き合いはじめたころに決めなければならなかった。止まるか進むかを。

おかしなことに、彼が一番悩んだのは、むしろ彼女の地位のことだった。

彼女は、彼が初めて例の屋根のない公衆電話から電話してきた時のことを覚えている。雨の中につっ立って、一緒にディナーに行ってもらえないかと聞いてきたのだ。彼は、自分がただの三級刑事で彼女が一つ星のチーフだから、何か影響が出るかもしれないと思った。自分のブロンドの髪と彼女の黒い肌のことは何も言わなかったが。

「どう思いますか?」彼はそう聞いたのだった。

「何が?」

「影響するでしょうか? あなたの地位に?」

「いいえ」彼女が言ったのだ。

だけど、もう一つの問題はどうなの? と彼女は思った。公の場で白人と黒人が殺し合っているのは? それはどうなるの、クリング刑事?

「今日みたいな雨の日は」彼が言った。「食事をして映画に行ったら、ステキだと思うんだけど」

白人の男と? と彼女は思った。

母さんに、白人の男とデートするのよって言わなきゃ。白人のオフィスで膝をついて床をこすっていた母さんに。母さん、聞いてくれる? 白人の男が私をディナーと映画に連れて行きたいんだって。

でも、これだけは話しておかなければ、と彼女は考えた。正面からぶつかろう。そして私が黒人だってことは承知しているのか聞いてみよう。こんなことは、したことないって言おう。母がかんかんに怒るだろうと言おう。こんな面倒なことしたくないって言おう、それから……

「あのう……ええと……どうでしょう？」彼が言ったのだった。「映画に行って食事をするのは？」

「なぜ誘ってくれるの？」

「ええと」彼が言ったのだ。「一緒なら、お互いに楽しめると思うんです」

彼女は、二人の親密な関係がその瞬間に始まったと思う。その親密さとは、人種的に分断されているアメリカ合衆国で、一緒に過ごす権利を保護し擁護する政治問題とは無関係の親密さであった。また、〝団結しよう〟というスローガンが二度目の流行を見るはるか以前、白人と黒人の出会いが想像しにくかった時代に二人が出会ったということとも関係のない親密さである。二人の親密な関係は、また、彼の白さと彼女の黒さとも縁がなかった。もっともどちらもこの違いを極めて魅力的だと思ってはいた。しかし、彼らは二人ともよくわかっていた。テロが永久に続くことはないだろうし、すべての戦争は遅かれ早かれ終結するだろうが、自分が黒人だとか白人だとかということを忘れない限り、両者が親密な関係になれないアメリカは依然として存在し続けるだろうということを。シャーリン・エバラード・クックとバートラム・アレクサンダー・クリングはそんなことはとっくの昔に忘れていた。暗闇には愛し合う二人がいるだけだった。しかし、これは性的な親密さで、それは二人とも以前に楽しんだことがあった。もっともカラー調整をしていない者とやったことはなかったけど。今では、いわば、機会均等雇用者になった二人は、色合いの異なった人間同士とのセックスは、実はけっこう興奮するものだと認めざるをえなかった。

「黒人のあれはどうなんだい？」一度クリングが聞いたことがあった。

「なぜ？」彼女が言った。「あなたは、それほど恵まれてないって感じているわけ？」

「ちょっと興味があるだけだよ」

「あのジョークを知ってるでしょう?」

「どれかな?」

「男が、自動車事故でペニスをなくしました。外科のお医者さんに行くと、人工ペニスをつけてあげられますがどうしますか? と聞かれました」

「それで?」

「男が言いました。〝そりゃ、ステキだ。でも、どんなのをつけてもらえるのかな?〟。お医者さんは〝サンプルを見せましょう〟と奥の部屋に行き、六インチの長さのペニスを持って戻ってくると、男に見せました。男は言いました。〝あのう、どうせ新しいのをつけるんだから、できれば……〟。お医者さんは男の手を取って〝よくわかりますよ〟と言いました。今度は八インチのペニスを持って戻ってきました。男は〝あのう、本当のところを言わせてもらえば、もう少し威厳のあるのが欲しかったのですが〟と言いました。お医者さんは再び裏に行って十二インチのペニスを持って戻ってきました。すると男は言ったのです。〝そう来なくっちゃ。それで白いのもありますか?〟」

クリングは吹き出した。

「これであなたの質問に答えたかしら、可愛い子ちゃん《ハニーチャイル》?」シャーリンが聞いた。

親密な関係は、白と黒を超える。

親密な関係は、誰かと一緒に暮らすには不断の思いやりと気配りが要求されることを知った上になりたっている。親密な関係は、真っ正直さと完全な信頼を要求する。親密な関係は、自分の本性をもう一人の人間に見せることを決して恐れないことなのだ。自分自身を、いぼも何もかも含めて、非難や嘲笑を恐れることなく、この相手にさらけ出せるということなのだ。

クリングはユダヤ人ではないが、親密な関係をイディッシュ語の〝シュレップ〟だと説明している。実際には〝運ぶ、引く、引きずる、遅れる〟などの意味だが、彼は〝長く辛い道のり〟だと解釈しているのだ。「やれやれ、苦しい旅《シュレップ》だった」というふうに。この言葉はこの市の誰もが、人種や宗教に関係なく、よく口にしている。我々は団結する、神よ、アメリカを祝福したまえ！　クリングもシャーリンも長い間苦労してきた。そして、本当に親密な関係は容易には手に入らないことを知ってはいたが、しかし、いったんこつを摑めば、ほかのことはすべて非常に簡単に見えるようになることを悟ったのである。

シャーリンは、ランキン・プラザの近くで、小さな枕に彼女の注文通りに刺繡をしてくれる糸屋を見つけた。実は、二つの枕にやってもらった。一つは彼のアパート用で、もう一つは自分のアパート用。一つは黒地に白、もう一つは白地に黒で次のように刺繡してある。

分け合い
助け合い
愛し合い
励まし合い
守り合いましょう

クリングは、その晩、彼女のアパートに着いたとき、骨の髄までくたびれきっていた。カームズ・ポイントまで地下鉄に乗り、やっとたどり着いたときには九時半近くになっていた。刑事部屋でハンバーガーをかっこんではきたが、それでも彼女が用意しておいてくれたサンドイッチとスープはありがたかった。彼は食べ終わるまであの枕を見なかった。それどころか、リビングのソファーに横たわり、《十一時のニュース》を見ていた。頭をあの枕に載せたまままだ。そこで、シャーリンは、もっと柔らかい枕の方が気持ちがいいんじゃないとほのめかしたが、彼は言ったのだ。「いや、これで十分だよ」。そこで彼女は「さあ、手伝ってあげるわ」と言い、彼の頭の下から枕をぬき、寝室から持ってきたダウンの枕と取り替えた。それから、その小さい方の枕を彼の胸の上に載せたが、彼はまだ見ない。この男どうしたっていうの？　我慢よね、彼女は自分に言い聞かせた。あんたは医学校を無事卒業したんでしょう。

そういうわけで、彼女はニュースが終わるまで待った。するとニ人はベッドに入るばかりになり、彼女は丸裸でベッドルームに入ってきた。両手で脚の付け根のところに枕をかかえ、陰部の茂みを隠している。彼は目を細めて彼女を見ると言った。「すごい進歩だ」。彼女はぷっと吹きだして枕を投げつけた。

それが正直なところだった。

そして、それが二人のすべてだった。

彼は刺繍を読んだ。

分け合い
助け合い
愛し合い
励まし合い
守り合いましょう

「全部言い当てているね」彼はそう言うと、彼女を腕の中に引き寄せた。

今、再び彼女を腕に抱え、激しく動いたためにへとへとでじっとり汗ばみ、遠くで橋の明かりがまたたいているなか、彼は、アイリーン・バークが八七分署に転属し、そこで仕事をすることになったと言った。シャーリンが聞いた。

「心配なの？」。彼は言った。「わからない」

サスペンス小説をベストセラー入りさせる最も効果的な方法は何かと考えていらっしゃる作家の皆様から、しばしば問い合わせをいただいております。長年の経験から、私は、サスペンスの傑作を書くには守らなければならない厳格なルールがあることを発見しました。そのルールを皆様にご紹介したいと思います。

ベストセラー入りを果たしたいのであれば

1　普通の人を異常な状況に置くような筋書を創らなければならない。主人公は〝ごく普通の人〟であること。しかし、少なくとも一人は複雑な女性を登場させること。男性の読者も女性の読者も引きつける必要があることを忘れずに。

2　筋書は誰もが抱いているような空想を描くものでなければならない。読者が常日頃空想していることを実際に経験したような気持ちになるストーリーにする。そういう状況に読者を置くこと。疑似体験的に。

7

オリーが〈ワズワース・アンド・ドッズ〉という出版社の博学な編集者から手紙をもらったのは、「$$$事件」として知られている事件を捜査している時だった。この出版社はあとになって、大規模な麻薬密売の前線基地だったことが判明したが、他にも何かやっていたかもしれない――しかし、この話は別の機会に譲るとしよう。とにかく、そこのヘンリー・ダガートという編集者がスリラー作家宛てに書いた手紙を、そこのカレン・アンダーソンという女性がくれたのだ。オリーがスリラーのベストセラーを書くこつを学んだのはすべてこの手紙からだった。そこにはこう書いてあった。

大志を抱く作家の皆様へ

3 〝すごい〟と言えるかどうかのテストに合格する筋書を考え出さなければならない。それだけで読者に読みたいと思わせるようなアイディアを見つけること。

4 筋書に一か八かの場面を用意しなければならない。世界の運命——少なくとも読者がはらはらしながら見守っている登場人物の運命——がどちらに転がるかわからないということをはっきりさせること。

5 刻々と時を刻ませること。主人公には問題解決のために一定の時間しか与えず、読者には〝**カウントダウン・キュー**〟によって切迫した状況を定期的に知らせるようにすること。

オリーは、以上のルールを次のように解釈した。つまり、ベストセラー・サスペンスは、普通の人間が異常な状況に置かれ、その状況下でその人が常々経験したいと思っていたような状況を——疑似体験的に——経験するという単純なストーリーを語らなければならない。さらに、少なくとも一人の複雑な男性または女性を登場させ、世界の運命が刻々と時を刻むサスペンスの中でちゅうぶらりんになっていなければならない。

しかし、まだまだ学ばなければならないことがある。

6 あいまいさを極力避けること。両方に肩入れしたために、一方を熱心に応援しようとする読者の能力を削いでしまうような状況は避けなければならない。例えば、IRAにまつわる小説、不透明な中央アメリカの紛争に関連した小説、プロ・チョイス派（妊娠している本人が妊娠中絶を選ぶ権利を持つと主張する派）対妊娠中絶反対派の論争に関する小説など。

7 時事問題は避けよ。編集者（特に本編集者）は、あらゆる内容の、おびただしい数の本を見ている。嘘ではない。特に、コンピューター・ハッカー、遺伝子工学、航空機事故、テロ攻撃などに関する筋書には慎重を期すること。

ご健闘を祈ります。

敬具

Henry Dagger

ヘンリー・ダガート

オリーは、その晩寝る前にもう一度自分の小説の最終章を読んでみた。彼には完璧な出来に思えた。ベストセラー・サスペンスのルールは完全にマスターしていた。そのため、ちょっとばかりルールを曲げることもできた。それ故に、『市警察本部長への報告書』には、沢山のひねりやら逆転やら手に汗を握るサスペンスやらを盛り込むことができたのだ。

だからケチな泥棒が盗んだわけだ。

私は、二百七十万ドル分の、いわゆるコンフリクト・ダイヤモンドと一緒に、ある地下室に閉じこめられています。ちょうど今、ストッキングが伝線しました。

私は、殺される前に、これがあなたのもとに届くことを願って書いています。

本部長殿は、昔私に会ったことを覚えていられると思います。ルビータウンと言われている地区のキング・ストリートにあるスティルウオーター信用金庫強盗計画の、いわば、裏をかき、直前に防いだことに対し警察から勇敢賞を授与されたときのことです。強盗未遂事件が起きたとき、そこではトースターの無料プレゼントを行っていました。私は赤ワインをこぼしてしまったのですが、覚えていらっしゃいますか？　事件の最中のことではありません。表彰式のあとのレセプションでです。本部長殿の白い麻のスーツにこぼしたのです。

私は女性刑事です。二十九歳。身長は五フィート八インチで、体重は百二十三ポンド。ということはすらりとしています。髪の色は赤みがかった茶で、母は金褐色と呼んでいました。その髪を肩の丁度上ぐらいの長さに切ったので、母はシャギーカットと呼んでいました。目はグリーンです。私はいかにもアイルランド人らしく見えますが、ワッツというのはイギリス人の名前だと思います。オリヴィアはラテン語ですが、私はラテン系ではありません。友人は私をリヴィーと呼んでいます。本部長殿、私は独身です。余談ですが、新聞であなたが最近離婚なさったことを知りました。お気の毒に思います。私の武器はグロック・ナインで、トートバッグに入れて持ち歩いています。でも、ここに閉じこめられたときに、私の身分を証明するものと一緒に取り上げられてしまいました。黒人の女が私に食事を運んできます。彼女はウジ（イスラエル製短機関銃）で武装しています。

私はまだ殺されていません。なぜなら、やつらは上の者からの命令を待っているからです。なぜ私を殺したいのか想像もつきません。しかし、警察業務に単純なものなどありません、そうでしょう本部長殿？　そのことは私より（than me）――それとも、私が知っているより（than I）――本部長の方がよくご存じだと思います。私は自分がどこにいるのかさえわかりません。わかれば住所をお教えすることができて、状況はほんとうに簡単になるでしょう。しかし、私は下着工場から目隠しをされてここまで車で連れてこられました。そのために、状況は幾分複雑になったのです。そういうわけで、初めから何が起きたのかをすべてお話しし、何らかの方法でこの報告書をここから持ち出せるようにすべきだと思います。そうすれば、神様のご加護で、あなたが全容を解明して私を無事に発見することができるかもしれません。

まず、マーギー・ガノンと私とが（Margie Gannon and me）――それとも、マーギーと私が（Margie and I）――この前の月曜の夜、勤務明けに署から二、三ブロック離れたオーマリーズというバーでビールを飲んでいたことから話を始めます。マーギーと私は、時々組んで仕事をします。もっとも、私は刑事部屋では〝一匹クズリ《ウルヴァリン》のリヴィー〟として有名です。もちろん〝クズリ《ウルヴァリン》〟は〝狼〟の女性時制です。マーギーは髪がブロンドで、やはり短くしています。目はブルーです。私たちは仕事で組んでいるときも、そうでないときも、いいチームを作っています。さて、私たちがビールをチビチビ飲んでいるときに、〇一分署の二人の刑事が颯爽とやってきました。以前、麻薬の手入れをしたときに一緒に仕事をしたことがありますが、いい人たちです。（本当のことを言いますと、あの時の私たちの仕事ぶりに対し誰も表彰されなかったのにはびっくりしました。でも、本部長殿には他にも考えなければならないことがいっぱいあることはわかっています。）

とにかく、フランキー・ランデュッジは、〇一署所属で、今お話ししたコロンビア麻薬の手入れに加わっていましたが、六月に結婚することになっています。私たちにどちらかというとささやかな——と言わねばなりません——ダイヤモンドの婚約指輪を見せてくれました。でも、この市では刑事の給料がどんなものかご存じでしょう。フランキーや私のような一級刑事でも同じなんです。もう一人の男はジェリー・アイエロ。この人も田舎者ですが、牧場の牛の糞より大きいのを見たことがあると思わず言ってしまったほどです。それに対し、フランキーは、これは合法的なダイヤモンドで、アフリカの子供の腕や脚で代価を払ったようなダイヤモンドじゃないと答えました。私は、彼が何のことを話しているかカラッキシわかりませんでした。下品な言葉をお許しください、本部長殿。

たまたま、マーギーがダイヤモンドのことをかなり知っていました。彼女は二度も結婚と離婚を繰り返したので、左手の第三指にいろいろなサイズの婚約指輪をしたことがあるのです。私がしたことがないのは残念です。実際、彼女は、刑事部屋の男どもに六年ごとに離婚して、三年ごとに撃たれているのよ、と喜んで話しています。それは本当のことです。一度は私と一緒の時に、左肩を撃たれました。それ以来、警察の会合などに肩を出したドレスを着ていきません。でもそれを除けばすばらしい体をしています。ジェリー・アイエロが、彼女のブラウスの前をのぞき込もうとしているのを見ればわかります。

マーギーの説明によると、アフリカのどこかにある——どこでもいいのですが——シエラレオネとアンゴラという国で永遠に戦争が続いているのだそうです。アンゴラは、最高のセキュリティを誇るルイジアナの刑務所かと、私はずっと思っていました。彼女は、いわゆるコンフリクト・ダイヤモンドというのは、そこで戦争している反政府勢力の資金源になっているのだと言いました。

「彼らは自分たちのことをRUFと呼んでいるわ。革命統一戦線の略称よ。兵士は、AK-四七や、マシェティという鉈《なた》で武装した十一歳の子供たちなの」と彼女が言いました。「彼らは、民衆の腕や脚をちょん切っちゃうの。そうやってコントロールしているのね。でもこういった石が、合法的なダイヤモンドよりも安いと思ったら、間違いよ、フランク。実際、そのざらざらした石を売買して磨いたら、出所を知るなんて不可能よ。今、あんたが見せてくれたのもその一つかもしれないわ」

私は、マーギーがこんなに頭がいいとは知りませんでした。

それまでは、しょっちゅう撃たれたり離婚したりしている、ただのかわい子ちゃんかと思っていました。

こういうことはわかるものなのですね。

翌日になって、マーサー・グラントと知り合いました。これは、本名ではありません。彼が、すぐに本名じゃないと言ったのです。私に本名を教えるのは危険すぎるのだそうです。グラント（本名はリーとか、ジャクソンとか、ジョーンズとか、スミスとか、何かあるでしょうが）は、背が高く肌の色が白いジャマイカ人で、鼻の下の小さな髭をきれいに整えていました。

その問題の火曜日の朝十時頃、刑事部屋にやってきて、刑事に話したいことがあると言いました。その時、部屋には八、九人もの刑事がいたので、誰か一人ぐらいほかのところでひっかかってもよかったはずですが、私は、彼に私の机のところに来るように合図し、椅子を勧め、名前を尋ねました。

「名前は、マーサー・グラント」彼は言いました。

「でも、私の本名ではありません」

「では、あなたの本名は、ミスター・グラント？」

「本名は言えません」彼が言いました。「本名を言ったら、あまりにも危険です」

こういうことを、あのジャマイカ人特有の軽快な口調で話すのです。ご存じでしょう？ハリー・ベラフォンテが「やあ、ミスター・タリバン」と言っているようなものです。

「理由は、おわかりでしょうが」私は言いました。「この苦情書の名前や住所欄に書き込まなければならないんです。そのほかにもたくさんの情報を」

「私は苦情を申し立てに来たんではありません」マーサーが言いました。

「では、なぜここに？」私が聞きました。

「妻がいなくなってしまったんです」

「それは苦情申し立てですよ」

「私の妻の場合は違います」彼はそう言ってニヤッとしました。冗談だからです。彼の妻がいなくなったからといって、誰も苦情を申し立てていないと言っているのです。彼の口の中央に金歯が覗き、その歯の一隅に小さなダイヤモンドがはめ込まれていました。笑うとクリスマスツリーのようにライトアップします。彼はこのちょっとした冗談がおかしいと思ったらしく、ずっとニヤニヤしていました。

「それでは」私は言いました。「あなたの奥さんのお名前は？」

「妻の名は言えません」彼が言いました。「危険すぎます」

「名前を教えてもらえないのなら、どうやって奥さんを捜せばいいのですか？」私はもっともな質問をしました。

「あなたは刑事でしょう。私ではありません」と彼ももっともな返事をしました。「しかし、私は今まで女性刑事を相手にしたことがありませんし、それを私自身どれくらい喜んでいるかわかりませんがね」男女差別論者の豚野郎ね。

「今までどんな刑事を相手にしてきたんですか、ミスター・グラント?」

「私は警察のご厄介になるようなことはしたことがありませんん」彼は言いました。「妻の失踪を届けているんです。市民の義務だから。いとこのアンブローズが彼女の失踪を届けるべきだと言ったんですよ」

「アンブローズ何というんですか?」私はただちに聞きました。

「アンブローズ・フィールズです。でもこれも本名ではありません」

「あなたの家族には、本名を持ってる人はいないのですか?」

「いますよ。でも名前を明かしたら危険すぎます」

「どこに住んでいるかは教えてもらえますか?」

「いいえ」

「電話番号は?」

「だめです」

「それでは、ミスター・グラント、不思議な思いがけない幸運で――たまたま私が女性刑事であるとか――あなたの奥さんを発見できたとしましょう。そうしたら、どうやってあなたに連絡したらいいんです?」

「こちらから、連絡しますよ」

「あまり熱心にお探しのようじゃありませんね?」

彼は一瞬考えた。それから言った。「本当は、刑事さんに見つけられるとは思っていないんです」

「なぜ、そんなことを言うんです?」

「もう死んでいるかもしれませんから」

「なるほど」

「そうなんです」

「では、死亡届に来たんですね」

「いや、妻がいなくなったと言いに来たんですよ。義務ですから」

「でも、死んでいるかもしれないと思っているんでしょう?」

「ええ」

「誰が殺したのかご存じですか？」

「いいえ」

「殺したのはあなたではありませんね、ミスター・グラント？　自白しに来たわけではありませんね？」

グラントだか何だかは、私の方に身体を寄せてきました。

「ＲＵＦというのを聞いたことがありますか？」彼がささやきました。

「ええ」私は言いました。「一度だけ。実を言うと昨晩ですけど。なぜですか？　ＲＵＦが奥さんの死と関係があると思っているのですか？」

「いや」

「実際に、死んでいるとして？」

「ああ、彼女は死んでます、そうなんです」

「どうしてわかるんです？」

「私にメモを書き残したんです」

「死んでいるという？」

「いや。もし火曜日までに連絡がなかったら、死んでいるかもしれないっていうんです」

「今日は火曜日だわ」私は言いました。

「そうです。だから、彼女はきっと死んでます。そうでしょう？」

「でも、死んでるかもしれないと言っただけですよ」

「うすうすわかっていたに違いありません」グラントが言った。

「そのほかにも何かメモに書いてありますか？」

「どうぞ。自分で読んでください」グラントは言って、ポケットからたたんだ一枚の紙を出して広げ、私の机の上できれいに伸ばしました。メモには次のように書いてありました。


マーサーへ……

「それは、私の本名じゃありません」彼がすぐ言いました。

「じゃあ、どうしてそう呼んでいるのですか?」

「言ったでしょう。うすうすわかっていたに違いないんです」

マーサーへ
あなたがこのメモを読むころには、私はいなくなっているでしょう。
私を捜さないでください。あまりにも危険ですから。
火曜日までに帰らなかったら、たぶん私は死んでいます。
あなたの愛する妻より。
マリー

「それも彼女の本名じゃありません」グラントが言いました。

「知ってますよ。彼女はうすうすわかっていたに違いないんでしょう」

「その通り」

「だから、RUFが彼女の失踪に関係していると思った、そういうことですね?」

「いや」グラントが言いました。

「それなら、なぜその話を持ち出したのですか?」

「あなたが聞いたことがあるかもしれないと思ったからですよ」

「あなたの口の中のダイヤモンドは、コンフリクト・ダイヤモンドと言われているものですか?」私が聞きました。

「コンフリクト・ダイヤモンドって何ですか?」グラントが聞きました。

「奥さんは、シエラレオネかアンゴラの違法ダイヤモンドの取引あるいは輸送に関わっていませんか?――事情によっては、関わっていたと言うべきですが」

「妻とは、彼女のプライベートなことを話し合ったことはありません。直接彼女に聞いてください。彼女を捜し当てた時に。いや、捜し当てたとしたら。でも、彼女を見つけられないでしょう。今日は火曜日だし、彼女は死んでると言ってるのだから」

「でも、あなたは苦情を申し立てに来たのだから……?」

「私は苦情を言ってません」彼はそう言って、再びニヤッとしました。

「……私は捜査しなければならないでしょう。奥さんがどんな方か教えてもらえますか?」

「まだ生きているとすれば、肌が黒く、背丈と体重はあなたくらいでしょう。髪は黒で目は茶色です」

「年齢は?」

「あなたくらいでしょう」

「二十九歳ですか?」

「二十五歳だと思いましたよ」彼は言って、金とダイヤモンドの魅力的なニヤニヤ笑いを浮かべました。

「目に見える傷や入れ墨は?」

「知ってるかぎりではありません」

「結婚してどのくらいになりますか?」私が聞きました。

「長すぎるくらいですよ」彼はそう言うと、突然ひょいっと頭を下げました。たぶん涙を隠すためでしょう。

「いい女だった」と彼はつぶやきました。

これでやるべきことがはっきりしました。この市でいい女を捜すこと。これは最初思ったほど簡単ではありませんでした。僭越ながら申し上げますが、本部長殿、警察の仕事に簡単なものなどありません。複雑でないものなどないのです。

まず初めに、もしこの女が……


ちょっと待てよ、とエミリオは思った。

話があまり複雑にならないうちに、ちょっと電話帳を覗いて、マーサー・グラントとかマリー・グラントとかいう名前の人物、ついでにオリヴィア・ウェズレー・ワッツなる人物が実在するか探してみよう。もっとも、刑事ともあれば電話帳に自分を載せるほどバカではないだろう。エミリオのアパートには電話帳が二つしかない。一つはアイソラ、もう一つはリバーヘッドのだ。どちらにも、マーサー

・グラントもマリー・グラントも載ってなかった。それは別に驚くことでもなかった。リヴィーの報告書（エミリオはすでに彼女のことを愛情を込めてリヴィーと呼んでいた）の男が、自分から本名じゃないと言っているのだから。マーギー・ガノンも載っていなかった。フランク・ランデュッジ、ジェリー・アイエロ、アンブローズ・フィールズという名前もなかった。だから、彼はリヴィーが自分を守るためにこういう名前をでっちあげたと考えざるを得なかった。

オーマリーズ・バーもなかった。おやおや、驚きだ！

しかし、リヴィーは書いている。

　まず、マーギー・ガノンと私とが（Margie Gannon and me）――それとも、マーギーと私が（Margie and I）――この前の月曜の夜、勤務明けに署から二、三ブロック離れたオーマリーズというバーでビールを飲んでいたことから話を始めます。

そうか。

この市のどこかの警察署から二、三ブロック離れたところにバーがあるのだ。本当の名前がなんであれ、そのバーを探せ。そうすれば、エミリオはオリヴィア・ウェズレー・ワッツという赤毛の刑事発見にだいぶ近づくことになるだろう。

ゲームの始まりだ、と彼は思った。

時計が、チクタク時を刻んでいる！

8

その火曜日、オリーが朝一番にやったのは、もう一度質屋に当たることだった。今度は、動機が二つあった。一つは、何者かが、二年前のクリスマスにバカな妹のイザベラがくれたアタッシェケースを質に入れた可能性があること。もう一つは、別の何者かが（たぶん同じ麻薬漬け野郎じゃないと思う）、五年前の銀行強盗で使った銃を質に入れた可能性があることだ。オリーは重勝式で勝つとは期待してなかった。だから、自分の馬の一頭が入ったのにはびっくりした。

むろんのこと、その銃については、誰も何も知らなかった。

知っている者がいたとしたら、奇跡だったろう。

もちろん、この美しい市で、過去五年間に三二口径のスミス・アンド・ウェッソンがそう多く質入れされなかったというわけではない。多くは製造番号によって追跡可能なのだ。しかし、気の進まないホーガン刑事を説得して、何とかヘンダーソン議員の不慮の死の原因となった銃の番号は浮き出させたものの、この製造番号は、おそらく、銀行強盗事件以前にやすりで削りとられていたはずだ。それも、はるか昔にだ。だから、もし、製造番号のついてない銃は、混雑した売春宿の裸の男と同じようなものだと考えているどこかのやり手の警察官によって、その銃が証拠品保管課から——いうなら——徴発されていたとしたら、そして、もし、その武器がそのやり手でずるがしこい警察官によって街で売りさばかれ、最終的に質屋に行き着いていたとしても、番号がついていない限り、依然として身元は不詳で、従って出所もわかりっこないであろう。汚れた仕事をしてから後の五年間、ずっときれいで通したクリーンな銃となっているはずだ。

だから、質問する前から、最初の銃の質問に対する答えはわかっていた。

「最近、あんたの店から三二口径のスミス・アンド・ウェッソンを買った人物がいるかね？」

「もちろんです。製造番号は？」

ヤムルカ（ユダヤ教正統派の男性信者がかぶる小さな頭巾）をかぶったデブのユダヤ人質屋たち。こいつらは、三週間前に過ぎ越しの祭りを祝ったばかりだ。宗教的理由とかで祭りには店を閉めたから、週末に酔いつぶれるあわれな酒浸りの作家にしても、一瓶の酒を買うために自分のタイプライターを質入れすることができなかった。近頃じゃあ、真に質の高い芸術家は過酷な状況におかれているのだ。オリーは、気の毒なジョナサン・フランゼンがどんなに苦労しているか想像がついた。ジョナサンが、オプラ・ウインフリーのような黒人女性を酷評したので、大いに尊敬しているのだ。

ホーガンがなんとか浮き出させた製造番号を教えたところで、そいつらにはピンと来ないことがわかっていた。というのも、摩訶不思議ないきさつからその銃が質入れされていたとしても、製造番号が削りとられていたら、まだ名前もついてない生まれたての真っ裸な赤ん坊の身元を割り出すようなものだからだ。

とにかく、銃に関する質問は、しなければならないからしただけだった。

アタッシェケースは、また別の話だ。

「グッチのアタッシェケースだ」彼は質屋のおやじたちに言った。「黄褐色の豚革。真鍮の留め金が一つ。ＯＷＷの頭文字」

彼が当たった最初の十軒の質屋は、グッチの豚革のアタッシェケースは、革のものも毛のものも見たことがなかった。

「革のも毛のも見たことがありません、おわかりいただけますか？」質屋の一人がそう言って、ニヤッとした。豚革について何か気の利いた洒落でも言ったつもりなんだろうとオリーは思った。いずれにしろ、ユダヤ人は豚肉を食べてはいけないことになっている。イスラム教徒もだめだ。カトリック教徒が、聖金曜日に肉類は一切食べてはいけないことになっているのと同じだ。まったく、宗教ときたらやっかいなんだ。オリーは時々、もし世界中の人間が自分の好きなものを何でも食べられるとしたら、戦争などなくなるだろう、と思う。すべては食べることに行き着くのだ。そう思ったら、そろそろ十二時になると気づいた。そしてまた腹がへってきた。

彼は、その朝訪ねていった十一番目の質屋で、やっと目指すものを見つけた。

オリーが店に入るとき、ドアの上のベルがチリリンとなった。何の音だろうと見上げると、最初に目に入ったのが、あらゆる種類の楽器がぶら下がっている天井だった。といっても、ピアノはない。しかし、カウンターの前には、トランペット、チューバ、トロンボーン、その他オリーの知らないTの音で始まる金管楽器がキラキラと並んでいる。カウンターの後ろには、サキソフォーン、クラリネット、オーボエ、バスーンなどの木管楽器をぶら下げたセクションがある。言うまでもないが、街を練り歩くマリアッチ楽隊のギターの数よりもっと沢山のギターがある。かわいいお尻の若い女が、カウンターのところに立って、店の主人の様子を見守っている。いい返事を期待しているんだろうとオリーは想像した。主人は、目に宝石商のルーペ、手にダイヤモンドの指輪らしきものを持っていた。

彼はルーペを下ろし、指輪をカウンター越しに手渡した。

「ガラスですな」彼は言った。「五セントにもなりませんね」

オリーは女に、通りの先にマッサージパーラーがあるから、もし本当に金に困ってるならそこで仕事にありつけるよ、と言ってやりたい気がした。

「昨日の夜の男がくれたのよ」彼女は質屋とオリーの両方に言った。「ということは、騙されたんだわ」

ということは、彼女はすでに売春婦ということだ。

オリーは、彼女を逮捕すべきか迷った。

何年も前、オリーはよく売春婦を逮捕したが、それは彼女たちを脅してただでフェラチオをさせるためだった。この頃の売春婦は、誰も彼も、自分たちの事件をはるばる最高裁まで持っていってくれる市民権弁護士をかかえるようになった。まあ、それもしかたがないか。

「近頃じゃ、若い女性はいくら注意してもしすぎってことはないんだぜ」彼が忠告した。

「わかってるわよ」彼女は言うと、見事な尻をぐるっと回して店から出ていった。

オリーは、さっとバッジを見せた。

質屋が頷いた。

「豚革のアタッシェケースだ」オリーが言った。「グッチのラベル。OWWの頭文字。見たことがあるかね？」

「月曜の午後、来ましたよ」質屋が言った。「すぐに売れました」

オリーは、カウンターの後ろの壁にかかっている額入りのライセンスを見た。

名前は、アーヴィング・シュタインとある。

「教えてくれ、アーヴ」彼が言った。「あんたが受け取ったとき、アタッシェケースの中に何か入っていなかったかね？」

「何も」

「ケースが盗品であることを知ってただろう？」

「いいえ、知らなかったですな」

「火曜日に、俺が送った盗品問い合わせのチラシは見なかったのかね？」

「どこから送られて来たにしても、大枚五ドルくらいのアタッシェケースについては、何一つ見てませんよ」

「ほう、お前さんの考えじゃ、盗まれたアタッシェケースの価値はたかだかそんなものなのかね、アーヴ？」

「私にはそれだけの値段しか踏めませんでしたね。それに、盗品だってことも知らなかったし」

「俺のチラシを見なかったからだ、え、そうじゃないか？」

「チラシなんて、そこら中から来るんです。分署という分署が、タイメックスの腕時計が盗まれたといっちゃあ、チラシを送ってくる。チラシを全部読んでいたら、他のことをする時間がなくなっちまいますよ」アーヴィングが言った。「それはともかく、何がそんなに重要なんです？　持ち主は誰なんです？　ビン・ラディンですか？」

「いや、俺のだ。そして俺の本が入っていたんだ」

「きっと大した本なんでしょう。こんなに大騒ぎするんだ

「俺が書いた本なんだ」オリーが言った。

「あんたは警官かと思ってましたよ」

「もちろん警官だよ」

「だけど、本も書くんですか？」

「そんなにおかしいかね？　ミステリーを書く警官や元警官、地方検事、弁護士はいくらでもいるんだ。この偉大な国の津々浦々に、以前……」

「ミステリー作家とは、ご立派だ」アーヴィングが言った。

「次は、トロンボーンを吹くって言うんでしょうね」

「いや、俺はピアノを弾く」

「ピアノ、それは気がつかなかった」

「ピアノで《ナイト・アンド・デイ》を弾くんだ」

「《ナイト・アンド・デイ》を弾いていたら、いったい、いつ本を書いたり警官になったりする時間があるんです？」

「俺のチラシは受け取ったのか、受け取らなかったのか？」

「さっき受け取らなかったと言ったでしょう。受け取った覚えはありません。豚革のアタッシェケースについて書かれたチラシは全然見た覚えはないですよ」

「というのは、豚肉があんたの宗教に反するからかね？」

「違いますよ。見た覚えがないからですよ」

「チラシを受け取っていて、ケースが盗品であることを知っていて、その上で盗品を引き取ったなら、刑務所でかなりの期間過ごすことになるからな。そのあたりを、ちょっと考えてみたらどうだい、アーヴ？」

「いい加減にしてくださいよ」アーヴィングが言った。

「五ドルの安物で？　冗談でしょう？」

「もし、あんたのライセンスを調べると言ったら、俺が本気だっていうのがわかるだろうよ」

「じゃあ調べてくださいよ。何のためです？　正当な有償購入をしたからですか？」

「おや、突然、法的な相違を理解したわけか」オリーが、ぶら下がった楽器でいっぱいの天井に向かって言った。

「私は、ケースが盗品だということを知らなかった」アーから」

ヴィングが言った。「それだけです」

「もし盗品だということを知っていたら重罪のDになることを、あんたは知っていたからだ、違うかね？」

「ええ、刑事さん、あなたは全く正しい。もし私が盗品だと知っていたらですがね。でも知らなかった」

「ここにケースを持ってきたのは誰なんだ、それくらいは教えろよ？」

「エミーという若い娘です」

「エミー何？」

「名字は聞きませんでした」

「お前さんは名字も聞かずに品物を取引するのか？」オリーが言った。

「とにかく名字は聞かなかったんですよ。訴えるなら訴えてくださって結構です」アーヴィングが言った。「彼女がケースをくれた。私は五ドル渡した。それで商売完了です」

「彼女はどんな女だ」オリーが聞いた。

「ここに来る他の売春婦と変わりません」

「ほう、彼女は売春婦か、えっ？」

「そうです」

「ここに乗り込んできて言ったんだな〝こんにちは、私は売春婦よ。グッチのアタッシェケースを持ってきたんだけど……〟」

「やめてください。私が売春婦を見てわからないとでも言いたいんですか？　ここには昼も夜《デイ・アンド・ナイト》も、夜も昼《ナイト・アンド・デイ》も来るんですよ。黒人、白人、プエルトリコ人、中国人、売春婦はみんな同じ感じです」

「その娘は、どんな子だったかね？」

「プエルトリコ人、短いスカート、ハイヒール、網ストッキング、紫のブラウス。明らかに売春婦ですよ」

「彼女のことをもっと説明してくれ」

「今、説明したでしょう」

「目の色は、髪は……？」

「目は茶色、髪はブロンド」

「ブロンドのプエルトリコ人、まさか？」

「ブロンドに脱色してるんです。縮れ毛。長いイヤリング、濃い口紅、おっぱいはここらへんまで」

「さっきの正当な有償購入とやらは、いつのことだ?」オリーが聞いた。

「もう言いましたよ。月曜の午後です」

「それで、ケースを売ったのはいつ?」

「火曜です」

「買ったのは誰だ?」

「名前は知りません」

オリーは再び天井を見上げた。「質屋をやっていて、名字を聞かない。名前も一切聞かないとはな」彼はぶら下がっている楽器に向かって言うと、信じられないというふうに頭を振った。

「この取引でいったい幾ら稼げるかわかっていらっしゃるんですか?」アーヴィングが聞いた。「諸経費と雑費を引いたら」

「雑費とはなんだ?」

「雑費は雑費。この店から商品が盗まれるんです、毎日のようにですよ。昼も夜も《デイ・アンド・ナイト》、夜も昼も《ナイト・アンド・デイ》」

オリーが、彼を見た。

「俺がピアノを弾くのを、からかってるのか?」彼が聞いた。

「ピアノを弾く警官を、どうして私がからかったりするんです?」

「お前さんは、俺が冗談でも言ってると思ってんだろう?」オリーが言った。「ここにピアノがあれば、弾いてみせてやるぞ」

「トロンボーンを吹かないのが、残念ですな」アーヴィングが言った。「トロンボーンならいくらでもあるのに」

「どうしたんだ、これは?」オリーが、天井を見上げて聞いた。「交響楽団が破産でもしたのかね?」

「要は」アーヴィングが言った。「つまらないアタッシェケースで儲けはたった二ドルだったというのに、あんた方はうるさくつきまとってくる。そのくせ、陳列ケースからダイヤモンドのブレスレットが盗まれたって、三カ月もたたなきゃ来てくれやしない。ミステリーを書いたり、ピアノを弾いたりするのに忙しいってわけだ。いい加減にしてくださいよ。どうぞ、私のライセンスを調べてください。世の中のためになりますよ」

「どんな女だったかね、ケースを買った方の女だが？」オリーが聞いた。「覚えているかね？」

「デブだった」アーヴィングが言った——オリーは、デブという言葉が必要以上に強調されたような気がした。

「他には？　彼女も売春婦か？」

「いや、売春婦のようには見えませんでした」

「何に見えたんだ？」

「オペラ歌手です」

「何色のオペラ歌手かね？」

「白ですね」

「髪は、目は？」

「茶色の髪に茶色の目」

「以前、ここに来たことは？」

「ないですね」

「このあたりで見たことは？」

「ありません」

「私の名刺だ。もしその女がまた来たら、電話を頼む」

「いいですよ。他にすることなんてないんだから」

オリーが彼を見た。

「アーヴィング」彼が言った。「俺は真剣なんだぞ。彼女がまた来たら必ず電話をしてくれ」

「お粗末なアタッシェケースなのに」アーヴィングは言って、頭を振った。

「だが、ブロンドの売春婦の指紋が残っている可能性があるんだ」

「私のもね。忘れないでください」アーヴィングが言った。

「もちろんだ」オリーが言った。「だが、あんたは俺の本を盗まなかった」

「やれやれ」アーヴィングが言った。

オリーは、知ったかぶりの巡査部長や、凶器の捜索を指揮している横柄な奴らとは、長ったらしい退屈な会話などしても無駄だと、自分に言い聞かせた。それよりも、単細胞だがまだすれていないP・ゴメスのような警察官と、事件の因果関係などについて話し合った方がよっぽどましだ。彼女の言うところによれば、凶器が「現場で発見されたとき」、そこに居合わせたのだ。その上、警察学校を卒業したての真新しい制服を着た彼女の胸はピーンと張り、心もピーンと張りつめている。

　彼は、木曜日の制服警官勤務表をチェックし、パトリシア・ゴメス巡査が朝の七時四十五分に出勤し、八八分署管区にあるアダム地区へ徒歩で巡回に出かけたことを知った。アダム地区はキング・メモリアルがあるところだし、そこから二ブロックと離れていないセント・セバスチャンと三十二番街に、とてもうまい飯を食わせる食堂がある。オリーは、ひょっとして今頃ならゴメス巡査が昼の食事を楽しんでいるかもしれないと考えて、そこまで車を走らせた。運命の定めか、彼女は食事をしていなかった。少なくとも、そのオーケー・ダイナー食堂では昼休みを取っていなかった。

　オリーは食堂をざっと見渡し、彼女がいないとわかって、ため息を漏らした――でも、彼女がいる確率なんかはいくらもなかったんだ。だから、ここへ来たのを、ただの無駄骨にしちゃいけない。彼は窓際のブースに座り、ハンバーガー四個、ポテトフライの付け合わせ二人前、牛乳グラス二杯、バニラアイスクリームを二さじ載せたブルーベリーパイ一個を注文した。店を出るときに、レジの近くのカウンターの上に並んでいたミルキーウエイを一つ買った。ミルキーウエイに、金を払おうとしない警官が大勢いることを彼は知っている。オリーが自分のことをいわゆるチョコレート・アンド・クルーラー（ねじった形のドーナッツ）警官と思ったこともあったが、そんな日々も永遠に消えてしまった。といっても、昔より、今の方が正直になったというわけではない。単に、近頃ではアメリカ中の警官が厳しい監視にさらされているから、そんな戦利品ではリスクを犯す価値がないというだけなのだ。もっとも、ワールド・トレード・センターでのあの英雄的行為があってからは、警官は以前よりは好意的な目で見られていることは認めざるをえない。だから、もしかしたらあの古き良き時代がすぐそこまで来ているかもしれない、そうだろう？　とにかく、彼はキャンディバーの代金を払った。満足げにむしゃむしゃやりながら車にもどり、パトリシア・ゴメス巡査を捜しにアダム地区を流し始めた。

彼は、彼女が肩をそびやかし彼女独特の大股で通りを歩いているのを見つけた。ホルスターに入っているグロックのために右腰が左よりも心持ち早く突き出るようだ。ヒスパニックの男たちも多くが同じような歩き方をすると言われている。タフガイに見えると思っているのだ。パトリシア・ゴメス巡査の場合には、ただただセクシーに見える。こういった男たちは、かわいこちゃんが通りかかると、チュッとキスの音をさせて「やあ《エイ》、お嬢さん《ママ》、こっちこっち《ミラミラ》」と大声で叫ぶ。それが非常《ムイ》に男っぽく《マッチョ》て格好がいいと思っているのだ。パトリシア・ゴメス巡査なら、ヒスパニックのひよっこが空気にチュッとキスをし彼女に向かって「こっちこっち《ミラミラ》」と呼んだりしたら、そいつの首根っこをへし折るに決まっている。オリーは喜んで二セントと襟ボタン一個を賭けるつもりだ。

面白半分に、彼は車の道路側の窓を下ろして大声で呼んだ。「こっちこっち《ミラミラ》」。しかし空気にキスはしなかった。

パトリシア・ゴメス巡査はその場に立ちすくんだ。左腰が右腰に追いつき、右手が右腰のホルスターのグロックに行く——冗談じゃない、俺を撃つつもりか！

「俺だ！」彼は叫んだ。「オリー・ウィークスだ。スペイン語の練習をしているんだよ」

彼が縁石に車を寄せると、彼女があの大股で近づいてきた。銃をぶら下げた方の腰がリード役を務めている。オリーは気がついた。つばのついた帽子を小生意気に傾け、黒っぽい巻き毛がその下から覗いている。車に近づきながら茶色の目はひとわたり歩道を見渡し、あたりをチェックしている。いつの日か立派な警官になるだろう。もしかしてすでになっているかもしれない。制服は特別にあつらえたに違いない。ここもかしこも彼女にぴったり合っている。

「乗らないか」彼がいった。「助けてもらいたいことがある」

一瞬彼女はとまどったような顔をした。しかし、縁石側のドアをぐいっと開けると、乗り込んでドアを閉めた。

「何かあったんですか?」彼女が聞いた。

「殺人凶器が発見されたとき、君は現場に居合わせたんだったな?」

「そうだったんですか?」彼女が聞いた。「あれが殺人凶器だったんですか?」

「調べた結果」彼がいった。

「まあ、よかった」彼女は言った。「そういうことだった」嬉しそうだった。現に頷いている。我が方に得点一というわけだ。

「そこまで案内してくれるかな?」彼が言った。

「もちろんです。あの路地のことですね? でも先に、巡査部長の許可をもらわないと」

彼女はすでにベルトの携帯電話の方に手を伸ばしていた。

「その必要はない」彼が言った。「俺が後で何とかしておくさ」

「だいじょうぶですか? 面倒なことになったら困りますから」

「うーん、だが心配なら、今電話しろよ。俺が話してやる。巡査部長は誰だ?」

「ジャクソンです。やっぱり、前もって許可を取っていただければ助かります、もしおさしつかえなければ」

「ジャクソンだな、いいよ」オリーは言ったものの、考えていた。黒人の巡査部長か、くだらん話を聞かされるな。黒人イコールごたごただ。パトリシアはすでに電話のプッシュボタンを押し始めていた。

「はい、ジャクソン巡査部長です」声がした。

「巡査部長、ここにウィークス刑事がいらっしゃいます」パトリシアが言った。「ちょっとお話があるそうです」

オリーは携帯電話を取った。

「やあ、ジャクソン」彼は言った。「元気かね?」

「元気ですよ」ジャクソンは油断のない声で言った。「ご用件は?」

「ちょっとゴメス巡査をお借りしたい。証拠品の武器が回収された路地を案内してもらいたいんだ。いいだろう?」

「証拠品の武器とはなんのことです?」

「ヘンダーソン殺人事件で使用された銃だ」

「巡回中だというのに、彼女を連れ出したいということですか？」

「そういうことだ」オリーが言った。「もしあんたの方でよければな」

「こっちの警部が、どう思うかわかりません」

「ほう、俺は、刑事局長が議員殺人事件についてどう思っているかってことはわかっているんだ」オリーが言った。

「だから、ゴメスを一時間かそこら貸してくれてもいいいんじゃないか」

「彼女に話をさせてください」ジャクソンが言った。

「わかった」オリーは言って、パトリシアに携帯電話を渡した。

「もしもし巡査部長？」彼女が言った。相手の話を聞くと言った。「エーンズレーと三十五番街」。彼女は再び耳を澄ました。「ありがとうございます、巡査部長」

「感謝してると言ってくれ」オリーが言った。

「ウィークス刑事が感謝しているとおっしゃってます」彼女はそういうと、電話に耳を傾け、それから頷き、〝切〟のボタンを押した。「私の代わりに誰かをよこすそうです」彼女は言った。「私には二時半までに持ち場に戻って欲しいそうですけど、それで時間は足りますか？」

「ああ、十分だ、うん」オリーが言った。「巡査部長は何と言ってたかね？」

「何のことですか？」

「俺が感謝していると、君が言ってくれたときのことだよ」

「別に何も、ほんとに」

「いや、ちょっと興味があるだけだ。何と言ってた？」

「あのう……」

「さあ、言って」

「あのう、本当は、〝ウィークス刑事の野郎にくそくらえって言え〟って言いました」

「本当か？」

「あのう……ええ」

「正直に言ってくれてありがとう、パトリシア。パトリシアと呼んでもいいかい？」

「あのう……もちろんです」

「ありがとう。君も俺のことをオリーと呼んでいいよ。さて、例の路地を見に行こう、いいね？　それからジャクソン巡査部長なんかくそくらえさ」

「確かに、ここで例の銃を発見したんだね？」オリーが聞いた。

「あのう、私が発見したんではないんです」パトリシアが言った。「でも、武器が発見されたときは、確かに捜索隊に加わっていました」

「この路地のここだね」

「ええ、ここです。そこの壁の手前の下水溝の中です」

「ここだね、ホールのこちら側だね」

「ええ、ここです」

「うーむ」オリーが言った。

　彼は、厳密で正確さを求める刑事の仕事ぶりに、彼女が感心してくれればいいがと思った。実際は、彼女は混乱するだけだった。ここが銃を発見したところだね、ええ。この路地のここだね、この下水溝だね、ええ。ここで発見したと言ってるのに、まったくどうして何度も何度も質問するの？　この人ちょっと耳が遠いのかしら？

「なぜかというとだね」彼が言った。「狙撃犯は、舞台の右から彼をしとめたのだ」

　パトリシアには、何の話だかわからなかった。

「いいものを見せてあげよう」彼が言った。「ややこしいのはわかってるが」彼はそう付け加えて、新米捜査官を指導している忍耐強く、経験豊かで、世の中を知り尽くした刑事という印象を与えられていればいいがと思った。そこで、忍耐強く、彼はジャケットの胸の内ポケットに手を入れ、電気屋が作ってくれて、たたんでしまっておいた図面を取り出した。そして、またも忍耐強く、それを広げ、パトリシアに渡した。

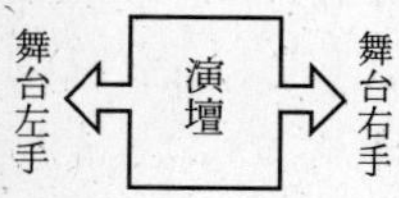

「〝舞台右〟と書いてるところがわかるかい？」彼が聞いた。

「はい？」

「そこが、ヘンダーソンがやられた時に狙撃犯が立っていたところだ」

「左にあるのにどうして舞台右というのですか？」パトリシアが聞いた。

「どうしてだか、俺もわからない」オリーが言った。「人生のちょっとした謎の一つだね。要は、仮に狙撃犯が撃った後で路地に逃げ込み、銃をあの下水溝に捨てたとする……」

「実際そうだったんです」

「そこが問題なんだ」オリーが言った。「我々が今どこにいるか言ってごらん」

「どういう意味ですか？」

「我々は、今どこにいる？」

「ホールの外の路地ですが」彼女はそう言いながら、ますます混乱して目をぱちくりさせた。この人は、私たちがどこにいるか知っている。路地にいるのよ。どこにいるかもう百遍も話したもの。この人どうかしてるんじゃない？

「どの路地かな？　路地は二つある。一つは舞台右の外、もう一つは舞台左の外だ。我々が今いる路地はどちら側になるのかね？」彼が聞いた。「ホールのどちら側？」

「ええと……わかりません」

彼女は、路地の突き当たりの金属製のドアを見、路地を取り囲むレンガの壁を見、壁に沿って並んでいるゴミの缶を見た。何一つとして、ここがホールのどちら側になるかヒントがない。まあ、位置がわからなくなるのも無理もないが。というのも、オリーはセント・セバスチャン通りに車を止め、そこの正面入り口から大きなガラスドアを通ってキング・メモリアルに入った。それから、ロビーを突っ切ってホールまで行き、中に入り、中央通路を通って舞台まで歩き……

「図面をもう一度見てごらん」オリーが言った。

パトリシアは図面を見た。

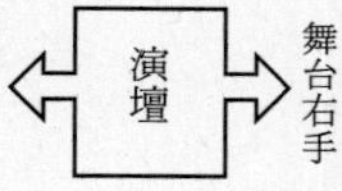

「ええと」彼女が言った。「もし狙撃犯がここの舞台右に立っていたとすると……」

「そうだ、そこに立っていなければならなかったはずだ。ヘンダーソンは左から右に歩いてきて、胸を撃たれた。だから、狙撃犯は舞台右の袖にいなければならない。そして、誰が撃ったにしても、そいつが舞台右の路地に逃げ込み、建物のそっち側の下水溝に銃を捨てたとすると、我々がさっき立っていたのはその路地にならなければならない。そうだろう？ なぜなら、そこであんたたちは銃を発見したんだから。そうだろう？ そこの下水溝で」

「ええ、そこが銃を発見したところです」

「その路地にまちがいないね」

「はい。そこの下水溝で」

「ただ問題が、一つある」オリーは言って、思いやりと慰めの微笑を浮かべた。「そこは舞台左の外の路地なんだ」

パトリシアが彼を見た。

「だから、どうして狙撃犯は建物の反対側に出てきたんだろう？」オリーが聞いた。「コーヒーでもどうかね？」

パトリシアは時間が気になってしょうがなかった。腕時計を見ずにはいられなかった。オリーは、ジャクソン巡査部長のことは心配するなと言った。何か文句を言ったら俺が始末をつけてやる。彼らはスターバックスにいた――オリーは管区内の食べ物屋の場所をすべて知っている――そこはつい先ほど彼女を拾った場所、そして二時半に戻ることになっている持ち場からそれほど離れていない。今は二時十分過ぎだ。オリーは、二人のためにカプチーノを注文し、彼が〝何でもクッキー〟と言っているもの、つまり、レーズンやチョコレートチップスやM&Mが入っているオートミール・クッキーを二つ、テーブルに持ってきた。

「君は食べることが好きかね？」彼がクッキーを齧り、コーヒーと共に流し込みながら聞いた。

「ええ。でも体重に気をつけないと」パトリシアが言った。

「ああ、俺もだよ」オリーが同意した。「一日に五食以上食べないように気をつけている。五の法則だ。そうでもしないと手に負えなくなるからな。このカプチーノはとてもうまい。そう思わないかい？」彼が聞いた。そして彼女が答えないうちに言った。「カプチーノを作るのも、人生のそれ以外のことも、すべて同じようなもんだ。自分のやっていることが、わかっているかわかってないかだ。もし、わざわざ泡をたくさんにしなさいと言ってやらなければならなかったら、そんなことを言われるようなやつはそもそもカプチーノの作り方を知らないことになる。いいかね、カプチーノは宗教のようなものだ。イスラム教徒が一日に五回だったと思うが、跪かなければならないのと同じように、人によっては朝の十時か十一時に一度、そして午後の二時か三時にもう一度カプチーノを飲まなければならない。カプチーノ信仰にも、異なった宗派があるし、市の至る所に異なった礼拝所がある。スターバックスもその一つにすぎないんだな。他の宗教で言えば、モスクとかチャーチとか寺なんだ。ただ、そこに行ったら、座ってお経ならぬカープーチーノーを飲むところが違うがな」彼はそう言いながら、腕を上げ、ニヤッとした。「しかし、泡がたくさん入っていなければいけない。でなければ、コーシャ（ユダヤ教の食事規定に従った食品。適正食品）じゃないからな。君はそのクッキーをちゃんと食べられるのかね？」

「どうぞ」彼女は言って、クッキーを載せたペーパーナプキンを、テーブルの彼の方に動かした。

「なぜなら、食べ物を無駄にするのは罪なんだよ」彼は言って、クッキーに手を伸ばした。

パトリシアは彼が食べるのをじっと見ていた。

「なぜスペイン語を勉強しているんですか？」彼女が聞いた。

「えっ？」彼が言った。

「おっしゃったでしょう、練習して……」

「ああ、そうそう。こっち《ミラ》こっち《ミラ》だな。まあ、数カ国語がまかり通るこの市では、あらゆるタイプの人間と話ができるようになりたいからね」彼は、噛んだり飲んだりしながら言った。「たとえば、〝何ができるっていうんだ？〟というのを五ヵ国語で言えるように頑張っている。残ってるのは最後の一ヵ国語だけだ」

「なぜ五ヵ国語なんですか？」彼女が聞いた。

「五の法則だよ」彼が言った。「いいものはすべて五になっている。たとえば、君は五フィート五インチだ、そうだろう？」

「いいえ。五フィート七よ」彼女が言った。

「それはもっといい」彼が言った。

「私って背が低すぎるでしょう？」彼女は言って顔をしかめた。

「いや、五フィート七は女性として完璧だ。うーむ」彼が言った。

「それって、W・C・フィールズですか？」彼女が聞いた。

「もちろん、そうだよ」彼が言った。

「そう思いました」

「うん、私の小鳥ちゃん」彼はそう言うと、葉巻タバコから灰を軽く払い落とすまねをした。

パトリシアが笑った。

「五の法則ね？」彼女が言った。

「そう、五の法則。ピアノも五曲弾けるように教わっているんだ。《ナイト・アンド・デイ》を知っているかね？」

「ええ、もちろん」

「いつか君に弾いてあげるよ。何か私に覚えてもらいたい曲でもあるかね？　スペイン語の歌なんかどうだ？　教えてくれれば、ピアノの先生に頼んでみるよ。今は、《サティスファクション》を習っているんだ」

「その歌、好きだわ」

「そうだね。ステキな曲だ」オリーが言った。

「なぜあの言い方を選んだんですか？〝何ができるっていうんだ？〟というのを？」

「うーん、〝官僚と戦え〟と言ってるみたいだろう？　まあ、こっちの方が翻訳しやすいけどな。〝何ができるっていうんだ？〟」彼はそう言って、肩をすくめた。

「カ・プエデ・ハセール？」パトリシアはそう言うと、オリーをまねて肩をすくめた。

「スペイン語だね。全くその通り」彼が言った。「イタリア語ではどういうか知ってるかね？」

「いいえ。教えて」

「カ・シ・プオイ・ファーレ？」彼は言うと、肩を丸めて、手のひらを見せた。

「カ・シ・プオイ・ファーレ？」彼女は彼のまねをして言った。

「完璧だ」オリーが言った。「今度はフランス語。カスク・オン・プー・フェール？　どうだい？　アクセントがあまりかっこよくないのはわかってるが……」

「そんなことないわ。フランス語そっくりよ」

「そうかい？」

「もちろんよ。フランス語が似合うように口髭を生やすべきだわ」

「そう思うかい？　私をかついでいるんだろう？」

「そう、かついでいるのよ。でもフランス語のアクセントはとってもすばらしいわ。他にどこの言葉で言えるんですか？」

「中国語」

「冗談でしょ」

「ほんとだ。まあ、広東語ではないがな。北京語でしか言えないんだ」

「聞かせて」

オリーは目を細め、カンフーのように手のひらで空気を切り裂くようにしながら大声で「メイ・ヨー・バン・ファー」と言うと、吹き出した。パトリシアも一緒に笑った。

「すごいのね」彼女が言った。

「ああ、そうだよ」オリーが言った。「アラビア語でも覚えたいんだ。そうすれば、テロリストのくず野郎を捕まえた時に、そいつが市民権について文句を言ったら、官僚と戦えよって、そいつの母国語で言ってやるつもりだ」

パトリシアの携帯電話が鳴った。

彼女はベルトから抜き取り、スイッチを入れた。「ゴメスです」そう言って、電話に耳を傾けた。「今行くところです、巡査部長」彼女が言った。「今すぐです、巡査部長。本当に今すぐ行きます」彼女は電話を切り、顔をしかめて言った。「行かなければ。すみません」

「いつか、またコーヒーでも飲もう」オリーが言った。

「ええ、そうですね」パトリシアが言った。

「スペイン語の歌を考えてくれよ」彼が言った。「先生に楽譜を用意してくれるように頼むから」

「楽譜を読んだり、他にもいろいろするんですか?」

「ああ、もちろんいろいろとな」彼が言った。「本も書いたんだ」

「冗談でしょう!」

「いや、書いたんだ。しかし、どこかのくず野郎が俺の車から盗んでしまった。今そいつを捜しているところなんだ。見つけたらぶちのめしてやる」

「すごいわ」彼女が言った。

「まあな」オリーが謙虚に言った。

「歌を考えてみるわ」彼女は言って立ち上がった。「コーヒーをありがとう。あの銃がどうして建物の反対側に行ったのか、わかったら教えてください」

「そうしよう。しかし、君も考えてみるんだ。一緒にやれば何かわかるかもしれないだろう」

「そうかもしれないわ」彼女は言って、一瞬、彼を見つめた。それから言った。「さあ、行かなきゃ」。それから、微笑し、さよならの手を挙げ、向こうを向くとテーブルから離れていった。グロックの重みで片方の腰を重そうに運びながら、入り口の方にくるっと向いた。彼は彼女が店を出るまでずっと見ていた。それから、カウンターに行き、もう一つクッキーを買った。

9

これでやるべきことがはっきりしたようです。この市でいい女を捜すこと。でも、最初思ったほど簡単ではありませんでした。恐れながら、本部長殿、警察の仕事に簡単なものなどありません。複雑でないものなどないのです。

まず初めに、この女がまだ生きているとしても——あるいは、生きていたとしても——この市のどこにいるかわかりません。もちろん、この市が大都市であることは言うまでもありません。しかし、それよりも、彼女がまだ生きているとして——あるいは、生きていたとして——彼女その人は存在するのでしょうか？　マーサー・グラントが自ら認めたように、マリー・グラントは偽名です。我々が言うところの誤称です。しかし、考えてみればマーサー・グラントも彼のいとこと言われるアンブローズ・フィールズも偽名です。私は長いこと警察官をやっています。そこで、最初に何をやったかといいますと、市の五地区の電話帳を全てチェックすることでした……

すごい、俺がやったことと同じじゃないか、とエミリオは思った。まあ、アイソラとリバーヘッドだけだったけど。それでもな。

……そして、たちまち膨大な数のグラントさんがいることに気付きました。グラントは非常によくある名前のようです。しかし、マーサー・グラントもマリー・グラントもアンブローズ・フィールズもありませんでした。もっとも、このすばらしい市には他のフィールズならたくさんいます。ということは、ミスター・グラント——名前の嘘は別として——は真実を語っていたことになります。となると、彼はなぜ嘘をつかなければならなかったのでしょうか？　つまり、なぜ自分の名前や妻の名前やいとこの名前について嘘をついたのでしょうか？　マーサー・グラントは何を隠しているのでしょうか？　もちろん、こういった名前の他にです。そして、もし何かを隠しているなら——あるいは、隠していたのなら——そもそもなぜ警察に来たりしたのでしょうか？

うーん、エミリオは思った、そういうことなら、あんたもなぜ嘘をついているんだい、リヴィー？　だって、電話帳にはオリヴィア・ウェズレー・ワッツというのはないぜ。しかし、エミリオは、それも理解できないこともない、彼女は警察官だし、女だからな、と思った。もし自分だって警察官か女なら——あるいは、女であったなら——電話帳に名前を載せたりしないからな。実のところ、彼は、警察官としても女としても、リヴィーと全く同じように考えただけで、自分も大したもんだと思った。

この木曜日の午後三時ちょっと過ぎ、エミリオはリヴィーの報告書を膝に載せて座っていた。日本の絹の着物の前がはだけて脚と腿の上にだらしなくまとわっているあたりでは、ラ・パーラの絹のストッキングとレースの縁取りのあるガーターベルトが見える。縮れ毛のブロンドのカツラが、部屋の向こう側のドレッサーの上に載っている。今晩、街に出ていくときには、そのカツラをかぶり、革ひものついたプラダのスパイクヒールパンプスを履く。時代が良くて、ヘロインが安かったころは、売春婦として十分な稼ぎがあり、靴やランジェリーや革のミニスカートや、腕の注射の跡を隠せる長袖の絹のブラウスなど、ステキなものを買うことができた。近頃はあまりいい時代ではなくなってしまった。アフガニスタンのヘロインが不足して、価格が高騰している。彼はこんな状況が一時的なものであることを願っている。戦争のことを言っているのではない。戦争は永久に続くのだ。しかし、もしリヴィーの報告書に書いてあるダイヤモンドを見つけることができれば……

さあさあ、白昼夢など見ていないで、報告書にもどろう。

マーサー・グラントは何を隠しているのでしょうか？　もちろん、こういった名前の他にです。そして、もし何かを隠しているなら——あるいは、隠していたのなら——そもそも、なぜ警察に来たりしたのでしょうか？

警察の仕事では——本部長殿もご存じのように——我々刑事は、ちょくちょく情報屋、つまりこの業界でいうところの密告屋を利用します。彼らは、通常我々が脅しをかけれる——あるいは、かけられる——連中です。たとえば、ニードルはジャマイカ人の情報屋で麻薬の売人をやっていました。ロンドンを拠点に活動していたジャマイカ人ギャングを逮捕する前のことです。ロンドンでは、暴力沙汰を起こしたり、麻薬に手を染めたりしている若いジャマイカ人の男たちを、ヤーディと呼んでいます——ちょっとは知られた事実で、ほんとうのことです。要するに、ニードルは、我々がそのギャング一味の手入れをやったときに、ヤーディを半ダースくらい密告してくれたのです。これは彼に対する起訴を、一時的にですが、すべて取り下げることと交換でした。その気になれば、我々はまだ彼に対して何年も刑務所に送り込めるだけの証拠を握っています。ニードルはそのことを知っています。また、我々が仲間を売ったのは彼だということを言いふらせば、気の毒に、ある晩喉を切り裂かれて下水溝に放り込まれることも知っています。だから、我々が訪ねていけば、いつでも助けてくれるのです。

私は、その火曜日の午後、ミスター・グラントが署を出るとすぐに、ニードルを訪ねていきました。実は、ミスター・グラントが知らなかったことがあります。あの時、私は、ミスター・グラントに、警部補に質問したいことがあるかどうか聞いてくる間、外の廊下で待っていてくれるように頼みましたが、本当は、パートナーのバリー・ロック刑事と話をしていたのです。本当の名前と住所がわかるかもしれないから、ミスター・グラントを家まで尾行するように頼んだのです。だから、私がもどってきて、ミスター・グラントに、警部補は我々が話し合ったことに付け加えることはないそうだと言ったときには、バリーはすでに階下に降り、ミスター・グラントが署から出てくるのを待っていました。もちろん、ミスター・グラントはこういったことを何も知らなかったわけです。だからこそ、これを刑事の仕事というのです。

彼は、私がニードルに会いに行こうとしていることも知りませんでした。

ニードルは、背が高くやせていますが、そのために片目だけしかありませんが、そのためでもありません。また、ニードルと言われるのは、彼がまだほんの若者だったころ、麻薬パーラーを開いていました。客はそこに行けば、腕や、若い娘で注射の跡をみんなに見せたくない場合は腿の内側などにヘロインを注射してもらって、いい気分になることができたからです。それに、腿に注射してやると、あそこに非常に近いので、商品の代金のほかにもちょっとしたものを手に入れるチャンスが大きかったのです。女性客を持つ麻薬ディーラーの役得の一つでしょう。女性の弱みにつけ込むのはタリバーンだけではありません。こんなことは言いたくないのですが、本部長殿、私が所属していた分署では、新入りの婦人警官が、名前は申し上げませんが、ロッカーをこじ開けられ、靴におしっこをかけられたことがあります。すみません、下品な言葉を使って。女性の人生は容易ではないのです、警察官でもそうでなくても。

とにかく、ニードルは、非常に背が高く、非常にやせた、片目のジャマイカ人です。でも、もしジャマイカ人が好きならハンサムでなくもないと言えるでしょう。彼は、我々がヤーディのギャングを逮捕するずっと前から、麻薬を商売にしていました。そして、おそらく、今の今も麻薬の取引をやっているでしょう。本当はどうなのか知りませんし、私にはどっちでもいいことです。我々は、このままでも長期間彼を刑務所に送れるだけのものをもっていて何も追加する必要がないので、「聞くな、話すな」が私のポリシーになっています。ただし、私が聞いたときは、ニードルは話さなければなりません。そうしないと、彼は困ったことになります。

「マーサー・グラントっていうジャマイカ人のことを何か知ってる?」私は聞きました。

我々は、署とオーマリーズからそれほど離れていないニードルのアパートのキッチンに座っていました。このオーマリーズというバーこそ、この事件の発端となったところです。なぜなら、もしマーギー・ガノンがコンフリクト・ダイヤモンドについてああいうことをすべて教えてくれなかったら、そして、もしミスター・グラントが革命統一戦線の話を持ち出さなかったら、私はこうして地下室に座り、誰かに殺されるのを待っていたりはしなかったでしょう。ところで、ニードルの本当の正しい名前は、モーティマー・ループです。キングストンには、ループという人が大勢いると聞いています。彼は、非常に好感の持てる男ですが、一つ気になる癖があります――ええと、麻薬中毒を入れれば二つですが――その気になる癖とは、自分をラップ・ミュージシャンだと空想していることです。つまり、彼は絶えずラップで話すのです。

「マーサー・グラント、マーサー・グラント、その男はジャマイカ人? 卵の好みは何ですか、付け合わせはソーセージ、それともベーコンにしましょうか?」

「そうよ、彼はジャマイカ人」私は言いました。

彼はレンジの前に立ち、オムレツを作るために卵を割っていました。すでに午後の二時でしたが、ニードルは起きたばかりで、実のところ、まだパジャマを着ていました。警察の仕事を知らない人には異常な光景かもしれません。パジャマを着た男が、女のために卵を料理している。その女は、ベージュのスラックスに黄褐色のフレンチヒールの靴を履き、グリーンの長袖ブラウスに茶のジャケットをはおり、口径九ミリのグロック・オートマチックを、靴とマッチした黄褐色の革のトートバッグに入れている。しかも二人の間に個人的関係は一切ない。そういう男と女。しかし、多くの点で、警察官は医者に似ています。だから、二流どころのどろぼうは、たとえば、ビジネス用の服装をした女性の前で普段着のままでいても、完全にくつろいでいられるのです。それに、ニードルと私は、以前にも一緒に仕事をしたことがあります。そして、彼のパジャマは絹の黒地にボタンの花がステキにデザインされたものでした。

「ソーセージをいただくわ」私は言いました。「もしあるならね」

「ソーセージ」ニードルは言うと、また別のラップ・リフに合わせて冷蔵庫まで行きました。「お嬢さんにはソーセージ、ニードルにはベーコンさ。彼女はジャマイカ人を捜してる」。彼は肉を持って、またまた別のラップに合わせて小走りにレンジの前に戻りました。

「彼はいったい何をした、法律でも破ったの？　そうでなけりゃ、警官が、彼女がどうしてここに来る？」

私は、ニードルに話しました。私が知る限り、マーサー・グラントはまだ犯罪に手を染めていないが、偽の名前をどっさりかかえ、前歯にダイヤモンドを入れ、刑事部屋にやってきて……

「ああ、やつはダイヤモンドを入れている。見つけるのは簡単だ。背は高いか、低いのか、五フィートと九インチ？」

私はニードルに言いました。グラントはどちらかというと六フィート二か三ぐらい。背が高い骨張った男で、色は白く、鼻の下にきちんと手入れした小さな髭を生やしている。さらに言いました。グラントはなんと本名ではなく、妻の本名もマリーではなく、その上、マリーの予想では火曜日までには死んでいて、その火曜日が今日なのだと。

「それじゃあ、彼女は死んでいる。しかし、名前はマリーじゃない。そして夫もグラントじゃない。いったい俺にどうしろと？」

「コンフリクト・ダイヤモンドについて何か知ってる

かしら?」私は彼に聞きました。

「その男はシエラレオネの戦争に関係しているのかい? それとも自分一人でダイヤモンド《アイス》を動かしているのかい?」

「まるでわからないの。彼は妻が消えてしまったと言い、それからRUFのことを聞いたことがあるかと聞いたわ。革命統一戦線のことよ……」

「彼女がRUFに殺されたと思うのかい?」

「そうね、それもちらっと思ったわ。でも……」

「だって、あいつらとんでもないクソッタレ野郎たちだぜ。考えたくもないね」

ニードルは、フォークを使ってフライパンからベーコンを取り出してペーパータオルの上に載せ、それからジュージューいっているベーコンの脂の中にソーセージを四つ落としてから、ボールに入っている半ダースほどの卵を再びかき回しました。レンジの上では、別のフライパンの中で角バターが数個溶けているところでした。ニードルはカウンターの上のトースターにパンを二切れ落としました。私は食欲がわいてきました。

「料理の本を書こうと思っていたの」私は彼に言いました。「リヴィー・ワッツのレシピー。どう?」

「ばかばかしい」ここは、ラップにせずに言いました。

「ケイ・スカーペッタは料理の本を書いたのよ」私は彼に言いました。

「そりゃいったい誰なんだい、おいらにどんな関係が? コーヒーなんかはいかが、それともお茶をいれますか?」

私たちは、朝食だか、ランチだか、ブランチだかを、下の通りを見下ろす窓際の小さなテーブルで食べました。階下で小さな女の子が縄跳びをしているのが聞こえました。向こうの屋根の上からハトが飛んでいくのが見えました。市は春を迎え、ソーセージと卵は美味しかったのでした。ニードルは、捕まえどころのないグラントと、失踪中の、あるいはすでに死亡しているかもしれない妻を捜してくれると約束してくれましたが……
「心配しないで、俺がしっかり聞いてくる。ダイヤモンドの男だな。女房の名前はマリーじゃない。聞くものを聞き見るものを見てくるさ」
……私は、まもなく夢にも思っていなかった経験をすることになろうとは、チラッとも思っていませんでした。時計がすでに時を刻み始め、私の運命ばかりでなく世界の運命が宙ぶらりんなのを、私は気がつきませんでした。
どうも、私は先を急ぎすぎているようです。

そんなにどんどん進まないでくれ、ハニー、とエミリオは思った。次から次へとヒントをくれすぎるよ。日曜までにあんたを見つけないと、ラインストーンをちりばめた革ひものパンティを食べることになってしまう。あんたはたった今、情報屋は背が高くやせた片目のジャマイカ人だと言った。ニードルという名で知られているって。ほんとかねえ。本名はモーティマー・ループっていうそうだけど、これもきっと本名じゃないね。抜け目がないから、あいつらは。でもとにかく電話帳を見てみよう、よくいうように、確認のためだ。

持っている二つの電話帳のどちらにも、モーティマー・ループは載っていなかったが、エミリオは大して驚かなかった。でも、ヘンリエッタ・ループという面白そうなのと、ロレッタ・ループというヘンリエッタの双子の妹のようなのがあった。もっとも二人の住所は違っていた。リヴィーが、どうして自分の情報屋に偽名を使ったのだろう。たぶん、万が一報告書が市警察本部長のもとに届かずに、間違った人物の手に渡った場合に、自分の身を守るためなのだろう。エミリオは、法執行に携わる者に報告書を渡すつもりは決してなかった。彼の望みは、あのダイヤモンドがある地下室を捜し出し、リヴィーに感謝のキスをして、リオデジャネイロに行ってしまうことだった。

その目的達成のため、彼は昔バーテンダーをやっていた友人に電話した。

オリーの小説では、密告屋はカミソリのようにやせた片目のジャマイカ人で、名前をモーティマー・ループ、別名ニードルといった。現実の密告屋は、ウイリアム・〝超デブ《ファッツ》〟・ドナーという白人だが、オリーは小説を書くためにドナーの名前と体型を変えた。それに、後になってデブで麻薬中毒のタレコミ屋から訴えられたくなかったからだ。

実際、ドナーはただのデブ《ファット》ではなく、超デブ《ファッツ》だった。事実〝ファッツ〟は〝ファット〟の複数形だ。超デブのドナーは肥満だ。巨大だ。山のようだ。それに女の子とトルコ風呂が好きだ。小説では、オリーはこの性向を料理とラップ好きに変えた。これは文学的に許容されると思ったのだ。

木曜日の午後三時二十七分、オリーは、リンカーン通りと南二十九番街にあるサミュエル浴場というところで、ドナーを見つけた。この浴場は、ナンバー賭博場を経営して金をためこんだアルバート・サミュエルという黒人ホモにちなんでその名がつけられている。彼には、ホモ連中が集まってマスターベーションのやりっこをする場所が必要だったのだ。オリーは、ドナーがゲイだとは思っていない。ドナーがここに来るのは、ストックホルムと違ってこの市にはスチームバスがあまり無いだけだからだ。ドナーは、股の上にタオルを広げてスチームを吸い込みながら座っていた。厚い肉の層が病的に白い身体中でぶるぶるゆれている。要するに、十二歳の女の子とおかしなことをする、ちょっと気持ち悪い男だ。しかし、ここは邪悪な大都市《ビッグ・バッド・シティ》だし、ドナーは役に立つ情報屋だ。時には大目に見る必要もある。

オリーがタオルを持って入ってきて、木製のベンチに座っているドナーの隣に腰を掛けた。そうやって並ぶと一対の巨大な白い大仏のように見える。蒸気が二人の周りで渦を巻いていた。

「エミーという売春婦を捜しているんだ」オリーが言った。「ブロンドの髪、でかいおっぱい。ピンと来ないか？」

「近頃じゃほとんどの売春婦がブロンドで、でかいおっぱいだぜ」ドナーが言った。

「プエルトリコ人なら違うだろ」オリーが言った。

「おや、包囲網が狭まってきたな」ドナーが言った。

「知ってるのか？」

「あんたが今言ってくれたことだけだよ、おやじさん。ブロンド、でかいおっぱい、スペイン系。仕事場は、この町のどこだい？」

「彼女は、エーンズレーと五番街の質屋にグッチのアタッシェケースを入れている。質屋の名前はアーヴィング・シュタイン」

「名字はないのかい、この小娘には？」

「シュタインは聞きもしなかったそうだ。安物の取引だったからな」オリーが説明した。「ケースも捜しているんだ、もし情報があればな。太った女がシュタインから買っているんだ」

「名前がないのか、この太った女は？」

「ないんだ」

「どのくらい太っているのかな？」

オリーは、お前さんほどではないさ、と言いたい誘惑にかられたが、言わなかった。

「オペラ歌手みたい見える」彼が言った。「白人。茶色の髪に茶色の目」

「売春婦の方に話をもどそう、おやじさん。あの辺の縄張りで仕事をしている女はあまりいないぜ。エミーがその質屋の近くに住んでいるという可能性は？」

「どこに住んでいるかわからないんだ。それに、シュタインは、大勢の売春婦が来ると言ってた」

「俺が言いたいのは、ただ、あのあたりは売春婦がぶらついているところじゃないってことさ。売春婦の国《フッカーランド》の話をするなら、メイソン・アベニューに行かなきゃな」

「あんたの話だと、大勢の売春婦がエーンズレーと五番街の近くに住んでるってことだな？」

「大勢の売春婦なら、この市のどこにでも住んでいるよ。でも、ほとんどは、食うところと糞をするところが違うんだ。俺が言いたいのはそれだけさ」

「じゃあ、なぜシュタインは店に大勢の売春婦が来ると言ったんだろう？」

「実際に来るからだろう」

「近くに住んでる売春婦たちがか？」

「あり得るさ。あそこらの古ぼけたでっかいビルに、昔はユダヤ人が住んでいた。エーンズレーの南側のビルだよ」

「それで?」

「いまじゃあ、売春婦が住んでるかもしれない」

「そんな曖昧なことではだめだ」オリーが言った。

「俺はただ的を絞ろうとしているだけだよ、おやじさん」ドナーが言った。「もし女の縄張りがわかれば、捜せるかもしれない。女はどこでそのアタッシェケースを手に入れたんだい?」

「キング・メモリアルのすぐ傍に止めてあった車から盗んだんだ」

「ははあ!」ドナーが言った。「そうこなくっちゃ。売春婦の縄張りだよ、キング地区は。イベントがたくさんあるだろう。アップタウンの白人の男がたくさん来るだろう。そいつらがバーや、黒人の女やスペイン系の女を捜すわけだ。そうこなくっちゃ。さて、聞き込みに行くとするか」

「この女をどうしても捜し出したいんだ」オリーが言った。

「今度は、幾らぐらい貰えんですかい?」ドナーが聞いた。

「あんたの話じゃ、グッチは二束三文の取引だったようだけど……」

「彼女を見つけてくれたら百ドルだ」

「少なくないかい、おやじさん。今は二十一世紀だよ」

「だが、キャッスルビューは、まだ刑務所のままだぜ」オリーが言った。

「おやおや、脅かさないでくれよ、おやじさん」

「こんなやり方しか知らんのでな」オリーは言って、バラクーダ（捕食性の魚）のようにニヤリとした。

「二百ドルにしてくれないか」ドナーが言った。

「お前が持ってくるものを見てからだ」

「エミーか」ドナーが言った。「さあて」

　その木曜日の午後四時十五分前、ちょうど夜勤当番が階下の点呼机の前に集まり、四時に持ち場に就く準備をしているころ、そして刑事たちが二階の刑事部屋に行く鉄製の階段をそれぞれ上っていくころ、パメラ・ヘンダーソンが点呼机のところで立ち止まり、マーチソン巡査部長にどこにいったらスティーヴ・キャレラ刑事に会えるか聞いていた。マーチソンは電話を取り上げ、ボタンを押し、受話器に向かって二言三言話すと、そこの階段を二階まで上り、廊下の先まで行くように言った。

キャレラは、板張りの腰仕切りの内側で彼女を待っていた。木戸口を開け、彼女を中に入れ、自分の机のところで椅子を勧めた。

いまだに黒い服に身を包み――考えてみれば、彼女の夫は死んでからまだ四日しかたっていなかった――ジーンズとタートルネックを着ていたときよりも背が高く見えた。たぶん、黒のスカートとジャケットに合わせてハイヒールのパンプスを履いているからだろう。彼女は座って脚を組みながら言った。「ご都合の悪い時間だったかしら？　当番の交代をしているようでしたわ」

「いいえ、大丈夫です」キャレラは言った。「どのみち、まだ提出しなきゃならない書類があるんです」

パメラは、彼を見て頷いた。

彼は、彼女が自分の言ったことをあまり信じていないことに気付いた。

彼は言った。「本当です。急ぐことはないんです。何かご用が？」

それでも、彼女はまだためらっていた。

「本当です」彼は再び言った。

彼女は大きくため息をつき、また頷いた。

「手紙を見つけたんです」彼女が言った。

彼は、壁の時計を秘かにチラッと見て――彼女が気付きませんように――思った。長く厳しい一日が終わって今は午後四時十五分前――もう四時十分前になってしまったが――仕事をおしまいにして妻と家族のもとに帰る時間になって、この事件でこれ以上の面倒をかかえこむのは御免こうむりたい。そうでなくても、事件は結構複雑になっているんだ。

さっき、オリーが、銃がホールの反対側で発見されたと電話をしてきた。そして今になると、殺害された男の妻が手紙を見つけたと言っている。母親からの手紙じゃあるまい。

「誰から来た手紙ですか？」彼が聞いた。

「キャリーという人です」

「ケイリー・グラントの〝キャリー〟ですか？」

「いいえ、スティーヴン・キングの〝キャリー〟です」

「女ですな」

「ええ。女です」

その言葉を強調していった。女。そうなんだ。

「その手紙の宛先は誰です、ミセス・ヘンダーソン？」

「夫宛です」彼女が言った。

キャレラは白い綿《めん》の手袋をはめた。


全部で三通あった。

手紙はすべて、うすいラベンダー色の便せんに紫色のインクを使って優美な筆跡で書かれている。便せんは明らかに高価なもので、ＪＳＨというイニシャルが浮き出ている。三通の封筒に一枚ずつ入っているこの便せんには、それにマッチした封筒があったのかもしれないが、この手紙の郵送には使われていない。代わりに、キャリーは——自分の名前をキャリーとサインしているのだ——どこのバラエティストアでも一枚十セントで買えるような、無地の白い封筒を使っていた。同じ優美な筆跡で、手紙はダウンタウンにある事務所のレスター・ヘンダーソン議員宛にしてあり、各封筒の表には、議員の名前と住所と〝親展〟という文字が手書きされている。封筒には、ラーフトンズ・マーカットという比較的高級な地区の郵便局の消印がついていた。

最初の手紙は——

愛しいレスター様

本当に実現するなんて信じられないわ！　本当に二晩も二人だけでいられるのね？　本当に、あなたは時計を気にしたり、タクシーをつかまえたりしなくていいのね？　一晩中あなたの腕の中で眠り、次の朝あなたの腕の中で目を覚まし、あなたの腕の中でいつまでものんびりして、好きなだけ愛し合って、死ぬほどあなたを可愛がってもいいのね？　本当にこれが今度の週末に実現するのね？　信じられないわ。つねったら目が覚めてしまうんじゃないかしら。早く私のもとに来て、マイダーリン。早く、早く、早く。

キャリー

二通目の手紙は——

愛しいレスター様

あなたがこの手紙を受け取るのは、火曜日ね。土曜日には、私は飛行機に乗ってまだ訪れたこともない町のローリーホテルに行き、そこで私がこんなに愛している男の到着を待つのね。待ちきれないわ。ただただ待ちきれない思いよ。死ぬほどあなたを愛しているの。あなたが大好きよ。

キャリー

キャレラは手紙を封筒にもどした。

「うーん」彼が言った。「たぶん、私は読まない方が……」

「私は全部読みました」パメラが言った。「私のことは心配しないでください。ショックなんて、もう通り越してしまいました」

彼は頷き、三通目の手紙を開けた。

愛しいレスター様

あなたがこの手紙を受け取るのは、金曜日ね。明日の朝、タクシーに乗って飛行場に行き、待ちこがれているあなたのもとに飛んでいきます。愛しているわ、マイダーリン、大好きよ。完全に首っ丈なの、どうしようもなく愛しているわ。私、感傷的すぎるかしら？でも許してね。十九歳ですもの。当然でしょう。

キャリー

「それで、えーと、どこでこれを発見したのですか？」キャレラは聞きながら、最後の手紙をたたんで封筒に戻した。わざと忙しそうにして、レスター・ヘンダーソンの未亡人を見ないようにした。未亡人は、机の脇にまるで記念碑のようにじっと座っている。

「夫の書斎です。机の引き出しの奥の方に」

「いつのことですか?」

「今朝です」

キャレラは、夫人が夫の机で何をしていたのか聞かなかった。人が死ねば、持ち物は調べられる。死はプライバシーを奪う。死は、秘密に対する敬意を持たない。もし十九歳の女の子と仲良くやっているなら、その子の手紙をその辺に残しておいてはいけない。死は何でも暴露するのだから。

「その名前に心当たりは?」彼が聞いた。

「ありません」

「キャリーという名前の人は、知らないんですね?」

「一人も」

「イニシャルはどうですか。JSH。このイニシャルで思い当たることは?」

「ありません」

「このイニシャルは〝キャリー〟という名前と一致しないようですが」

「ええ、一致しません」

「何かおかしいと思うことはありませんでしたか?」

「いいえ」

「ご主人が……思い当たる……?」

「いいえ。寝耳に水でした」

「何か……うーん……昔……ええと……」

「一度もありません。私の知る限り、裏切られたことはありません」

「この手紙を預かってもよろしいですか?」

「もちろんですわ。そのために持ってきたんですから。そこに指紋とかがあるんじゃないですか?」

「はあ、奥さんのはもちろんありますね。それとご主人のも。それから、そうですね、その少女のも、たぶん」

十九歳。彼は十九歳は少女だと思った。まだ少女に過ぎないと思った。

「お帰りになる前に、あなたの指紋を採らせていただければ」彼が言った。「照合するために」

「もちろん、どうぞ」

「ご主人のはあります」彼は言った。しかし、死体から指紋を採取する決まりがあることは言わなかった。また、たとえその少女のはっきりした指紋が採れたとしても、現状ではその子について何かわかるチャンスは極めて薄いことも言わなかった。十九歳だって？　兵役に就いたことはあるんだろうか？　政府の仕事に就いたことは？　高価なイニシャル付きの便せんで手紙を書く十九歳の少女に、逮捕歴があるという確率はどのくらいだろうか？　それでも、いつも通りやるべきことをやれば、うまく行くこともある。

「何がわかったら教えて頂けますか？」

「すぐにお電話します」彼が言った。

「こんなことをするなんて、あの人を憎みます」彼女が唐突に言った。


八七分署から二ブロックほど離れたところにあるバーは、シャナハンズと呼ばれている。その日の午後四時三十分、日勤が交代してから四十五分後、アイリーン・バークとアンディ・パーカーは、そこでフランシスコ・パラシオスと会っていた。パラシオスは、大勢の警官が仕事の後で一杯やりにくるような場所で、あまり人から見られたくなかった。ガウチョは目立たない方が好きなのだ。

しかし、逆を言えば、警察に情報を提供する商売をしている者なら、こんなに図々しく大っぴらにやるはずがないと見られるだろう。ともあれ、同じ仕事に就いていた別の男——ダニー・ギンプという情報屋——が、ある食堂で八七分署の別の刑事とコーヒーとエクレアを楽しんでいたときに殺されたことが忘れられなかった。自分もまた訳もわからずに殺されたりしないように、パラシオスはシャナハンズに出入りする人々から目を離さなかった。

彼が今夜ここに来たのは、パーカーとアイリーンに、この火曜日の真夜中に行われるはずの麻薬取引について、新しく手にした情報を与えるためだった。日付と時間は変わってないし、主だった人物の名前も変わってないが、もうすぐ始まるこの取引の正確な場所を、今度は、ある程度の確実性をもって言うことができるのだ。

「要するに、あの女がやたらと用心深いんだ」彼が言った。「思うに、あの女は以前騙されたことがあるんだ。それも、ひどい騙され方をした。マイアミの詐欺師からな。だから、相手が誰であろうと二度とそんな目に遭わないつもりなんだろう。もう五回も、場所を変えた。いつも地下室だ。地下室で商売するのが好きなんだな。階段を駆け上がったり、駆け下りたりするんじゃ、誰もそんなに速く出入りできないからな。マイアミのやつらが、あの女をだまくらかした時は、屋根の上だった。女は屋根の上なら安全だと思ったんだ、そうだろう《ベルダード》？　ところがだ、女がコカインを渡して気がついてみると、目の前に半ダースほどのグロックさ。マイアミのやつらは、向こうの屋根に飛び移って、バイバイ、ビーチで会おうぜ、ハニー、てなわけだ。それ以来、地下室になっちまった。ビールをもう一杯どうだい？」

「私は十分よ」アイリーンが言った。

「俺は、もう一杯もらおうか」パーカーが言った。

パラシオスが合図すると、ウエイターがのろのろとテーブルにやってきて、新しいビール二杯の注文を取った。いかにも屈強そうな男が二人、正面のドアを入ってきた。パラシオスが、素早く二人を見た。大丈夫、別のテーブルの友だちのところに来た非番の警官だった。アイリーンは、どこかの不可解な地下室で行われようとしている不可解な取引のことを、もう少しはっきりさせようと努めていた。

「この取引をやるのは、誰なの？」彼女が聞いた。「変わってないと言ったけど、誰なの？」

「あんたは、以前コカインを売りさばいている女を扱ったことがあると思うんだがね」パラシオスが言った。「ロシータ・ワシントンという黒人の女を覚えてないかい？　スペイン系とのハーフだ」

アイリーンは頭を振った。「買い手は誰なの？」

「男が三人。ずぶの素人さ」パラシオスが言った。「だが、危険なやつらだ。ああ、ありがとう《グラシアス・セニョール》」彼はウエイターに言い、すぐさまビールのジョッキを取り上げ、アイリーンの方にちょっとささげて言った。「美しいご婦人に」。そして飲んだ。アイリーンは、その乾杯に無表情に頷いた。

「この三人が三人とも、黒人はバカだと思ってる」パラシオスが言った。「だけど、もしやつらがロシー・ワシントンをペテンにかけようとしたら、さあ、ことだね、本当だ」

「黒人はみんなバカだ」パーカーが言った。こんなことを言うようではオリー・ウィークスの親友といわれても仕方がない。

「この世間知らずの三人組ほど、バカではないさ。信じていい」パラシオスが言った。「〝3ばか大将〟っていうのを知ってるかい？　あいつら三人はそんなもんさ。やつらが、取引に要る三十万ドルをどうやって集めたかはわからない。集めたとしたらだけどな。けど、言っとくが、もし手ぶらで行ったら、あいつら、あっという間にあの世行きだぜ。ロシーは二度と騙されないからな」

「あいつらって、誰なの？」アイリーンが聞いた。

「ハリー・カーチス、コンスタンチン・スケヴォポロス、それにロニー・ドイルっていうすのろ三人組だよ。知ってるかい？」

「いや」パーカーが言った。

「いいえ」アイリーンが言った。

「根っからの詐欺師だ。だから俺は、もしかするとロシーをうまくだまくらかすかもしれないと思うんだ。そうやれたら、あの三人はせいぜい逃げることだな。俺に言わせれば、あんたたちがやることは、地下室に降りてって、〝警察だ、動くな！〟って怒鳴る。そして発砲騒ぎになる前にみんなをとっつかまえてしまうことだ。ロシーはコカイン所持で、バカの三人組は買おうとしたってことで逮捕、これが俺の忠告さ」

「ありがとう」パーカーが素っ気なく言った。

「地下室はどこなの？」アイリーンが聞いた。

「カルヴァー三二一一番地。十番街と十一番街の間だ」

「小便をしてくる」パーカーはそう言って立ち上がり、男性用トイレに行った。先ほど店に入ってきた屈強そうな男の一人がジュークボックスに歩いていき、コインを入れ、ボタンを押した。シナトラの《想い出の日々》が流れ出した。近頃はシナトラを聞くこともあまりない。アイリーンはそれが寂しかった。今、彼女は曲に合わせて身体をゆすりながら聞いている。シナトラは上の部屋に住むシティ・ガールの歌を歌っている。

「ダンスは好きかい？」パラシオスが聞いた。

「ええ、好きよ」彼女が言った。

「いつか一緒にダンスに行かない？」

彼女は彼を見た。

「いえ、結構よ」彼女が言った。

「どうして？　俺はダンスがうまいんだぜ」

「別に疑っているわけじゃないわ、カウボーイ」

「だから？」

「だって四人も奥さんがいるんでしょう」

「いたんだ」パラシオスが言った。「過去形。いたんだ。今は離婚してる。四回も」

「素晴らしい推薦状ね」アイリーンが言った。

「ねえ、いいだろう、いつか夜ダンスに行こうよ」

「カウボーイ、私たちは、あなたを二十年も刑務所に送れるほどの証拠を握っているのよ」

「だから？　それなら、それまでの間にダンスに行こう」

「私は警官よ」アイリーンが言った。

「だから？　警官はダンスをしないの？」

「もういいでしょう、カウボーイさん」

「いつかまた誘うよ」

彼女は、再び彼を見た。彼ってとてもハンサムだし、六カ月も誰とも寝ていないわ、と考えていた。それにヒスパニックの恋人って最高だっていうから、一晩ぐらいダンスに行ってもいいんじゃないかしら？　と同時に、法の向こう側にいる男と付き合ったりしちゃだめ、とも考えていた。もし私たちが情報屋という仕事と引き換えに自由にしてやらなかったら、この男は今頃キャッスルビューでお勤めをしているはずだわ。結構よ、カウボーイ、と彼女は思った。

「ありがとう、カウボーイ」彼女は言った。「でも、行かないわ」

パーカーが戻ってきた。

「もう一度説明してくれ」彼がパラシオスに言った。

やんなっちゃう、スージーは思った、また面倒なことになりそう。

これからはずうっと波風の立たない暮らしができるだろうと、やっと思えるようになったとたん、ハリーがまたもやバカタレの友だち連中を連れてきた。夜の八時、リビングに座りこんでトランプをしながら、働きもしないで百万ドル稼ぐという次の素晴らしい計画なんかについて話し込んでいる。

この前の偉大な思いつきにしたって四週間前のことだった。その時はダイヤモンドバックで移動クラップス・ゲームをやってる連中を銃で襲おうと決めた。このゲームには十二人のばかでかい黒人が参加していた。どの一人をとっても、小指一本上げずに、この三人の弱虫なんか二つにへし折ることができただろう。それなのに銃を突きつけようと決めたのだ。結局どうなったかというと、その晩雨が降り、ゲームは中止になったのだ。彼女の夫とその友だちには、幸運なことだった。でなければ、このあたりに、ぶち割られた頭が三つ転がっていただろう。それなのに今、またもや壮大なる悪巧みを考えている。しかし、たぶん——

もう一度幸運に恵まれれば——また雨が降ってくれて、あれこれの頭痛や悲しみを味わわないですむだろう。

彼女は、時々なぜ自分がハリー・カーチスとの結婚生活を続けているのだろうと思った。それどころか、時々、そもそもなぜ彼と結婚したのかと思うのだった。そう、彼女はいつも大きな男が好きだった。スージー・Q、ティーンエージャーのころはそう呼ばれていた——何人かの友だちは、いまだに彼女をそう呼んでいる。スージー・クインの短縮形。今ではスージー・Q・カーチス、二十三歳、二倍も年上で、何もかも大きい、アイディアさえも大きい男と結婚している。

問題は、ハリー・カーチスが、黒人はみんなバカだからカネを騙し取ればいいと考えていることだ。たいていは顔に銃を突きつけて。それにしても、彼と頭脳明晰な仲間が、あのクラップス・ゲームでホールドアップしなかったのはホントに良かった。なぜかというと、スージーが働いている美容院で、ルエラが教えてくれたのだが、ゲームに参加していた連中は、ルエラの言葉通りに言うと、本物のダイヤモンドバックの〝ギャング〟だったのだから。後で、そのことを聡明な夫に話したら、ちっぽけな情報だと一笑に付されてしまった。

このクラップス・ゲームの時間と場所を、何気なくハリーに言ってしまったのは、スージー自身だった。次にハリーが頭のいい二人の友人に話し、この二人が自分たちの傑出した能力に持って来いの儲け話が転がり込んできたと考えたのだ。後で、彼女がゲームに来るやつらはギャングだと言ったが、そんなことは気にしない、そんなことでびくついたりするものか、俺たちは大男三人組、男の中の男だ、でかい拳銃も三丁持っている。それに、ダイヤモンドバックの黒ん坊なんて怖くないのさ。あの晩雨が降ったのは幸運だった。もっとも今になってみると、あの連中はあれでもギャングなの、とスージーは思う。少しぐらい雨が降ったからといって、ゲームをやめて逃げ帰っちゃうなんて。まあ、ほんとは大雨だったけど。

彼女には、別の部屋でしゃべっている男たちの声が聞こえた。

「コカイン」誰かが言っている。ロニーだ。夫の一番ふるい友だち。一緒に高校に行き、一緒に刑務所に行った。その話はさておき、結局はたったの一年と半だった。それに二人はそこでなかなかステキな人物にも出会っている。

「おまえと同じ五点を賭け、その上にもう五点余分に賭けよう」彼女の夫が言った。

「コカインの質は最高だぜ」ロニーが言った。

「それでどうなる?」

これはコンスタンチンだ。マヌケのような薄ら笑いを浮かべ、肩を揺すっている男。動いているコンスタンチンはなかなか驚嘆すべき眺めだ。

「十ドルになる」ハリーが言った。

「俺には高すぎる」コンスタンチンが言った。

「先方の言い値は三十万」ロニーが言った。「コール」

「じゃあ、お前と俺だけだ、ロン」ハリーがそう言って、クックッと笑った。彼女は、たぶん彼と結婚した理由の一つはこれね、と思った。あの深くて低いクスクス笑い。それにもちろん彼のサイズ。

「三十万もどこで手に入れるんだ？」コンスタンチンが聞いた。

ピクピクしている彼の肩が、彼女の目に浮かんだ。虫を振り落とそうとしているようだ。

「手に入れる必要なんかないんだ」ロニーが言った。

「どうだ、キングのフルカードだ」彼女の夫が言った。

「ツーペアだ」ロニーが言った。

「じゃあ、どうやってコカインを買うんだい？」コンスタンチンが聞いた。

「買うんじゃないんだ」ロニーが言った。「盗むんだよ」

もちろん、そうでしょうよ、とスージーは思った。でなければ、あんまり単純すぎる、そうでしょう？

10

金曜日の朝、AFIS――自動指紋照合課――は指紋のほとんどを特定した。男の指紋はレスター・ライル・ヘンダーソンのもの。湾岸戦争の時に米国空軍で軍務に就いている。小さい方の指紋の幾つかは、パメラ・ヘンダーソンが採取を許可した指紋と一致している。他の小さな指紋については、おそらく手紙を書いたキャリーが残したものだが、照合できるものはなかった。

ダウンタウンの科研は、無地の白封筒はハーレー・ペーパー・カンパニーの商品だと特定した。国中のどこのバラエティ・ストアでも、事務用品店でも、スーパーマーケットでも入手できる。キャレラは突然、何者かがあっちこっちに炭疽菌をばらまいた時に使った封筒の出所を、FBIが突き止めようとしているみたいだと感じた。

イニシャルつきの便せんについては、話は別だ。

科研は、それをメイン州ポートランドのジェネレーション・ペーパー・ミルズ製の高級紙と特定した。ペンシルバニア州フィラデルフィアのカーター・ペーパー・プロダクツに製品を納めている。ここは、レター・パーフェクトという高級文房具の製造元で、この製品を扱っているのは市の二つのデパートと七つの専門店だけだ。デパートは両方とも市の中心地に位置している。キャレラとクリングは、まずそこに行ってみることにした。

カード払いの客を除き、どちらのデパートも一年以上前の売り上げについては記録を残していなかった。過去一年間では、JSHというイニシャル付きのレター・パーフェクト便せんを——現金であれカードであれ——注文した客はなかった。一つのデパートでは、カード払いの記録を二年以上残していなかった。もう一つは、十八カ月以上残していなかった。いずれにせよ、それ以前のファイルを調べるにはちょっと時間がかかる。後でキャレラに結果を知らせることになった。

七つの専門店ではさらに見込みは薄かった。どの店もイニシャルがJSHという客に覚えがなかった。さらに、どの店も過去の記録を調べる暇がなかった。彼らは、何かわかったら、刑事さんに電話します、と約束した。

キャレラは、まだFBIみたいだと思っていた。

レスター・ライル・ヘンダーソン議員のオフィスは、市庁舎の近く、未だに旧市街と言われている地区にある。ここには、潮で傷んだ防波堤がある。何世紀も前にオランダ人が建てたものだ。てっぺんに載っている巨大な大砲は、今でも大西洋からの近接攻撃を牽制しているように見える。もっとも銃身はずっと昔にセメント詰めにされたままになっている。島の最先端では、ディックス河とハーブ河が出あうところで逆流が激しく渦を巻いているのが見られる。かつて馬車の便しかなかった通りは、今でもやっと車一台が通れるほどの広さだ。その昔、二階建ての木造酒場があったところには、貴重な建物がまだ二、三、残っているものの、今ではコンクリートのビルが空に向かってそびえ立ち、そこに弁護士や金融業者が幾重にも群がっている。それでも——たぶん、大西洋がすぐ目の前の手が触れそうなところにあって、この市に命を与えてくれた旧世界に向かって堂々たる音を響かせているためか——ここにはまだ、誰もが若く無邪気だったころのこの街の雰囲気がある。

ヘンダーソンのオフィスに、旧世界の感じはなかった。無邪気さのわずかな香りさえなかった。しかし、若さだけはふんだんにあった。受付の机に座っている娘はどう見ても二十三より上ではあるまい。小生意気なブロンドで、非常に短いグリーンのミニをはき、白いボタンのネイビーブルーのブラウスを着ている。彼女は、この精力的な二人組のうちで独身者はクリングだと即座に嗅ぎ分け、もてる注意をすべて彼に向けた。

「どんなご用件でしょうか?」彼女は言って、にこやかな笑みを浮かべた。

南部の出のように聞こえる。ノースカロライナ? ジョージア? クリングは何で北の政治家のオフィスなんかにいるんだろうと思った。

「アラン・ピアスさんに会いに来ました」クリングが言った。

「お約束していらっしゃいますか?」

「ええ」

「あなたは?」彼女が聞いた。

クリングは、ちょうど今高校卒業記念ダンスパーティに彼女を誘ったところ、彼のホームルームがどこかと聞かれているみたいな気がした。

「クリング刑事です」彼は言って、バッジがピンで留めてある革のケースを開けた。「こちらは、パートナーのキャレラ刑事」

「アラン・ピアスさんはいますか?」キャレラが聞いた。

「恐れ入りますが、ちょっとお待ちいただけますか」彼女が言った。

恐れ入りますが、などと言われて、キャレラは四十にもなったような気がした。事実、四十だが。

ブロンドは受話器を取り上げ、電話台のボタンを叩き、クリングを見上げてにっこりし、耳を傾け、それから言った。「アラン、刑事さんがお二人いらしてます」。彼女は再び耳を傾け、「わかりました」と言い、受話器を元に戻した。再びクリングに微笑んで言った。「そちらのドアを通りますとメインオフィスに出ます。そこの突き当たりがミスター・ピアスのオフィスです。用があったら、口笛を吹いて」

クリングは、どこかで聞いたようなセリフだと思った。

彼らは、過去のキャンペーンポスターが額入りで壁に掛かっているところを通り過ぎ、真鍮のノブのついた表示のないドアまで歩いていった。ドアの向こうは仕切りのない巨大な部屋で、片側には窓が並び、河が合流するあたりの川面から吹いてくる風が入るように、開け放たれている。部屋には二十ぐらいの机があり、どの机もその上に載っているコンピューターと同じ色をしている。緑や紫やグレーがずらりと並び、まるで春のように陽気な感じだ。机の後ろには、いわゆるT-ジェネレーション、つまり、テロリストがアメリカに爆弾を落とした年に成人になった子供たちが座っている。誰一人として二十五歳より上ではない。全員まるで釘付けになったかのように、コンピューターをじっと見つめ、指が舞い、今や死んでしまったボスのために神のみぞ知る政治的課題をこなしている。キャレラとクリングが、芝居のセットのように全く同じドアが三つ並んでいる部屋の後ろまで行こうしている間も、誰一人顔を上げなかった。ドアの一つに〝A・ピアス〟と書いた飾り板が掛かっていた。

「ローレン・バコールだ」キャレラが言った。「《脱出》の」

クリングが彼を見た。

「次のセリフは、〝口笛の吹き方は知ってるでしょう、スティーヴ？　唇を合わせて吹けばいいのよ〟」

「ああ」クリングが言った。「そうだね」そしてドアをノックした。

「ボガートの名前は、スティーヴだった」キャレラが説明した。「映画の中でな」

「どうぞ」声がした。

アラン・ピアスは三十代後半だろうと、キャレラは思った。さっきのコンピューターにひっついているガキたちの幹部候補生に比べれば年寄りだ。彼は手を差し出しながら机の向こうから出てきた。背が高くすらりとした男。何時間もジムで鍛えた結果がはっきり表れている。平らな腹に細い腰。それに広い肩。ワイシャツ姿だから正真正銘自分の肩だ。「お二方」彼が言った。「ようこそ。お座り下さい。どうぞ」

キャレラは、彼がブッシュ大統領の真似をしているんじゃないかと思った。大統領は、単語が五個以上ある文を文法的に解剖せずには言い通せないようだからだ。「我々は。悪を。発見し破壊する。つもりである」ピアスは大統領よりちょっぴり上を行ってるようだ。あるいは、あれは挨拶の仕方として暗記したものなのかもしれない。彼は今熱心に握手をしている。まるで票を懇請しているようだ。

「どんなご用件でしょうか？」彼が聞いた。

ブロンドの受付嬢が使ったのと同じ言葉だ。キャレラは、オフィスの決まり文句なのかもしれないと思った。突然、自分が政治家を信用していないことに気付いた。この不信感は、ヘンダーソンがキャリーという子からもらった手紙で強まったのかもしれない——結局は、そのために今日ここに来たわけだ。

「ミスター・ピアス」彼が言った。「私の……」

「アランと」彼が言った。「呼んでください」

「アラン」キャレラは言って、咳払いをした。「私の理解するところでは、あなたとミスター・ヘンダーソンは州都までご一緒に飛び……」

「ええ、そうです」

「この前の土曜日のことですね？」

「ええ。土曜日の朝です」

「四月二十日ですね？」

「はい」

「お二人だけですか？」

「ええ、二人だけです」

「そして、あなたは翌日の朝帰ってこられた、間違いありませんね？」

「ありません。二十一日の日曜日です」

「お一人で？」

「ええ、一人で帰ってきました」

「ミスター・ヘンダーソンをおいて、一人で飛行機で帰られた」

「ええ。こちらで個人的な用事がありましたから。それに彼の方でも、もう私を必要としなかったんです」

「とにかく、あちらでは何をなさってたんですか？」クリングが聞いた。

「会合に出席しました。ご存じかもしれませんが、知事がレスターに市長選出馬の話を持ち込んできたんです。それで、土曜日に知事側の人たちと会いました。レスターは日曜日に知事本人とのランチミーティングがあったので、残ったのです。あれは首脳会談ですよ、二人だけの」

電話が鳴った。

ピアスが受話器を取った。

「はい？」彼が言った。「誰？　ああ、そうそう。つないで。すみません」彼は刑事たちに言うと、電話に戻った。「もしもし、ロジャー」彼が言った。「どんなご用件でしょうか？」

まただ、とキャレラは思った。どんなご用件でしょうか？

「そうですね、率直に申し上げますと」ピアスが言った。「時期尚早な上に、ちょっと残酷な感じがしますよ、議員が亡くなって間もないというのに、そういう質問をなさるのは」彼は耳を傾け、言った。「知事側で何を企てようと私には関係ありません。そのことについて誰も何も言ってきていませんし、今お話ししましたように、その問題を検討する気もありません」彼は電話に耳を傾け、言った。「よろしくご配慮のほどお願いします」彼は刑事たちを見、目をぐるっと回し、ふたたび電話の話を聞き、言った。「それについて話す気分になったときに。それなりの時間がたってから。その時が来れば。ではまた、ロジャー」彼は言った。「電話をありがとう」

彼は受話器を戻して言った。「すみませんでした。みんなして、私が市長選に出馬するつもりか聞いてくるんですよ。レスターが……」彼は頭を振った。「この世にはまったく慎みというものが残されていないんですかね？　申し訳ありません、でもあの連中はけだものですよ」彼は大きくため息をつくと、再び机の後ろの大きな革張りの椅子に座って言った。

「何のお話でしたっけ？」

「あなたが先に帰ってきたことです」クリングが言った。

「違います。そんな印象を与えてしまったのなら申し訳ない。もともと長く滞在する予定はなかったんです」

「私は……」

「違います」

「あなたが個人的な用事があったと言ったから……」

「そうです、でも、州北部《アップステート》に行く前からレスターが知事とランチを一緒にすることは承知してました。これは突然持ち上がったことではなかったんです」

「すみません、誤解してました」クリングが言った。

「いや、誤解させて申し訳ない」

「あちらではどんな会合だったんですか？」キャレラが聞いた。

「そうですね、まず知事の検討委員会とかいう会のメンバーたちと会い、次に知事のキャンペーン係、それから党本部の人たちに会いました。ここの市長といえば大したもんですからね。どっちの党も自分側の人物を送り込みたいわけですよ」

「丸一日かかったんですか？」キャレラが聞いた。「こういった会合は」

「ええと、最初のは土曜日の朝十時。お昼には解散して、キャンペーン係とは二時。最後の会合は四時でした」

「終わったのは？」キャレラが聞いた。

「ええ、六時か六時半ですね」

「それから何を？」

「夕飯を食べて寝ました。私は、翌日朝早い飛行機でしたから」

「食事は一緒に？」クリングが聞いた。

「いいえ、実は違うんです。私はルームサービスを頼みました。レスターがどこで食べたかは知りません。私と同じじゃないですか。長い一日でしたから」

「ルームサービスを頼むつもりだと言ったんですか？」

「いえ。私はただそう思っただけで……本当は知りません」

「ホテルには、レストランがありますか？」

「もちろんですよ」

「じゃあ、そこで食べたかもしれない」

「そうですね。まあ、そういうことなら街のどこでもいいわけだが。あそこにはいいレストランがいっぱいありますから。特にイタリアンはいいですよ。イタリア人有権者が大勢いるんです。いや、人口と言うべきですな」

「日曜の朝は彼と話をしましたか？」

「いや。朝七時の飛行機に乗ることになっていたから」

「彼を起こしたくなかった、ということですね？」キャレラが聞いた。

「その通りです。それにもう話すこともなかったんですよ。言うべきことは前の晩にみな言ってしまったし」

「前の晩に話をしたんですか？」

「ええ。最後の会合の後に」

「六時か六時半ごろに？」

「ええ、そのころです。ロビーで一杯やって……」

「二人だけで？」

「そうですよ。一日の疲れを取るために。それから私は部屋に帰って、夕食を食べて、寝ました。レスターがどこに行ったかは知りません」

「どこかに行くかもしれないという話は、でなかったんですか？」

「ええ」

「でも、ルームサービスを頼んだのではないかと思った」

「単なる想像ですよ。疲れているようだったし……経験からくるただの推測です」

「会合には女性はいましたか？」クリングが聞いた。

「ええ、もちろん。ここはアフガニスタンじゃないですからね」ピアスは言って、にっこりした。

「その女性の中に、市から行った人はいませんでしたか？」キャレラが聞いた。

「いや。みなさんあそこが地盤ですから」

「キャリーという人は？」

「キャリー？」

「C・A・……」

「いや、覚えはありませんな。キャリー？　どこからその名が出てきたんです？」ピアスが聞いた。

「その名に心当たりは？」

「いや。誰です？」

「キャリーという人物は知らないんですね？」

「まるっきり」

「ミスター・ヘンダーソンは、キャリーという人物を知ってましたか？」

「私の知る限りでは、知らないと思いますね」

「仕事上の関係でなくてもいいんですが」キャレラが言った。

「そういうことだと、はっきりとは……」

「個人的な関係。彼が個人的に知っていた人ということです」

「そういうことはパメラに聞いていただかないと。個人的な知り合いなら彼女の方がよく知ってるでしょう」

「彼女は、キャリーという人物を知らないんです」キャレラが言った。

「私も知りません、残念ながら」

「あなたはミスター・ヘンダーソンの補佐だった……」

「ええ」

「彼の右腕」

「それで？」

「彼がキャリーという人物を知っていれば、あなたに言ったでしょうね？」

「そうでしょうね。ところで、私にはまだ何のことだか……」

「差出人のない手紙は、どうやってミスター・ヘンダーソンのところに届くと思いますか？」

「見当もつきませんな。オフィスに来るものはすべてふるいにかけているし。近頃は危険を冒すような政治家はいませんよ」

「ミスター・ヘンダーソンの他に、〝親展〟と書かれた手紙を手にすることができる人物はいますか？」

「差出人のない手紙ですが？」キャレラが聞いた。

「そうですねえ……ジョシュならたぶん」

「クーガンですか？」

「ええ」

「彼と話をしたいですな。いますか？」

「いいえ、残念ながらいません」

「いつ戻りますか？」

「戻ってきません。今日は帰りました。レスターが殺された後どれほど電話がかかってきたか、おわかりになりますまい。クーガンも私も滅茶苦茶に走り回ってますよ」

「そうでしょうな」キャレラが言った。「家に行けば会えますか？」

「彼の住所を教えましょう」ピアスが言った。「しかし、学校の方が見つかる可能性が高いかもしれない」

「学校？」

「ラムゼイ大学。そこで夜間の映画コースを取っているんです。監督になりたいそうだ」

「いつも何時頃大学に行ってるんですか？」

「月、水、木の七時から十一時」

「今日は金曜だ」クリングが言った。

「そうです」ピアスが言った。突然、二人の刑事はこの男が大嫌いになった。

「もう一つだけ」キャレラが言った。「ミスター・ヘンダーソンと州北部《アップステート》に行ってた時、彼が十九歳の若い女と一緒にいるところを見なかったですかね？」

「思い出せませんな。会合の席でという意味ですか？　ほとんどの女性はもっと年上で……」

「いいえ。二人だけでという意味です。十九歳の女と二人だけで」

「いや、そんなことはあり得ない。レスターが？　絶対にないですよ」

「ありがとうございました」キャレラがいった。

廊下に出るとクリングが言った。「女のことは、嘘だ」

「わかってるよ」キャレラが言った。

アン・ダガンは自分の名前をアンニャ・ドゥガンと発音する。これにはエミリオも驚いたが、考えてみれば自分はアイルランド人ではない。昔、コカインがまだ流行っていて二人ともすっかりそれにはまっているころ、アンニャはケルト族の名前だと話してくれたことがあった。彼は彼女の言うことを信じた。確かに彼女はアイルランド人らしく見える。ケルト族のようにすら見える。コカインでハイになったときのキラキラ光るグリーンの目、紅葉に燃え立つ十月を思わせる髪。想像上のリヴィーの髪にどことなく似ている。彼がアンを知ってから、かれこれ七、八年になるに違いない。あのころは、コカインが大流行で、二、三ドルも払えばハイになれた。そういう時代だった。それは、二人が売春を始める前のことだった。

　あのころ、クオーターの近くの小さなイタリアンレストランで、アンはバーテンダーを、エミリオは皿洗いをしていた。しかし、コカインを使うようになってからでも、生活必需品の他に、たまには映画に行ったり、湾岸通り《バイト》のロック・コンサートに出かけたりするカネはあったと思う。あのころはコカインがやたらと安かった。初めてコカインに目を向けさせたのは、バスボーイの一人だった。今はもうエミリオはアンと付き合うこともほとんどない。音楽会や映画に行く時間がない。カネを稼ぐのに忙しいのだ。

　この頃、彼女は疲れているようだ。

　二十五歳で、疲れて見える。

　彼は、自分も同じように見えるかもしれないと思った。

「俺が探しているのはオーマリーズというバーだ」彼が言った。

「オーマリーズというバーなら、この市に一万もあると思うわ」アンが言った。

　彼女はいまだにカームズ・ポイント訛りで話す。アイルランド訛りのことだ。イタリア流でも黒人スタイルでもない。電話だとエミリオは、話し相手が自分のようなスペイン系か、アイルランド系か、イタリア系か、黒人か、あるいはユダヤ系かいつでも言い当てることができる。本を表紙で判断することはできないと言うやつもいるが、そんなのは民主主義の嘘っぱちだ。電話なら、相手が口を開いたとたん、そいつの素性を言い当てることができる。アンが口を開いた時、ボトルの栓を抜いたらアイルランド人がテーブル一面にこぼれてきたようなものだった。その日の午後、彼女はフレア・スカートに白いブラウス、白いソックス、そして茶のローファーを履いていた。ヤク中どころかアイルランドのティーンエージャーのように見える。ただ、やたらと疲れているようにも見えた。

「ところが違うんだ、俺もそう思ったんだが」彼が言った。「電話帳を見たけど、オーマリーズというのは一軒もなかった」

「電話帳を全部調べたの？」

その金曜日の午前十一時、二人は公園に座って、次の注射までの時間を数えていた。初めて使い始めたころ、二人はあらゆる麻薬を試してみた。巨大な麻薬のスーパーマーケットのようだった。ハバ（コカインのこと）はもちろん非常に安く便利だった。誰かがテレビのコマーシャルに載せたらよかったのに。とてもお安くとても便利。みなさん、どうぞここでクラック・コカインをお求め下さい。または、きっぱりノーと言ってくださいね、あなたがそう決めたのなら、ヒッピ。しかし、二人はグレミーも吸った。これはコカインとマリファナをタバコのように巻いたやつだ。あるいはシャーム。フェンシクリジン《PCP》を加えたタバコのことだ。もしエミリオの記憶が正しければ、フライ（死体防腐剤入りのマリファナタバコ）にまで手を出した。それから、自分好みのヤク、昔懐かしのヤクを直接静脈に打ち始めたのだった。

最初に街に出たのは、アンだった。

かわいいアイルランドの娘、形のいい白い脚、こことそこの赤い毛。プリーツのスカートに、金糸でセント・セシリアとかアワー・インフィニト・ソローとかの校章を縫い取りしたジャケットを着れば、カトリック女学校の処女の生徒のように見える。あとは教科書をかかえるだけでいい。一応処女だ。しかし、そのころまでには、上になったり下になったり、逆さまになったり、後ろから抱かれたりしていた。

エミリオが売春を始めたのはアンより少し後だったが、ジーンズよりもスカートの方が似合うことを発見してから、やっとうまくいくようになった。すね毛を剃り、まず赤毛のカツラを買った。ミス・ドリー・ホとポリー・ホ姉妹みたいに、自分もアンと一緒に街に出てもいいんじゃないかと思ったのだ。しかし、偽の赤毛のカツラは、自分の色黒の肌にも、彼女の本物の赤毛にも似合わなかった。それどころか、グロテスクなカツラをかぶった男のように見えてしまって、彼だか彼女だかのスカートの下にペニスを持っている色っぽい女の売春婦に見えるということにはならなかった。彼は他にもさまざまなカツラをかぶり、ピンクのや紫のまで試したあげく、ブロンドに落ち着いた。商売はたちまち好転したが、だからといって人生がもっと楽しくなったというわけでもなかった。

「持ってる電話帳は全部調べた」彼が言った。「でもオーマリーズはない」

「どこの電話帳?」

エミリオは、ヤク中にはいささか几帳面なところがあることに気付いた。神学校の坊さんやどこかの高等裁判所の判事さんのように、ちょっとしたことに理屈をこね回すのだ。エミリオは、ヤク中のこの性向をどうも好きになれないが、自分の欠点の一つでもあることは認めている。

「リバーヘッドと、このシティのは持ってる」

「それじゃあ、この町の大きな地区が三つも入っていないわ」アンが言った。

「わかってるよ、でもそのバーはどうもこのあたりだっていう感じがするんだ」

「なぜそんな感じがするの?」

「第一に、このバッグをキング・メモリアルのすぐ隣で失敬した。次に……」

「バッグって?」

「機密情報が入ってるバッグだ。次に、その中でダイヤモンドについて喋ってる女刑事がいるんだ。しかも地下室に閉じこめられている……」

「わあ、すごい」

「どこまで話したっけ、アン?」

「女刑事がバッグに入ってるんでしょう?」

「違うよ、彼女の報告書に出てくるんだ。それから、彼女の分署は、彼女がオーマリーズと呼んでいるバーから二、三ブロックのところにある。それと、〇一っていう分署を聞いたことがあるかい？」

「ないわ。〇一？　〇一って何かしら？」

「第一分署じゃないかと思うんだけどな」

「違うわよ。第一分署は第一分署よ。〇一分署なんて聞いたことがないわ。一度もないわよ。それに〇一って、その前に小数点があるみたいに聞こえるでしょ」

「それに、もし〇一があるなら、〇二、〇三なんかがあってもいいわけだ。ところが知っての通りないんだな」エミリオが言った。「だから俺の想像じゃあ、リヴィーは邪悪なる者の追跡をまくために、偽の警察用語とかいうやつをでっち上げたんだ」

「邪悪なる者だって、へえ、そうなの？」

「何者かがそのダイヤモンドを手に入れようとしているんだ」

「ダイヤモンド、へえ？」

「探すのを手伝ってくれよ、アン。そして一緒にリオに行こうよ」

「なぜリオなの？」

「いいところらしい。それにカーニバルもあるし」

「ここだって、注射をすればいつだってカーニバルよ」

「昔はバーテンダーだったんだろう？」

「私がバーテンダーだったのは知ってるくせに」

「だから、聞きたいんだ、警察署から二ブロックのところにあるバーってどこにある？」

「どこにでもあるわ」アンが言った。


その金曜日の夕方五時、ジョシュ・クーガンは、警察官と名乗る二人の男が自分のアパートの外階段で待っているのを見て驚いたようだった。

「あのデブの男が扱っている事件なのかと思っていたんだけど」彼が言った。

「一緒に仕事をしているんだ」キャレラが教えてやった。

「僕がどこにいるか、どうしてわかったんです？」

「あんたの住所はアラン・ピアスが教えてくれたんだ」

「で、どうかしたんですか？」

「もう少し質問したくてね」

「何のことで？　話はもうデブの男にしましたよ」

「そう、簡単にな」クリングが言った。

「へえ、あの男の質問にはすっかり答えたと思ってましたけど」

「また邪魔して悪いがな、しかし、こちらは……」

「つまり、僕は容疑者なんですか？」

遅かれ早かれ、誰もがする質問だ。

しかし、クーガンには、ほとんどの学生――特に芸術を専攻している学生――が見せる自信たっぷりの態度があった。彼らには、決してヘミングウェーやピカソやヒッチコックやフランク・ロイド・ライトになれないことがまだわかっていない。この世はまだ自分たちの思いのままなのだ。大学に行かなかったクリングも、大学を卒業しなかったキャレラも、この態度をうらやましいと思った。しかし、二人ともデブのオリーの報告書を読み、クーガンのことを〝落ち着きなく、自分に自信が持てない男〟と書いてあったのを覚えている。でも今晩はそんな風に見えなかった。

「キャリーという人物を知っているかね？」キャレラが聞いた。

「知りません。男、それとも女？」

「十九歳の女の子だ」

「やっぱり知りません。僕が知ってるはずなんですか？」

「レスター・ヘンダーソンは知ってるはずだ」

「それって、僕が思っているような意味かな？」

「どう思ったんだね？」

「十九歳の女の子とつきあってたんでしょう？」

「こっちが教えてもらいたい」

「そうだとしても驚きません。あの人は、確かに女を見る目があったから」

「彼が、十九歳の女の子と一緒にいるところを見たことがないかね？」

「オフィスは十九歳の女の子でいっぱいですよ。でも刑事さんの言うのが……」

「その中にキャリーという子は？」

「いません」

「〝親展〟と書かれた議員宛の手紙が、あんたの机を通ったことは?」

「ありません。彼宛の手紙は、まっすぐ彼のところに行きます」

「全部?」

「全部です」

「炭疽菌騒ぎがあるのにか?」

「彼を殺したのは炭疽菌なんですか?」クーガンは言って、眉毛を上げ、訳知り顔に頷いた。

11

州都まで、汽車で三時間かかった。飛行機だと、空港まで三十分、それから、この頃はセキュリティチェックが厳しいから、一時間のフライトでもゲートにたどり着くまでにさらに二時間はかかるだろう。しかし、車で行くことにしていたら、四時間近くかかったはずだ。どっちにしても五十歩百歩だ。それなら、汽車で行けばテディと話ができる。

聞くことも話すこともできない人と意思の疎通をはかるには、第一に、互いの手が見えなければならない(と言うのも、それが手話なのだから)。次に、障害のある(何という言葉だ!)人は、相手の唇が見えなければならない。そうすればその唇を読めるから。

それが、車だとむずかしい。キャレラは、テディを見るために道路から目を離して、事故の危険を冒すことになる。テディは、意思の疎通をはかるために無理に姿勢を曲げ、彼の目の前で手を動かさなければならない。やってみたことがあるのだ。だからわかっている。唯一うまくいったのは、子供を使っての通訳だった。キャレラが話し、後部座席の子供が手話にする。次にテディが手話で返事をし、子供が言葉を声に出して父親に伝える。だけど、車に二人だけだったら？　会話はあきらめるほかない。

汽車は、いい解決策だ。

それにその日は土曜日でキャレラの非番の日だ。だから権利がある。

彼らが乗った朝の汽車は、空っぽも同然だった。彼は食堂車《シャ》でコーヒーとドーナツを買い、トルコかエジプトの高官《バ》のように悠々と身体を伸ばしていたリクライニングシートのところまで運んできた。二人は、田園風景が窓の外を飛び去るのをのんびりと眺め、忙しい平日のスケジュールの中では話す時間もなかった事柄を話し合った。

キャレラは、今度の六月の合同結婚式で、母親と妹の二人を花婿に引き渡さなければならないことでとても心配していた。どうやったらいいんだ？　両腕に一人ずつかかえて通路を歩くのか？　それとも、年上に敬意を払ってまず母を連れて行き、それから妹を迎えにもどるのか？　ルイージが……

「ほんとにルイージなんて名前でなければよかったんだ」彼はそう言い、同時に手話で語った。「まるっきりイタリア人みたいじゃないか」

〝彼はイタリア人よ〟テディが手話で言った。〝イタリアじゃどこにでもある名前だわ〟

「ああ、でも、ここはアメリカだ」彼は言ったとたん、はっと気が付いた。「おふくろはミラノに引っ越すなんて思わないよな？」

〝あら、もちろん引っ越すわよ〟テディが手話で言った。

〝そこが彼の家なんでしょう〟

「なぜ、今まで気が付かなかったのかな？」

〝二人の結婚話がおきてから、お母様が遠くに行ってしまうことを無意識に心配していたのじゃないかしら〟

「たぶん、なにもかもが心配なんだ」

〝そういうことはもう忘れて〟テディが手話で言った。

彼は頷くと、しばらく黙って、おふくろは親父が死んだ後こんなに早く再婚すべきじゃないし、妹は妹で親父を殺したやつの訴追に失敗したような男と結婚すべきじゃない……と、またしても考えていた。いやいや、こんなことは忘れよう。去年のクリスマスにはもう忘れていなければならなかったんだ、そっとしておこう、いいな？ 二人は結婚するんだし、俺は二人を花婿に引き渡す。幸せそうな顔をしろよ。

六月十六日が来れば、母はミセス・ルイージ——ああ、こんな名前大嫌いだ——フォンテロ、そして、妹はミセス・ヘンリー・ローエルになる。彼のことを妹が呼んでいるように〝ハンク〟と呼ばなければならないのか。「グレービーをまわしてくれないか、ハンク？」

ルイージとハンク。

ああ。

テディが、また喋り始めた。彼は、彼女の方を向いて手を見守った。彼女の手話のやり方が大好きだ。指は流れるように動き、目と顔は彼女の言おうとしていることに表情を与え、唇は手が合図している言葉をなぞっている。彼女は、仕事を探さなきゃと言っている。家で封筒の宛名書きをするのは飽きちゃった、ほんものの職場で働きたいわ。求人広告を見ていたんだけど、今は難しい時期だし、仕事はとっても限られているし……

「君の能力は、限られてなんかいないよ」彼は彼女に言った。

〝でも、耳が聞こえなかったら、それこそフィルハーモニックの指揮者に雇ってもらえっこないわ〟彼女はそう言うと吹き出した。

キャレラも一緒に笑った。

「トークショーの司会者っていうのはどう？」彼が言ってみた。

〝いい考えね〟彼女が言った。〝じゃなければ、国連の通訳〟

田園風景が飛び去っていく。

そこには春が息づいている。

短い汽車の旅だった。

ローリーホテルまで、タクシーに乗った。キャレラはホテルの支配人を探しに行く間、彼女をコーヒーショップに残してきた。

支配人はロイド・モーガンといった。彼はキャレラに会うとすぐに、冬になるとものすごく寒いからここの仕事は嫌いだと言った。「見てくださいよ」と彼が言った。「もう四月も終わりだというのに、まだ雪が残っているでしょう、信じられます？」。彼はキャレラに、この前まで支配人をしていたところは、バハマはコロンバス島の地中海クラブだったと言った。「あれこそ仕事というものですよ」彼が言った。「素晴らしい仕事仲間、うまい食事、雰囲気は……喜びにあふれている、わかります？　幸福といってもいいでしょう。ここは違います。ここは冬中、悲観と陰鬱に満ちています。五月が巡ってくるころには窓から飛び降りて死んでしまいたいくらいになっています。まあ、おかけ下さい」彼が言った。「コーヒーを持ってきましょう。わざわざ遠くからおいでになったのですから、おそらく、たくさんの質問がおありでしょう」

もちろん、キャレラにはたくさんの質問があった。

警察の仕事では、自分の時間と能力をいかにうまく利用するかが、特に移動がとても厄介になってしまった今では、重要となる。今回も電話ですましてしまえば、もっと簡単で、安くついたかもしれない。どのみち、この土曜日の約束を取り付けるために電話をしなければならなかったんだから。しかし、ここには話をしなければならない相手が多すぎて、それを電話でやるのはとても無理な話だった。それに、電話にはニュアンスというものがない。相手の顔や目が見えないし、唇の震えやわずかなためらいを感知することもできない。声がひっかかったり調子が変わったりするのは、嘘を言っているのかもしれないし、ただ単にわずかな情報を出し惜しんでいるだけなのかもしれない。面と向かえば、そういうことはすべて見えるし、聞こえるのだ。

彼はモーガンに単刀直入に言った。

査しているんですが」

モーガンは、ちょっとためらってから言った。「もちろんおわかりだと思いますが……」

キャレラは、一万十二軒のホテルの支配人から聞いてきた話を聞かされようとしていた。客のプライバシーや、客の権利を守るホテルの責任の話。坊さんや弁護士や、時には会計士から聞かされてきたのと同じ話だ。そこで、彼はさっさと要点に入った。例の魔法の言葉を使って。「ええ、しかし、これは殺人事件なんです」

物わかりよさそうににっこり笑って、そう言った。

もちろん、市民の義務と会社側の責任を天秤に掛ける難しさはよくわかっています。しかし、この度、重大なる違法行為が発生したのです。私はこの悪事に立ち向かい、正そうと努めている一介の公僕にすぎません。ですから、率直に正直に話して頂けると本当に助かります。なぜなら、これは殺人事件なのですから。最も悪辣な犯罪なのです。どうかこの事件の解決に力を貸してください。なぜなら、これは殺人事件なのですから。

「宿泊記録を、チェックしなければなりませんな」モーガンが言った。

彼はキャレラを事務室に案内し、先週末の宿泊記録のデータを引き出させた。キャレラが思っていたように、レスター・ヘンダーソンは、キングサイズのベッド付きではあるが、シングルルームを使用し、レスター・ライル・ヘンダーソン一人の名で宿泊名簿に記入していた。

「お二人だったら、料金は高くなっていたはずです」モーガンが言った。

ホテルはなぜ部屋を二人で使用すると高く請求するのかと、キャレラは聞きたい誘惑にかられた。部屋は部屋だろう? そこに何人入ろうと? いや、もしかすると、ダブルとして借りると、タオルや小さなシャンプーのボトルを余分に提供することになるからかもしれない。きっと何か理由があるはずだ。もしかすると、これは、女性がバーで酒を飲むことを禁じられ、あるいは――俺もろくに知らないが――夫以外の男とホテルの部屋を共にすることを禁じられていた、いわゆる安息法の時代に遡るのかもしれない。

「ファーストネームがキャリーという女性がいないか、宿泊記録をチェックしてもらえますか？」

「それは……難しいかもしれませんな」モーガンが言った。

「これは殺人事件です」キャレラが言った。

「コンピューターが〝探し物〟をしてくれるか見てみましょう」

実際、コンピューターは〝探し物〟をしてくれた――しかし、キャリーという人物については何も探せなかった。

「イニシャルのJSHでやってみるのは？」キャレラが言った。

「実は、私にはどうやったら……」

「ラストネームが〝H〟で始まる人を探してください」キャレラが言った。「それからファーストネームが〝J〟で始まる人に絞るんです。もしうまく行けば〝S〟でさらに絞り込みます。それと、この人は女性のはずです」

「JSHですな？」モーガンが言った。

「お願いしますよ」

ラストネームが〝H〟で始まる女性が三人、先週の土曜日にチェックインしていた。三人ともIBMの社員だ。そのうちファーストネームが〝J〟で始まるのは一人だけだった。彼女はミス・ジャクリーヌ・ヘルドと記名している。ミドルネームはない。住所はノースカロライナのシャーロットとしてある。

「彼女が何歳かわかりますか？」キャレラが聞いた。

「宿泊記録には載ってません」モーガンが言った。

「彼女のチェックイン手続きをした客室係はどうですか？彼なら覚えているでしょうかね？」

「彼女です」モーガンが訂正した。「宿泊手続の係はみな女性です」

「同じ客室係が今日も勤務していますか？」

「ええ、たいてい週末は同じ人に来てもらっています」

「どの客室係がミス・ヘルドのチェックイン手続をしたかわかりますか？」

「わからないことなどありません」モーガンは言った。そして付け加えた――幾分皮肉っぽく、とキャレラは思ったでいた。――「これは殺人事件ですからな」。しかし、彼は微笑んでいた。

ミス・ジャクリーヌ・ヘルドをチェックインした係の記憶によると、四十代の黒い髪の女で、はっきりとした南部なまりがあるということだった。

「ヘンダーソンが泊まった部屋は？」キャレラが聞いた。

「事務所に戻らなければなりませんな」モーガンは言うと、きびきびした足取りで廊下を先に立っていった。キャレラは、彼が楽しみ始めたのではないかという印象を持った。まあ、長い厳しい冬だったからな。

コンピューターによると、ヘンダーソンは一二一五号室に泊まったが、その部屋は今ふさがっている。

「部屋を掃除するメイドは？」キャレラが聞いた。「今日は来ていますか？」

「そうですね、見つかるかやってみましょう、いかがです？」モーガンが言った。今ではあふれんばかりの熱意が感じられる。

その週末、十二階には二人のメイドが働いていた。二人ともブラジル出身だった。一人は背が低く、もう一人は高かった。低い方はポルトガル語しかできない。高い方の英語も、せいぜいつっかえつっかえという程度だ。そのメイドは、部屋を使った人たちをぼんやりとだが覚えていると言った――

「人たち？」キャレラが言った。

「男と、若い女」彼女はそう言って頷いた。

「どういう人たちだったか教えてくれるかな？」

「男、背が低い、メガネ、たぶん四十五歳。女、ブロンド、たぶん十八か十九。たぶん娘さん、でしょう？」

背の低いメイドが突然頭を振り、早口のポルトガル語で何やら叫び始めた。

「何だって？」キャレラが聞いた。

「娘じゃない、言ってます。その若い女」

「彼女も見たのか？」

「ボセ・タンベン・ア・ビウ？」

「クラロ・ケ・ビ・エラ。エレス・エスタバン・エスペランド・オ・エレバドール」

「はい、見たと言ってます。エレベーターを待っていたそうです」

「どうして娘じゃないと思ったのかね？」

「ポルケ・ボセ・アーシャ・ケ・エラ・ナオン・エラ・フィーリャ・デーリ？」背の高いメイドが聞いた。

「ポルケ・エレス・エスターバン・シ・ベイジャンド」背の低い方が言った。

背の高い方が、キャレラたちの方を向いて、肩をすくめた。

「二人がキスをしてたからですって」

事務所には、ヘンダーソンに付けた土曜の晩のルームサービス料金の記録はなかった。ホテルのレストランの付けもなかった。しかし、記録から、ホテルの滞在費をアメリカン・エクスプレス・カードで支払ったことがわかった。キャレラはカードの番号と有効期限を写し、電話を借りられるかと聞いた。

彼はまずコーヒーショップに寄り、テディが窓辺のテーブルに一人で座っているのを見つけ、後ろから忍び寄って、彼女の頭のてっぺんにキスをし、それからぐるっと回ってテーブルの向かい側に座った。

「だいじょうぶ？」彼が聞いた。

彼女は手を舞わせながら、窓際に座って外を行ったり来たりする人たちを眺めているのはステキよと言った。私の知らない俳優が出ている外国の映画を観ているようよ。ずっと頭の中でお話を作っていたわ。どの人が結婚していて、どの人が浮気をしているとか、どの人がビジネスマンでどの人がスパイとか……

〝絶対に刑事だっていう人を見た気がするわ〟彼女が言った。

彼は彼女の手を見、彼女の口が言葉をなぞるのを見た。

「どうして刑事だってわかったの？」彼が聞いた。

〝第一に、とってもハンサムだったわ……〟

「ハンサムな刑事なんて知らないぞ」彼が言った。

〝私は一人知ってるわ〟彼女が言った。

彼は彼女の手を取り、最初に片方、次にもう一方にキスをした。

「一つだけ電話をしなければならないんだ」彼が言った。「それから、ランチを食べて帰ろう。ここでだいじょうぶ？」

〝これ以上コーヒーを飲んだら、ランチが食べられなくなるわ〟

「たぶん十分か十五分だから」彼が言った。

モーガンは、キャレラのために小さな個人用事務室に電話を探し出し、アメリカン・エクスプレスの八〇〇番のフリーナンバーを教えた。電話の向こうの女は、彼が刑事であることをどうしたら確認できるか知りたがった。彼は、自分のバッジの番号を教え、分署の電話番号を教え、警部補の名前を教え、刑事局長の名前と自分が本物であることを証明できる本部の電話番号すら教えた。彼女は、上司に話をしてくる間、待ってくれるようにと言った。

キャレラは待った。

女は五分ほどたって戻ってきた。

「すみません、キャレラ刑事」彼女が言った。「チェックしなければなりませんから。どうしたらいいでしょう？」

彼はどうしたらいいか説明した。

ランチを食べながら、彼は今日わかったことをテディに話した。

「ここで若い女と一緒にいたのは確かなんだ。メイドが見てたんだよ、エレベーターを待ってる間に彼女にキスしているところを」

〝ロマンチックね〟テディが言った。

「とっても。誰か他の人と結婚していなければね」

〝あなたは絶対だめよ〟彼女が言った。

「俺の想像じゃ、彼女は別の部屋にチェックインして、夜になると彼と寝るためにこっそり廊下を歩いて行ったのさ」

〝イギリス人がやるように〟テディが言った。〝週末にロンドンからカントリーハウスに行って〟

「そう、まさにイギリス人がやるようにだね」彼が言った。

「週末にイギリス人がやることをどうして知っているの？」

〝映画よ〟彼女は言って、肩をすくめた。

「日曜の朝のルームサービス料は、朝食二人分だった。ちょっと不用心だったな？」

〝そんなことはないわ、誰かが嗅ぎ回るかもしれないなんて考えなければね〟

「アメリカン・エクスプレスは、二軒のレストランからの請求額を教えてくれた。一つは土曜の晩のディナーで、もう一つは日曜のディナー。土曜のランチは請求なし、その時は知事に会っているからだね。土曜の夜のディナーは二百ドルも……」

テディは目をぐるっと回した。

「その通りさ。日曜のディナーは百八十ドル。この二つは町でも最高のレストランだけど、一人だったとは考えられないね、ものすごい食欲があれば別だけど」

テディは同意するように頷いた。

「そのレストランを両方ともチェックしたいんだ、君がもう少し我慢できればね。どうも、補佐を帰してから、土曜と日曜の晩ブロンドといちゃついていたらしい、それから……」

〝彼女がブロンドだって言わなかったわ〟

「そう、ブロンドなんだ」

〝あなたはブロンドが好き？〟

「誰だってブロンドが好きだよ」

〝あなたはどうなの？　今はあなたのことを話しているのよ。ブロンドが好き？〟

「僕が好きなのは、大きな茶色い目をした、ものすごい食欲のブルネットだ」

〝私って食べ過ぎかしら？〟

「お腹がすいていれば、そんなことないさ」

〝私とってもお腹がすいているわ。ところで、テレビで耳の聞こえない人に手話で話している女の人がいるでしょう。私の仕事にどうかしら？　画面の端の小さな枠の中に出てくるでしょ？〟

「そうか」彼が言った。「そりゃいい考えだ」

〝そう思う？〟

「もちろんそう思うよ」

〝ニュースキャスターの言ってることを聞かないでもすむかしら?〟

「あの人たちは原稿を見てやっているんだ。原稿をくれるんだよ」

〝あの人たちそうしているの?〟

「もちろんだよ」

〝問題は……〟

彼女の手が止まった。

「どうしたの?」彼が言った。

〝私そんなにきれいじゃないから〟彼女は言って、肩をすくめた。

「君は美しいよ」彼が言った。

彼女の目に突然涙があふれてきた。

〝でも何の役にも立たないわ〟彼女が手話で言った。

彼はテーブルの上に手を伸ばして彼女の手を取った。

「美しくて大切な人だ」彼が言った。

〝あなたにはね〟

「分別のある人なら誰でもそう思うよ」彼はそう言って、混雑したレストランの中で立ち上がりテーブルをぐるっと回って彼女のところに行くと、彼の方に彼女の顔を傾け、唇にキスをした。

部屋の向こうで誰かが拍手をした。

ヘンダーソンとかわいらしいブロンドの友人が食事をしたレストラン、アンボワーズのボーイ長《メートル・ディ》は、このカップルのことをよく覚えていた。

「ええ、もちろんです」彼が言った。「男は四十代後半、背が低く、ほっそりして、テレビに出てくる政治家と同じヘアカット。あの連中は新しい床屋を雇うべきですね、そう思いませんか?」

「一緒にいた女は?」

「ああ、すごくきれいでした。すごく。若いブロンドの女。初めは彼の娘かと思いました」

「なぜ考えが変わったんです?」

「まず、彼が静かなテーブルを求めました。それから、若い女が〝ロマンチックなテーブルをお願いね〟と言って、彼の腕をつねったんです。ああいう若い娘がよくやるでしょう。彼はディナーの前にシャンパンを注文しました。乾杯のとき、二人は腕を輪にして、おわかりでしょう、互いにからませ、テーブルの上で顔を寄せ、ささやき合っていたんです。カップルがよくやるようにね。それに、二人は食事の間中手を握っていました。そして……まあ、はっきり言えば、恋人同士のように振る舞っていたんです。父親と娘ならあんな風にしませんよ。私は三十一年間もこの仕事をしているんです」

「彼女は何歳ぐらいだと思いますか？」

「十八かな？　十九か？　それよりも上ということはありません」

「ひょっとして彼女の名前が聞こえたとか？」

「いや、聞いてません」

「彼女のことを〝キャリー〟と呼んでいるのが聞こえなかったかな？」

「残念ながら」

「二人がここを出たのは何時でしたか？」

「そうですね、予約は八時でしたから、九時半頃じゃないかと思います。間違いないでしょう。彼は彼女に腕をまわしていました。絶対、父親と娘ではありません。彼は食事が美味しかったと言ってくれました。若い女は〝とおっても〟とちょっと大げさな言い方をしました。若い女はよくそういう言い方をしますよね。確かに、彼女は食事を楽しみましたよ。翌日またランチに来たのですから」

「どういうことです？　また彼女を連れてきたのですか、日曜……？」

「いえ、いえ。一人で来たんです。あの若い女は。一人でまた来たんです。十二時半頃来店し、前の晩と同じテーブルを頼みました。私は喜んでご希望通りにしましたよ。ランチに来てくれる客はあまりいないですから」

「支払い方法は？」キャレラが聞いた。

「クレジットカードです」ボーイ長が言った。

「もしかして……」

「調べてみましょう」

クレジットカードの名前はキャロライン・ハリスだった。これは、便せんのイニシャルJSHと合致しない。そんなことを言えば、今までだって合致したことなどなかったが、少なくともラストネームだけはわかった。

その意味では、ファーストネームもわかった。キャレラは汽車の駅からクリングに電話し、わかったことを説明した。クリングはさっそく仕事にとりかかると言った。時間は四時五十九分。時計は刻々と時を刻んでいる。キャレラの汽車は五時七分に発車した。

クリングは、市の電話帳のどれにもキャロライン・ハリスの名前を見つけられなかった。

クレジットカード会社は、頑として彼女の住所を教えてくれなかった。クリングは、それならアリゾナかどこかにいる監督官に、裁判所の命令を請求しなければならないだろうと言った。彼女は、彼がそんな風に感じるのは残念だが自分には顧客に対する守秘義務があるとか、その他もろもろの事情をまくしたてた。しかし、少なくとも彼女はれっきとした人間で録音テープではなかったから、四百もの選択肢があるメニューを聞いているよりも良かった。とにかく、彼女は、彼が裁判所の命令など請求しないことぐらいよくわかっていた。

仕方がないので、クリングはレター・パーフェクトという便せんを扱っている店のリストをたどり、順番に電話していった。今回は一軒一軒に、ラストネームがハリスで、最初のイニシャルがJ、中のイニシャルがSというイニシャル付きの便せんの注文があったかどうかチェックして欲しいと頼んだ。

どの店も、向こうから電話をかけ直すと約束してくれた。

そのうちの一軒が、土曜の夜の六時半、ちょうどクリングが刑事部屋を出ようとした時に、電話をしてきた。電話をかけてきた女は、六カ月前に電話でその便せんの注文があったと言った。ジョナ・スーザン・ハリスというカード払いの顧客で、フロリダのフォートローダデールに住んでいるという。クリングは、彼女の住所を書きとめ、四一一にダイヤルして番号を聞くと、すぐに電話した。自分が誰であるか説明してから、キャロラインという娘がいるか聞いた。

「何事です？」ミセス・ハリスがすぐに言った。「キャロラインがどうかしましたか？」

「いいえ、奥さん」クリングが言った。「彼女は元気ですよ。しかし、今ある事件を捜査しているところで……」

「娘が何か不都合なことでもしましたか？」

「いえ、いえ、どうぞ信じてください。トラブルには一切巻き込まれていません。でも、被害者について少しばかりお聞きしたいことがあるんです。その男をお嬢さんが知っているのではないかと思いまして」

電話に長い沈黙が流れた。再び話し始めたミセス・ハリスの声は、突然そっけなく聞こえた。

「そうですか」彼女は言った。

「彼女の連絡先はどこでしょうか？」

「なぜですか？」

「我々が……」

「娘には弁護士が必要でしょうか？」ミセス・ハリスが聞いた。

「必要ではないと思います。なぜ必要なんですか？」

「被害者とおっしゃったでしょう」

「ええ、奥さん、殺人事件を捜査しているところです」

再び長い沈黙。それから、

「娘は容疑者ですか？」

「いいえ」

「ではなぜ……？」

「我々は、被害者がどこにいたかを突き止めようとしているのです。お嬢さんが、殺人の前の晩に一緒にいたかもしれないと考えています」

「それじゃ容疑者だわ」

「いいえ、奥さん、私はそうは言いません」

「娘の住所は教えられませんわ」ミセス・ハリスは言って、電話を切った。

彼はただちにかけ直した。

「ミセス・ハリス」彼は言った。「二度と電話を勝手に切らないでください、いいですか？　我々は殺人事件を捜査していて、お嬢さんの住所を知る必要があるんです。もし電話で教えて頂けないのなら、裁判所に行って、強制的に証言させる召喚状を請求します。こちらの地方検事はブロワードだかデードだか、とにかくあなたのお住まいの近くの検察官に電話します。検察官は裁判所に行って召喚状を出してくれる命令を請求します。気がついたときには、郡保安官がお宅の玄関口に来るし、あなたはわざわざこちらにやってきて裁判官に向き合うことになるでしょう。裁判官はあなたから住所を聞き出すか、法廷侮辱罪で起訴します。近頃では飛行機の移動は楽とは言えませんよ、奥さん。ですから、我々全員の手数を省いて、今ここで住所を教えてください」

「あなたは弱い者いじめね、お若い方」ミセス・ハリスが言った。

しかし、住所は教えてくれた。

12

マーサー・グラントが妻の行方不明を届けに来た日の翌日、水曜の朝に、ニードルが電話をしてきました。その時までには、私の同僚のバリー・ロックがグラントの跡をつけて市内の数軒のアパートを廻っています。しかし、そのアパートのうちのどこに住んでいるのかどうかは確かめられませんでした。しかもそのあげく三十五番街のバーンズ・アンド・ノーブルまで行ったところで彼を見失ってしまいました。ロックは、グラントがそこで買う気もない数冊の雑誌を読み、明らかに買ったと思われるカプチーノを飲んでいるのを目撃しています。

とにかく、そこでロックは彼を見失ってしまったのです。なぜかと言いますと、これは赦して頂かなければなりませんが、本部長殿——それにこれはあなたと私《ビトイーン・ユー・アンド・アイ》だけの話ですが——あるいは、あなたと私《ビトイーン・ユー・アンド・ミー》とだけの話ですが——彼は用を足さなければならなかったのです。そして、店の奥にある男性用トイレへ行っている間に、グラントは、偶然か意図してかはわかりませんが、突然店を出る気になってしまったのです。結局、私はまだ彼がどこに住んでいるかわかりません。だから、その朝、ニードルの電話はかなり大きな期待をもって取りました。願わくば、ニードルがグラントや失踪中の妻マリーやいとこのアンブローズ・フィールズの情報を持っていますように。

——あるいは、私はニードルがグラントや失踪中の妻マリーやいとこのアンブローズ・フィールズの情報を持っていますようにと願いました。

——それとも、私はニードルがグラントや失踪中の妻マリーやいとこのアンブローズ・フィールズの情報を持ってきてくれたのではないかと思いました。

その願いが叶うように、私は息を止め、天の神に祈りました。

「何かわかったの？」私は聞きました。

「ええと、事態は明るくもないが暗くもないかな。彼のことはまるっきりわからないよ」

「じゃあ、どうして明るいなんて言うの、モーティ？」

ニードルは、モーティマーという正しい名前があるから、モーティなどと呼ばれるのをいやがります。昔、彼から聞いたのですが、モーティマーというのは、古いアングロフランス語に由来し、〝海の近くに住む者〟という意味なのだそうです。この名前も、海に囲まれているジャマイカに住んでいるのならいいでしょうが、あらゆるタイプの泥棒に囲まれているこの市に住んでいるのでは、よくないでしょう。それに、私は、生意気なジャマイカ人が好きじゃありません。だから、ときどきモーティと呼んでからかって怒らせたりします。その朝は、彼を怒らせることができませんでした。まるでモーティと呼ばれなかったみたいに、報告を続けました。

「RUFが何のことだかわかったと思うんだ。けど、扱っているのはダイヤモンドじゃない。全く別な話なんだ」

「ダイヤモンドじゃないとすると……？」

「このコンフリクト・ダイヤモンドのことをブラッドともいうんだ。売買してるのは、得体の知れないやつらだ」

「どうしてRUFがからんでないと思うの？」

「近頃じゃブラッド・ダイヤモンドにお目に掛かることは滅多にない。今は別のものが流行ってるんだ」

「たとえば、モーティ？」

「グレースという女から聞いた話だと、RUFは下着を扱ってるところだそうだ」

「下着？」

「最初に身につけるもの……」

「下着が何だかぐらい知ってるわよ……」

「服を着るときに。上に着るものが台無しにならないようにな」

「下着を扱ってるところって、どういう意味？　ランジェリー・ショップのこと？」

「ダウド河沿いの工場だ。そこで上流階級用の下着を作っている」

「どんな下着？」

「レースのブラ、ガーターベルト、フリルのついたパンティなんかだ。これ以上聞きたかったら、もう少し出してもらわないと」

「幾らなの、モーティ？」

「名前と住所で五……」

「そんなバカな！」

「四と半分にしよう。そうしたらすぐ降参するよ」

「それでも高すぎるわ」

「それじゃあ、四は？　それでも高すぎる？　俺は退場しますかね、それとも聞きたいかい？」

「三百ドルまでよ、私が払えるのは、モーティ」

「おやおや、なんたるこったい、あんたはどうしてこんなに安いことを言うんだい、お嬢さんよ？　その金額じゃ覗き見もできないよ」

「モーティ、暗い路地でピストル強盗をするような気分じゃないのよ」

「わかったよ。三百二十五にしよう。これで交渉成立かな？　交渉決裂じゃないだろう？」

「三百二十五ね。じゃあ、話を聞かせて。いい話じゃなきゃだめよ」

「ダウド河沿い。クイーン・エリザベス側だ」モーティマーが言った。ささやくように声を落として。「俺も一緒に行くよ。乗りかかった船だからな」

「名前と住所は？」

「それはカネをもらったら言うよ。駄目なら、またいつか会おう」

「私を信じてよ、モーティ」

「信じてって頼むようなお嬢さんは信じられないね……」

「モーティ……」

「欲しいものを手に入れたら、消えてしまうからな」

「私を信じてだいじょうぶ、それくらいわかってるじゃない。名前と住所を教えて」

モーティは大きなため息をつきました。

「あんたと俺《ビトイーン・ユー・アンド・アイ》だけの話だけど――それとも、あんたと俺と《ビトイーン・ユー・アンド・ミー》だけの話――そこは喜びの河下着工場《レヴ・デュ・ジュール・アンダーウエア・ファクトリー》というんだ」

「喜びの河下着工場《レヴ・デュ・ジュール・アンダーウエア・ファクトリー》ですって？」私は言いました。「そんなの聞いたこともないわ。どこにあるの？」

「グレースという女の話じゃ、リバービュー・プレース二一四四番地だ」

「ありがとう、モーティマー」

「俺に三百と四分の一の借りがあるぜ」彼が言いました。

リヴィーの報告書にある都市の問題点は、それが架空ということだ。報告書のページに登場する人々や場所は、全部作り物なのだ。エミリオはよく知らないが、警察の日常業務でさえどうも嘘くさく、きちんとした捜査テクニックに基づいていないようなのだ。これは、悪漢をまくためにやむを得ずやっているのだとはわかっているが、彼女を救出しようとする者にとっては、事態が難しくなっているのは確かだ。

彼は、自分を彼女の救出者だと思っていた。

彼女の救い主。

輝く鎧を身にまとった騎士。

どこであろうと、あの地下室のドアを蹴破り、彼女の勇敢なる報告書を両手にしっかり摑んで叫ぶのだ。「やあ、オリヴィア、迎えに来たぞ」

小説や映画では、みんなそう叫ぶことになっている。

しかし、それにしても、こうまでややこしくしないでくれたらよかったのに。近頃じゃ、架空の都市やら、そこに登場する架空の場所なんかがなくても、十分にややこしいんだ。たとえば……

リヴィーの分署から二ブロックほど離れているというバーはどこにある？

それから、河の向こうの工場というのはどこなんだ？

彼は、報告書をもう一度読んで、河の向こうに婦人用の下着工場があることを知った。下着工場と聞いただけで刺激的だ。ガーターベルトとかパンティとか。〝ダウド河〟は現実にはディックス河のことだろう。それから〝クイーン・エリザベス側〟とは橋のすぐ向こう側のマジェスタ。

しかし、それがわかっても、リヴィーが囚われている地下室の発見に少しでも近づいたわけではなかった。

彼は、さらにもう一度報告書を初めから終わりまで読んだ方がいいか迷っていた。というのは、正直に言うと、この報告書は話がなかなか真に迫っていて、女の心の動きに対する非常に鋭い洞察があるからだ。彼はそれを、いわば——あるいは、言ってみれば——商売に利用できるのだ。

その一方で、橋の向こうまで歩いていって、喜びの河《レヴ・デュ・ジュール・》下着工場《アンダーウエア・ファクトリー》らしく聞こえるものがリバービュー・プレース二一四四番地にあるか物色した方が、実益があるかもしれない。もちろん、その住所もリヴィーの架空の都市に出てくる偽の通りだけれど。

彼は、アンも一緒に行きたいかもしれないと思った。

二人で行けば成果が上がることもある。

エミリオは、彼女の電話を十二回鳴らした。

アンは、分署から二ブロック離れたバーを探しているか、それともヤクで正気を失って床に伸びているかだろう。

そこで、彼は一人寂しく橋に向かった。

マジェスタ橋の両側の通りは、おそらくこの市の中で最も騒々しい通りに属するだろう。車の往来が激しく、橋までは何マイルもあるように見える。が、実際には数ブロックに過ぎない。騒音たるやすさまじいもので、タクシー、トラック、乗用車が絶え間なくクラクションを鳴らしている。

キャロライン・ハリスが住んでいる建物は、その橋の陰にあった。もしエミリオ・ハレーラが、その朝十時、橋を渡ろうとしたときに見下ろしてたら、二人の刑事が外でドアマンと話をしているところが見えただろう。もちろん、誰だか見分けることはできなかったろうし、二人が刑事だということもわからなかったかもしれない。エミリオは、波乱に富んだ生涯の中で多くの刑事に会ったが、この二人には会ったことがなかった。それに、今、彼の心にある刑事はオリヴィア・ウェスリー・ワッツただ一人だった。

ドアマンは、キャレラとクリングに、今朝九時十五分前にミス・ハリスが教会に行くため建物を出ていくのを見たと言った。十一時までには帰ってくるでしょう。いつも九時のミサに出かけ、聖体拝領を受け、その後ブラッドレー通りのデリで朝食をとるんです。

「先週も同じだったかな?」クリングが聞いた。

「いいえ」ドアマンが言った。「先週は出かけていました」

「ブラッドレーのどこですか?」キャレラが聞いた。

彼女は、すぐにわかった。そこで食事をしているブロンドは、彼女だけだったからだ。ブースに座り、入り口に背を向けている。彼らは、このまま店に入って彼女の向かいに座るべきか検討したが、彼女が朝食を食べ終わるまで外で待つことに決めた。彼女をデリからかなりの距離まで歩かせてから、通りの角で追いついた。日曜でさえ、騒音はひどいものだった。

「ミス・ハリスですか？」キャレラが聞いた。

彼女が驚いて振り向いた。

目の周りに、ブルゴーニュ・ワイン色のあざがあった。

「そうですけど？」彼女が言った。

「キャレラ刑事です」彼は言って、さっとバッジを見せた。

「こちらはパートナーのクリング刑事です」

彼女はすぐに察知した。

「レスターのことでしょう？」彼女が言った。

「ええ、レスターの件です。どうしたんです、その目は？」

「何でもないわ。蜂に刺されたんです」

これは「歩いていてドアにぶつかったんです」とか「テニスボールがあたったんです」とか「便器から落ちたんですす」というような、虐待を受けている女が虐待する男を弁護するために思いつく一ダース以上の言い訳よりも発想がいいかもしれない。

キャレラはその言い訳を大目に見た。今のところは。

「二、三、質問させてください」彼が言った。「ちょっと時間があれば」

彼らはダウンタウンに向かって数ブロック歩き、それから南の河の方に向かった。水際に小さな公園がある。ここまで来ると騒音はそれほどひどくなくて、遠くの雷のように聞こえるだけだ。河の向こう側には、工場や煙突のあるマジェスタが見える。そのころ、エミリオ・ヘレーラがちょうど橋の歩道を離れて、下の通りへ続く階段を降りてくるところだったが、彼らはそんなことは知らなかったし、別に何の意味もないことであった。

「どうして私のいるところがわかったの？」キャリーが聞いた。

「便せんですよ」キャレラが言った。

「母のね」彼女は言って、頷いた。「母の便せんなんか使うんじゃなかったわ。この前の冬に母に会いに行ったとき、帰りに何枚か持たされたの。母はフロリダに住んでいるわ、知ってるでしょ……知ってるはずよね、そこから私を見つけたのなら。母の便せんから」

「ミス・ハリス」キャレラが言った。「先週の今頃どこにいました？」

「レスター・ヘンダーソンと一緒にいたわ」

「どこで？」

「ローリーホテルよ。州北部《アップステート》の。州都の」

「ローリーでは部屋を借りたね？」

「ええ。でもほとんど彼の部屋で過ごしたわ」

「先週の土曜日、彼と一緒にディナーを食べたでしょう、アンボワーズというレストランで？」

「ええ、食べたわ」

「翌日もランチに一人でそこに行ったね？　日曜だけど？」

「ええ」

「それから、その日曜の晩、彼と一緒にユニコーンというレストランで食事をしたね？」

「ええ、したわ。私たち」

「日曜の夜も彼と一緒に過ごしたの？」

「ええ」

「月曜の朝帰ってきたときは、彼と一緒だった？」

「ええ、同じ飛行機で帰って来たわ」

「同じ早朝便で？」

「七時十分、だったと思うわ」

「それから何を、ミス・ハリス？」

「言ってることがわからないわ」

「空港からどこに行ったんだね？」

「家よ」

彼女は驚いたらしかった。私がどこに行ったと思うの？　あなただったら空港からどこへ行くの？　家に帰るんでしょう？　そうよ、そこに私は帰ったの。家に。

「キング・メモリアルには、行かなかったんだね？」

「もちろん、行かなかったわ。レスターはレスターの、私は私の道を行ったの。彼は結婚してるのよ、知ってるでしょう」

キャレラは、ええ、知ってますよ、あんたは知ってたの？　と言いたいのを我慢した。

「目はどうしたの？」彼が再び聞いた。

「言ったでしょう。蜂に刺されたの」

「いつ？」

「いつ？」

　また驚いたようだった。いつ蜂に刺されようと、関係ないでしょう？　あんたは蜂に刺されたことがないの？　それなら、いつ刺されたかなんて聞かないでよ！

「そう」キャレラが言った。「いつだったの？」

「昨日の夜、これでいいでしょう？」

「それより前みたいだな」クリングが言った。「医者に診てもらった？」

「いいえ。アイスパックをあてたわ」

「昨日の夜？」

「そう、昨日の夜よ」彼女が言った。怒りで声はうわずり、多くの言葉にならない言葉が再び目の中で燃え上がり、唇の上で渦巻いた。どうして同じことを何度も聞くの？　私の言うことを信じないの？　蜂に刺されたことぐらいで、なぜ私が嘘をついたりするの？　私を信じないなんて、よくもまあそんなことができるわね？　私のお母さんはフォートローダーデールにマンションを持っているのよ。私のお母さんは、一財産がかかるほどのイニシャル付きの便せんをオーダーできるのよ！

　これがすべて彼女の目と顔に表れていた。

「誰に殴られたの？」キャレラが聞いた。

「レスターじゃないわ、もしそんなことを考えているなら」

「じゃあ、誰ですか？」

「誰でもないわよ」

「誰でもないけど、レスターじゃないんだね？」

「いったいどういうこと？　あなたは私がレスターを殺したなんて思ってない、そうでしょう？」彼女は言って、何とか笑った。「それとも、そう思ってるの？」。笑いが消え、怒りが再び彼女のグリーンの目に燃え上がった。お母さんには弁護士がいるのよ、彼女の目が言っている。それなのによくもまあ？

しかし、何者かが、彼女のかわいらしいグリーンの目に平手打ちを食らわしたのだ。そして、その周りの肌がいまだに赤と紫とブルーに変色しているのだ。

「誰にぶたれたんだ？」キャレラが聞いた。「それと、いつだったんだ？」

「ボーイフレンドよ。それならいいでしょ？」彼女が叫んだ。

彼女の話によると、学校の男友だちとつきあっているときに……

「私、ラムゼイ大学に行ってるの」彼女が言った。「二年生よ。英語を専攻しているわ」

……レスター・ヘンダーソンと出会ったのだ。彼が政治学部で講演をしたときのことだった。講演の後で、彼の著書『なぜ法律か』という本にサインをしてもらうためと、聴衆席からマイクロホンを持った男に手を振り続けたにもかかわらず聞く機会がなかった質問をするために、ヘンダーソンのところに行ったのだ。ミスター・ヘンダーソンは……

「その時はまだミスター・ヘンダーソンと呼んでいたわ」

……コーヒーでも飲みながら話の続きをしたければ、喜んでそうしますよ、と言ってくれた。彼女は、ぜひ、と言った。だって、彼はダイナミックで、力強くて、活気に満ちた精力的な男で、とってもかっこよかったんですもの。ルーカスとはまるっきり違うわ。

「ルーカスってボーイフレンドなの」彼女は言った。「いえ、ボーイフレンドだったの」

「ルーカス何ていうの？」

「ライリー」彼女が言った。

「あんたにあざを作ったのはその男かね？」

「ええ」

「昨日の晩に？」

「違うわ」

「いつ？」

「月曜の朝。市に帰ってきてから」

「なぜ？」

「レスターのことがばれちゃったの」

彼女の説明によると、ルーカスとはずっと会っていたけど、それは結局、友愛会のバッジを貰ったからなの。でも、同時にレスターとも会っていたわ。週に一度か二度、時には三度か四度、それは、彼がどのくらい奥さんから逃げ出せるかと、私がどれくらいうまくルーカスに言い訳できるかにかかっていたの。チョーサーのテストの勉強をしなければならないとか何とかね。こんな風になったのは、去年の十一月、感謝祭のすぐ後に、レスターが学校で講演したときからよ。感謝祭とクリスマスの間に始まったんだわ。だけど、ルーカスは全然疑わなかった。ルーカスってね、すべてにのんびりしているの。月曜日の朝までは。

「月曜日、私のアパートに来て……」

「それは何時？」

「十一時半ごろかしら」

「あんたのアパートに来た」

「そして、あの週末、私がどこにいたか知ってると言ったの……そして……そして私を殴り始めたの」

「ヘンダーソンと一緒だったことを知ってたのかね？」

「ええ」

「彼がそう言ったの？」

「そういう言葉じゃないけど」

「どんな言葉？」

「レスターのことを〝あの三流政治家野郎〟って言ったの」

「だけど、ヘンダーソンだとわかっていたんだ」

「ええ、わかってたわ」

「ボーイフレンドはどこに住んでいるの？」

「もうボーイフレンドじゃないわ」

「彼はどこに住んでいるの？」

「クランガー八三一番地。学校の近くよ」

超デブのドナーは、その日曜の正午になって、やっと電話してきた。点呼机の巡査部長に〝ウィリアム・ドナー〟と名乗ったが、ピンと来ないようだった。ちょっといらつき怒ったように「超デブのドナーだ。そう言ってくれ」と言った時、やっと巡査部長は情報屋だなと思った。こういう名の情報屋がいればの話だが。彼はすぐにドナーの電話をつないだ。

「あんたの仲間に、もっと気をつけるように言ってくれよ」ドナーが言った。

「どうして、何があったんだ？」オリーが聞いた。

「重要な情報があるから、電話しているんだ。それなのに、あの男は俺の名前も知らなかった」

「おや、それは悪かった」オリーが言った。「何かわかったのか？」

「エミーがわかったんだ」ドナーが言った。

ロシー・ワシントンを見失わないようにするのは、容易なことではなかった。ヒスパニックとアフリカ系の珍しくもない混血で、そうした人種間の混血が多い地区では顔立ちがよく、肌が白い女だ。もし中国人だったら、話は変わっているだろう。ここでランドリーや、女性にマニキュアをほどこす店をやっているのは、中国人だけなのだ。もっとも、パーカーは、マニキュア・パーラーで働いている若い女はみんな韓国人だと思っていた。どのみち大して変わりはない。

パーカーがやろうとしていたことは、今度の火曜の夜、カルヴァー・アベニュー三二一一番地のビルの地下室で、本当に麻薬売買が行われるのかどうかを、確かめることだった。その目的達成のために女をこっそりつけていけば、神の計らいがあるかもしれないと思った。彼の理屈では、もし火曜日の真夜中に三十万ドルの取引が行われるのなら、女は、ビルの屋上でマイアミから来たスペイン系の連中にひどい目に遭った時とは違って今度はペテンにひっかからないために、少なくとも前もってたまり場の下見はするだろうということなのだ。実は、ガウチョは、彼らがスペイン系だとは言わなかった。でも、マイアミから麻薬の買付に来るとしたら、スペイン野郎に決まっているじゃないか。とにかく、パラシオス自身がスペイン系だから、自分の仲間の悪口は言えないだろう。それとも、俺の仲間がスペイン系のステキな女をペテンにかけたんだぜ、とでも言うのか？

　巷の噂では、結局、ロシー・ワシントンはナイスレディだということだった。つまり、いつ殺されるかわからない密売に手を染めながら、彼女は今まで誰一人として殺していないということなのだ――少なくとも警察が摑んでいるような殺人はやっていない。だからといって、川の底や、飛行場の車のトランクに、何体もの死体が転がっていないということにはならない。誰かの家の地下室や、それどころか、あの女が火曜日の夜に三十万ドル分のコカインを売ろうとしている地下室にも死体が埋められているかもしれない。これはただ、ロシーのように長い間この商売をしてきた者にとって、彼女は驚くほどたくみに法の手の届かないところに留《とど》まっていたと言っているだけなのだ。十九歳で多分まだ商売を覚えようとしていた時代に麻薬所持という軽罪を犯したが、それを除けば、彼女のファイルはきれいなものだった。

　パーカーは、今度の火曜の夜、こういったことが二度と起こらないようにしたいと思っていた。

　実際やってみると、ロシーをつけていくのは、それほど大変な仕事でもなかった。それどころか楽しかった。四十七歳――麻薬所持で初めて逮捕された時の生年月日による――の女にしては非常にステキな小さな尻をしていて、はっきり言って、見ていて楽しかった。黒のタイトスカートでお尻を振りふり通りを行く彼女は、自分の縄張りをぶらぶら歩いている売春婦と変わらなかった。といっても、パーカーの目には、プエルトリコの女はみんな売春婦に見えた。

　それにしても、あんなに急いでどこへ行くんだろう？

　ロシータ・ワシントンは、つけられていることを知っていた。

　心配になった。

　売買は、この火曜日の真夜中に行われることになっている。そして今は日曜日の真夜中をすでに回っていて、ホームレスみたいなどこかの不器用な警官が彼女の跡をつけている。商品の買い手について心配することと、警察にばれたかもしれないと心配することはまったく別物だ。でも、どうしてばれちゃったのかしら？

反対方向から来た二人連れの黒人が、通りがけに、チュッとキスの音をさせ、目をぐるっと回し、彼女の方に首を伸ばした。彼女は言ってやりたかった。ちょっと、お行儀に気をつけなさいよ、わかった？　しかし、近頃じゃ誰がカッターナイフを持っているかわかりゃしない。銃だって持っているかもしれない。だから口を閉ざして、勝手にパンツの中で行かせてやればいいんだわ。

彼女は、立ち止まって、ランニングシューズやバーベルやいろんなフィットネス用品を売っている店のウインドーをのぞき込んだ。ミスター・法律が、まだ跡をつけているか素早く盗み見るためだった。あそこにいるわ、私なんか気にもとめてないふりをしてタバコに火をつけたりしている。まあ、賢い刑事さんだこと、ミスター。あんたがアパートの外で私をマークしたとたんに、こっちはあんたのことを見破ったのよ。さて、問題は、どうやってあんたを振り払うかだわ。

彼女は、通りの先のA&P（米国の大手スーパーマーケットチェーン）に入り、急いで店の奥の女性トイレに行った。そこにしばらくいて、彼女を見失ってしまったと彼に信じさせようと考えたのだ。そして裏口から出ていってしまおうと。ところが、裏口はなかった。この近辺であまりにも多くの窃盗事件が起きるので、ほとんどの店が出入り口を一つにしてしまったからだ。そうすれば、突然妊婦に変身した女が、コートの下にジャガイモの袋を持って出てこないか見張ることができるからだ。彼女がやっと表に出てきたとき、彼はまだ外で待っていた。店の外のカートに並べてある母の日用の鉢植えの花を見ているような振りをしている——もう母の日なの？　祭日ってものはこうやっていつの間にか忍びよってくるものなのね！　彼女は、彼なんかそこにいないかのようにすぐ脇を平然と通り過ぎ、そのまま歩き続けて、裏口があるのを知っている店まで行った。

店の板ガラスのウインドーには次のような字が書かれていた。

エル・カスティーヨ・ド・パラシオス

彼女はドアを開け、中に入った。

ドアの上の小さな鈴が鳴った。彼女はドアを閉め、窓越しに外をチラッと見て、まだ警官が跡をつけているのを確かめた。それから、ガウチョが店の奥から出てくると、にっこりと微笑んだ。

13

うーん、パーカーは思った、これは面白くなってきた。

この火曜日の夜に行われるロシー・ワシントンの麻薬売買について、ガウチョ自身が、情報をくれているのだ。それなのに、そのロシー御本人が日曜の午後、堂々と彼の店に乗り込んで行ったのだ。こんな不思議なことがあるのか？

もちろん、二人ともスペイン系だ。だから、二人してどんな悪巧みを細工しているかわかったもんじゃない。

少なくとも、半分はスペイン系だ、彼女の場合。

パーカーは通りの向かい側に陣地を決めると、カウボーイの店に盗聴器設置を許可する裁判所の命令を取るべきか考えた。

店の奥からビーズのカーテンをくぐって出てきたパラシオスがまず思ったことは、密告したことがロシーにばれてしまったのかということだった。

「やあ、こんちは、ロシー」彼はニコニコしながら言った。「どうしてここに?」

「夢占いの本が欲しいの」彼女が言った。「いとこのために」

パラシオスが、この店の裏でどんな類《たぐい》の店をやっているのか、みんながみんな知っているわけではない。ほとんどの人は、本当に宗教や超常現象や超自然現象をあつかったものを買いにやって来る。だから、最近見た夢の意味を解説してくれる本を必要とするいとこがロシーにいたとしても全然おかしくない。本があれば、宝くじにあたるかどうか、それとも誰かの魅力の虜になってしまうのか、わかるというものだ。警察以外は誰もパラシオスが情報屋だということを知らない。知っているはずがない。もしパラシオスが少しばかり余分のカネをどんなやり方で手に入れているのかを他の連中が知っていたら、どんな情報にしろ手に入るはずがない。火曜の夜、ロシーが逮捕されれば、わずかなカネをもらうことになっている。そのことを何らかの方法でロシーが知ったと考えるとぞっとする。ロシーの商売は、オペラに行く人にスミレを売ることではない。ロシーは、人が人の頭をぶち割り、睾丸に弾をぶち込むような商売をしているのだ。

「いとこは、どんな夢を見るんだい?」パラシオスが聞いた。

「警官に跡をつけられている夢よ」ロシーはそう言い、パラシオスは青くなった。「ガウチョ」彼女が急いで言った。「警官につけられているらしいの。裏口から出ていっていいかしら?」

パラシオスは、ほっとしてパンツを濡らしそうになった。

最初オリーは、ドナーと一緒に公園のベンチに座っている少女が、探しているエミーかと思った。少女はブロンドで、短いブルーのスカートに膝までのブルーのソックスとかかとのない茶色の靴を履き、ゆったりとした白のブラウスを着ていた。しかし、ベンチに近寄ってみて、少女がとても十三歳以上にはなっていないことに気付いた。

「遊んでおいで、ヘザー」ドナーが彼女に言った。「でも、迷子になっちゃだめだよ」

「わかったわ、ビル」少女は言って、オリーに微笑みかけ、それから丘の上にある遊び場の遊具の方に歩いていった。

「あの子、お前さんにはちょっと年を取りすぎているんじゃねえか」オリーが言った。

「まあな。けど、難しい時代なのさ」ドナーが言った。

「俺にお説教でもしたいのかい、それともエミーの話を聞きたいのかね？」

「聞いてるよ」

「彼女は男の子だ」

オリーが、彼を見た。

「シュタインはそんなこと言わなかったぞ」

「シュタインの言ったことは間違ってない。エミーはいつだって女の子で通るからな。けど彼女はエミーじゃない。エミリオだ。そして、エミリオは男の子なんだ」

「エミリオ何だ？」

「おっとっと」ドナーが言った。「ここでカネの登場だ」

「彼のラストネームはわかっているのか？」

「わかってるよ」

「どこに住んでいるのかは？」

「わからない」

「じゃあ、この大事な情報に幾ら欲しいんだ？」

「言っただろ。二だよ」

「名前だけでか？　住所もわからないのに？」

「大事な情報は、女の服を着たがるやつを探せばいいってことだ。そいつの名前を教えたら、あっという間に見つかるさ」

オリーはため息をついた。

「べろべろキャンディは高くつくもんなのだ」ドナーが悟ったように言った。

オリーは財布を開け、二百ドルを出してドナーに渡した。後ろの丘の上ではヘザーがブランコに乗っていた。ブルーのスカートがひるがえり、白いパンティが見える。ドナーが指でお札をもてあそんだ。

「ヘレーラ」彼が言った。「エミリオ・ヘレーラ」

おそらく、その名前はこの市だけでも一万はあるだろう。

ルーカス・ライリーはたぶん二十歳ぐらい。青い目のやせた青年で、背は五フィート九インチぐらい。そばかすがほっぺた一面と鼻筋に散らばって、ドニゴール・カウンティ（アイルランドの有名な場所）の地図ができあがっている。着ているものは、ジーンズとラムゼイ大学のスエットシャツにハイトップの作業靴。野球帽を鍔が後ろに来るように回し、額にはヘアバンドを締めている。彼らはラムゼイ大学の図書館でやっとライリーを見つけ、外に出てくれるように頼み、大学のフットボール場まで連れて行った。日曜日のため、ジョギングウエアを着て外辺部を走っている数人の若者を除いて、人影はなかった。

青く澄み渡った空の下で、彼らはスタンドに腰を下ろした。

風は穏やかで、太陽が輝いている。

しかし、ルーカス・ライリーは、先週の月曜の朝十一時三十分、十九歳の女の子を殴っている。彼女が週末をレスター・ヘンダーソンと過ごしたことを知ったからだ。そして、その一時間ぐらい前にヘンダーソンが殺されている。

「さあ、聞かせてもらおう」キャレラが言った。

「カッとなったんだよ」

「二度も？」

「どういう意味かわからないよ」

「議員にも、カッとなったのかね？」

「あのいやらしい野郎になんか、会ったこともない」

「二人のことはどうしてわかったんだ？」

「彼女の女友だちだよ」

「キャリーの女友だち？」

ルーカスは頷いた。「土曜の夜に電話したんだ。キャリーが一緒に勉強していると思って。その週末は勉強することが山ほどあると言ってたから。マリアは彼女が来てないというんだ。それからちょっとためらっているみたいだった。何かを隠していたり、秘密がある時にみんなよくやるじゃないか、わかるでしょう？　そこで俺は言ったんだ、どうしたんだよ、マリア？　そうしたら秘密をばらしてくれたんだ。キャリーが、感謝祭のすぐ後からあのじいさんと付き合っていると教えてくれた。キャリーのためにアリバイを作るのはもういやだと言って教えてくれたんだ。キャリーがあの瞬間にも、あのろくでなしと州北部《アップステート》にいるって！　俺はあいつを殺したかった！」

刑事たちが、彼を見た。

彼は自分が今言ったことに気付いたらしく、すぐに言い足した。「でも、殺さなかった」

「代わりに彼女をぶちのめしたんだろう」クリングが言った。

「ぶったのは、一度だけですよ」

「その前は、どこにいた？」

「そうだな、あの朝の十時から十時半の間だが？」

「朝早い授業がありました」

「どのくらい早かったんだね？」

「九時です。十一時に終わって、その後まっすぐキャリーのところに行ったんだ。彼女はまだ大旅行の荷物をほどいているところだった」

「その授業はどこでやったの？」

「モートン・パーカー・ホールの七一三号室」

「教官の名前は？」

「ドクター・ネーゲル」

「彼のファーストネームは？」

「女ですよ。フィリスだと思うけど。あるいは、フェリスかもしれない。よくわからないな」

「出席をとっているかな？」

「もちろんとっていると思うな」

「何のクラスだね？」キャレラが聞いた。

「ロマン派の詩歌」ルーカスが言った。

ロシータは、この三人の男たちをとんでもない間抜け野郎だと思った。三十万ドルもの大金をどうやってかき集められたのか想像もできない。しかし、彼らは確かにそれだけのカネを持っていると断言し、あとはブツを渡してもらえるのか確認するだけだと言った。

「あんたが確かにゼリービーンを持ってるかどうかだってわからないだろ？」明らかにリーダーと思われる男が言った。

名前はロニー・ドイル、とまあ彼はそう言った。しかし、彼女は麻薬取引の時に言い交わす名前を絶対に信じない。自分だって、ロザリー・ワズワースと名乗った。ロシータ・ワシントンと似たような名前だが。タバコは吸わないの、ありがとう。ロニー・ドイルも、とてもこの男の本名とは思えない。でも、考えてみれば、彼は間抜けもいいとこで、バカ正直に自分の名前を言ったかもしれない。間抜けどもが相手じゃわかったもんじゃないわ。

この男たちがまともとは言えない確かな証拠は、コカインのことを〝ゼリービーン〟と言い続けていることだった。彼らは、カルヴァー・アベニューにある小さなクチフリート（角切り豚肉の衣揚げ）店の奥のテーブルに座っていた。店には、二、三人の客プラス、カウンターの後ろの男しかいなかった。ここに誰かが盗聴器を仕掛けるなどおよそありえないことなのに、男たちは暗号を使っている。信じられないわ！ ゼリービーンだって！

「ゼリービーンはちゃんと手に入れるわ」ロシータが言った。「とっても質のいいゼリービーンよ」

まったく何てことなの。

もう一人の間抜け、コンスタンチン・スカヴォポロス——そんな名前があったとしても偽名に決まっている——と名乗った男が、〝ゼリービーン〟は数量が明記されているのかと聞いた。バカみたいにニヤニヤしている落ち着きのない小男だ。「数量明記」と正確にそう言った。顔にはバカみたいなうすら笑い。数量明記だってさ。

「ゼリービーンは……」彼女は話し始めた。そして、目をぐるっと回すと、百万年たったってここに盗聴器がつけられるはずはないし、おまけにカウンターの後ろにいるファニトは少しばかり耳が悪かったから、はっきり言ってやった。「コカイン《コーク》は、十キロ入りの包で来るわ。一包二万。全部で三十万ドルね」

ハリー・カーチスという男が突然心配そうな顔をした。

彼女が〝コーク〟という言葉を使ったからか、あるいは買値が恐ろしく高かったからだろう。ロシータは、この金額が今の相場より一包あたり千ドルも高いことは認めざるを得なかった。でもこの連中は間抜けの集まりだから。ハリー・カーチス――これが本名ならばだが、もちろん彼女は違うと感じている――は、大男だった。灰色グマみたいにテーブルに覆い被さるように座っていた。ロシータがコカインのことをあんなに大っぴらに喋るのを聞いて、目をまん丸にした。あとの二人もびっくりしたらしかった。今にも手入れがあるかのように店内を見回している。なんて間抜けなの。

「みんながこの買い値に納得したら」ロシータが言った。「そして、ゼリービーンを幾つくらい買うつもりなのかわかれば」彼女はゼリービーンのところを強調してまたもや目をぐるっと回した。「最終的に決めなきゃならないのは、取引をどこでするかだけね」

「住所を大声で言うなよ」コンスタンチンが身体をぴくぴくさせ、ニヤニヤしながら言った。

「書いてくれ」ロニーが言った。

「紙に」ハリーが言った。

他にどこがあるっていうの？　ロシータは思った。壁に？

彼女はハンドバッグを開け、アドレス帳を一枚破り……

「そこに書いてくれ」ハリーが言った。

「そうすりゃ読めるからな」ロニーが言った。

コンスタンチンが頷いてにやりとした。

大きな肉太の文字で、彼女はその紙に書き込んだ。

カルヴァー・アベニュー三二一一番地

それから、このうすのろたちに、クチフリート店に盗聴器が仕掛けてあるかもしれないと心配するなんて愚の骨頂だと教えるために、とにかく大きな声で住所を読み上げた。

「カルヴァー・アベニュー三二一一番地」彼女は言った。「地下室。そこに行くこと。おカネを持ってくるのよ」

三人の男たちは、お尻に火がついたように急いで出ていった。ロシータはしばらくコーク――ソフトドリンクよ、ゼリービーンじゃないわ――を飲みながらぐずぐずしていた。それから、近くのテーブルに座っている若い女の傍を通って店を出た。若い女はフレア・スカートに白いブラウスを着、くるぶしまでの白いソックスに茶のローファーを履いていた。ヤク中であることを露呈する無気力な目つきをしていなければ、平均的なアイルランド人のティーンエージャーで通っただろう。ロシータにはその目つきが何なのかすぐわかった。麻薬が商売だもの。彼女はものわかりよさそうに、同情らしい表情まで見せて頷き、女の傍を通りすぎ、店の外に出て行った。

その女は頷き返さなかった。

名前は、アン・ダガンだった。

一時十分過ぎになって、やっとパーカーはロシータにまかれたことに気付いた。彼は、店に入り、自分が尾行してきた人物が逃げるのを幇助教唆したはずだと、パラシオスを問い詰めるべきかをじっくり考えてみた。しかし、それをやったんでは、もしあのろくでなしと小さな尻を振って歩くミス・ワシントンが何かおかしなことを企んでいるのだったら、警戒させることになるかもしれない。

そこで、刑事部屋に帰り、アイリーンにあのワシントンとかいう女にしてやられたらしいと言い、今度はアイリーンが張り込みをやったらどうかと言った。さもないと、火曜の夜、あのいまいましい《フリジング》（オナニーするの意）地下室に降りていって――

彼は、アイリーンのデリカシーにお構いなく、本当に〝フリジング〟という言葉を使った。アイリーンはおかしかった。だって、何年も警察官をやっているんだもの、〝ファック〟を始めとして、もっと汚い言葉をいろんな言い方でたっぷり聞いているわ。でも、たとえ警察官でなかったとしても、もちろん警察官なんだけど、日曜日に映画に行きさえすればいいのよ。教会では得られない教育を受けることができるわ、本当よ、ムラヒ神父様。

「火曜の夜、あのいまいましい《フリジング》地下室に乗り込んで」パーカーが言った。「ゴキブリとネズミしか見つからなかったら。俺は、パラシオスが何かおかしなことを企んでいるんじゃないかと思う」

「なぜ？」アイリーンが聞いた。「手入れがなければ、お金も入らないわ」

一理ある。

「彼女の方が、俺たちより余計に握らせているのかもしれない」パーカーが言った。

「なぜ？」アイリーンが聞いた。

それもそうだ。

「俺たちの注意をそらすためさ」

「パラシオスがそんな危険なことをすると思うの？」

「あいつのすることなんかわかるもんか。ただこの件で間抜け面を晒したくないんだ」

「結局、私に何をして欲しいの？」

「あした地下室に行ってくれ。カルヴァーの三二一一番地。よく調べろ。俺たちがまんまと罠にかかるなんてことがないように」

「なぜ自分で行かないの？」アイリーンが聞いた。

「明日は俺の休みの日だ」パーカーが言った。

「じゃあ、一緒に行きましょう、今すぐに」

「もうそろそろ終業時間だ」

「まだ二時半よ」

「ああ、しかし、時計はチクタクやってるんだ」パーカーが言った。「あそこに着くころには、家に帰る時間だ。仕事は明日まで待ってもらおう」

「わかったわ」彼女は言って肩をすくめた。

「何だ、肩をすくめて？」

「私も、仕事は明日まで待ってもらうわ」アイリーンは言って、また肩をすくめた。

「いいかね、ここにしばらくいるつもりなら、覚えてもらわなきゃならないことがある」パーカーが言った。

「あら、何ですか？」

「パートナーに余計な気をつかわないこと、それから、何事も明日まで待てるということだ」

「私があなたに余計な気をつかっているなんて、気がつかなかったわ」

「それから、減らず口をたたかないこと」

「わかったわ」アイリーンが言った。

「そうすれば、互いに理解し合える」

「あらそうね、完璧にね。でも教えて、アンディ。今、私があの地下室を調べに行ったら、あなたに余計な気をつかっていると思う？　だって、そうでしょう、いまいましい《フリジング》時計がチクタクやってるし、火曜日の夜踏み込んでみたらゴミの山だったなんていうのはいやだから」

「どうぞ」パーカーは、この口論に勝ったなと思いながら言った。「住所はわかってるだろ」

「わかってるわ」彼女は言って、売春婦のような気取った足取りで歩き去った。嫌な女だ。


エミリオが、その午後の三時にマジェスタから帰ってくると、アン・ダガンが部屋の外の廊下に座っていた。

「どこに行ってたの？」彼女はそう言いながら、立ち上がってスカートの後ろのほこりを払った。

「マジェスタ中だ」彼が言った。「喜びの河下着《レヴ・デュ・ジュール・アンダー》工場《ウエア・ファクトリー》なんてなかった」

「あら、お気の毒」アンが言った。

彼が何のことを言ってるのか、まるでわからなかった。

「あの近辺を全部歩いたんだ。でも、リバービュー・プレースなんてものもなかった」彼は鍵を開けていた。「別に驚かされたわけじゃないが」彼は言って、鍵を抜いた。ドアを大きく開けて、先に入った。

窓際にマットレスがあった。後は、レイトン通りからちょっと入ったところの中古品店で買ったペンキの塗ってないドレッサーと、汚れ破けた麻の笠のついたフロアランプだけ。よく見かけるありふれたヤク中の部屋だ。トイレは、ジュリアス・シーザーが暗殺された時以来ずっと掃除していない。これまで生きて来た中で結構なトイレを使ってきたにきまっているアンでさえ、使うのがためらわれた。

「下着がなくなってきたの？」彼女が聞いた。

「いや、下着はたくさん持っている」

「じゃあ、なぜ下着を探していたの？」

「そうじゃない。ダイヤモンドを探してたんだ」

「ダイヤモンドってどんな？」彼女は聞くと、ばたっとマットレスの上に倒れた。

「リヴィーの報告書にあったやつだ」

「リヴィー、そうだったわ。私はね、十七歳のときから下着なんか着てないわ」彼女が言った。「ブラもパンティも」

「そんなことわかっているさ」彼はそう言って、マットレスの上でちょっとだらしなく寝ている彼女をチラッと見た。アンは処女のように顔を赤らめ微笑んだ。そしてスカートを膝まで引っぱった。

「まだ、警察署の近くのあのバーを探しているの？」彼女が聞いた。

「探してるよ」

「私、見つけたと思うわ」

「本当？　どこだ？」

「でも、オーマリーズという名じゃないわ。シャナハンズというの。それから〇一署から二ブロックでもないわ。〇一署が存在するとも思ってないけど。八七分署から二ブロックなの」

「八七分署ねえ」エミリオは言って、どこにあったか思い出そうとした。「グローヴァー・アベニューだっけ？」

「そう、公園に面してるわ。でもバーはグローヴァーじゃないの。セント・ジョンズ・ロードよ、二ブロック先ね」

「この市には、通りが多すぎるよ」エミリオが言った。

「探すのは簡単よ」アンが言った。「よかったら、連れて行ってあげるわ。まだセックスしたくなることがある？」

「いや、あんまりないな」

「私もよ。ヘロインが一番のセックスだわ」

「俺もだ」

「そうよね」彼女が言った。

二人とも黙りこくって、この基本的真実について考え、二人が別々にヘロインと結婚したことを知って、それを大事にしたいと思った。

「もうすぐ、大きな麻薬取引があると思うわ」アンが突然言った。

「でかしたぜ」エミリオが言った。「どうしてわかったんだい？」

「カルヴァー・アベニューのクチフリート店で話しているのを聞いたの。スペイン系の女が――彼女はスペイン系らしいんだけれど――十キロの包み一つ《ロット》を二万ドルで売ろうとしているのよ」

「大した数の包み《ア・ロット・オブ・ロット》だな」エミリオが冗談を言ったが、彼女は気がつかなかった。頭で計算をしていたのだ。

「三十万ドルで売るとすれば、包み《ロット》の数は十五」

「大した数の包み《ア・ロット・オブ・ロット》だな」エミリオがもう一度言ったが、彼女はまだ気がつかなかった。「いつやることになってるんだい？」

「それだけはわからないの」彼女が言った。「でも、カルヴァー三二一一番地の地下室、そこで売買をするはずだわ。百五十キロのコカインよ」

エミリオが彼女を見た。

「もうブツが全部地下室に運び込まれてるなんてことはないよな？」彼が聞いた。


地下室はきれいに掃除されていた。

テーブルとその周りの四脚の椅子。隅には洗面台。

奥のドアからは外の路地に出られる。

上の建物の一階から降りてくる階段。

アイリーンは、奥のドアから踏み込むのが一番いいと考えた。破壊槌でドアをぶっ壊し、テーブルに座って麻薬を吟味したり、カネを受け渡したりしている連中の肝をつぶしてやる。ロシータ・ワシントンは一人では来ないでしょう。それは確かだわ。前にマイアミの連中に一杯食わされたという話が本当なら、一人のはずはないわ。手下は武装しているはずだわ。ブツを買う三人の詐欺師たちの方も、武装しているかもしれない。彼女は、バーンズに完全武装の襲撃隊を出してくれるように頼むつもりだった。防弾チョッキに突撃銃。パーカーが何かスタンドプレーを考えているかもしれないけど、そんなのかまやしない。

彼女は奥のドアまで歩いていき、そこにちゃちな錠しかかかっていないことを確かめると、最後にもう一度部屋をぐるっと見回し、天井からぶら下がっている電球の鎖を引いた。道路と同じ高さの狭い窓から差し込むかすかな日の光で彼女は階段を探し、一階まで上っていった。そこのドアのところで耳を澄ましてから建物の中に入った。食料品の袋を二つかかえ、上の階へ階段を上りかけていた女が、振り返って彼女をちらっと見ただけだった。アイリーンは玄関ロビーに歩いていき、通りに出た。

若いヒスパニックの男とアイルランド人のような顔立ちの女が、ちょうどその建物に向かって歩いてくるところだった。男がその場に釘付けになった。口をぽかんと開けている。彼はアイリーンの顔をまっすぐ見つめて言った。

「リヴィー?」

「残念ね」アイリーンは微笑みながら言うと、彼の脇を通り過ぎていった。

エミリオは、アンの方を向いて言った。「今のは彼女だろ?」

――あるいは、彼女だったろう、と言うべきか。

女たちは、普通九時か九時半、時にはもっと遅い時間に、通りをぶらつくことにしている。経験から、ディナーの直後にセックスしたいと思う男などいないということがわかっているからだ。こういう男たちは、マッサージパーラーに通うような男とは違う。マッサージパーラーに通う男たちは、衝動が起きれば、何時だろうが二階に行く。中には、郊外の家でかわいい妻が待っているというのに、駅へ行く途中でサッとすます者もいる。ホー通りに来る男たちは、別種なのだ。

このあたりでは、歩いている男はまず見かけない。第一に、危険すぎる。第二に、部屋を用意しなければならないし、カネがかかる。もちろん部屋を探す面倒は言うまでもない。とにかく割に合わない。男たちは、女を探すときには車で流して商品の下見をし、それから縁石に寄せて車を止め、女がやって来て窓から上体を入れ、商談するのを待つ。手でやれば五十ドル。口を使えば百ドル。近頃では三百ドル以下で寝ることはできなくなった。ほとんどの女がセックスはしたくないのだ。セックスをするには、パンティを脱いだり、スカートを上げたり、面倒くさい。警官でも現れれば、車の後部座席で無防備な姿を晒す羽目になるかもしれない。でも手と口なら、服を全部着たままレディのように座って、前の席でやることができる。それに、ほとんどの女は、セックスを親密すぎると思っている。街でも高校でも、やることは変わらなくなってしまった。近頃の高校では、フェラチオはお休みのキスと同じだ。

女たちは、自分たちの知っている警官、つまり、他人の弱みにつけいって大急ぎでセックスをさせてもらう代わりに後は見て見ぬ振りをするような警官はさておき、警官には常に用心している。世の中の仕組みがわかっていないぼんくらなお巡りにでもぶつかったら、地獄の業火や天罰についてこんこんと諭すアホな説教師に捕まったも同然だ。気がつけば、留置所で夜間裁判を待つはめになる。時には、刑事ですら警戒しなければならないことがある。もっとも、ほとんどの刑事はものごとをよくわきまえている。長い間刑事をやっていれば世の中がどうなっているかぐらいわかっているから、真っ昼間に市庁舎の階段で市長に口でやってあげようが一向にかまわないのだ。気をつけなければならないのは、若い警官だ。まだ信じている者たちだ。

その晩、通りに出ていた女たちは、オリーが通りに入ってきたとたんにお巡りだと気づいた。威張り腐った歩き方のせいかもしれない。あるいは何でもわかったつもりの顔のせいかもしれない。それでなければ、第一に、男が車でなくて歩いているから、そして第二に、どうも本気でお尻を探しているようには見えないからかもしれない。正真正銘の客に見られる、あの飢えた、やけくその、後ろめたい感じがないのだ。十秒きっかりで、女たちの半分は戸口に消え、街角を曲がり、あるいはその晩は終わりにして家に帰ってしまった。パトロール中のデブのお巡りとのいざこざはごめんだ。残りの半分は、通りにずらっと止めてある車の中で仕事に励んでいた。オリーは、ペルシャ湾に入ってくる航空母艦のようにホー通りをゆったりと歩いている。ブロンドで女装のプエルトリコ人売春婦、エミリオ・ヘレーラを探しているのだ。

そのブロックの先の閉店した韓国人マニキュアショップの近くに、キャディが止まっていた。オリーが最初に話しかけた女は、そのキャディから出てきたところだった。車から脚を出し、短いスカートを直し、運転席の後ろの白人の男にバイバイと指をふって振り向いた。と、そこに一トン半もありそうな男が道を塞いで立っていた。チェッ、お巡りだわ。キャディはあっという間に縁石から離れていった。

「こんばんは」彼女は元気にいった。「迷子になったの?」

「友だちを探しているんだ」オリーが言った。

「へえ?」女は彼をじろじろ見ながら言った。「たぶん、私が探してあげられるかもしれないわ」

たぶん、この男はお巡りじゃない。しかし、通りを素早く見ると、驚いたことに、ずらっと陳列されていたはずのグラマーたちが消えている。それは、通りを流していた女たちが、オリーの正体を見破って急いでその場を立ち去った確かな証拠だ。

「その人間をどうしても探したいんだが」オリーが言った。

ところが、まだバッジをちらつかせない。なら、わからないじゃない? それに、もしこの男がただセックスを求めているなら、他の女に譲る必要なんかある?

「彼女の名前は?」女が聞いた。「たぶん、探せるかもしれないわ」

「彼女は、彼なんだ」オリーがそう言った。ニヤッとした顔はハイエナのようだった。「エミリオ・ヘレーラだ。彼女を知ってるかい? それとも彼かな?」

「いいえ、悪いけど知らないわ」女はそう言った。「実は、家に帰るところなの。失礼ですけど……」

「ちょっとだけ待って」オリーが言った。まだニヤニヤしている。女は考えていた。この男は、男の子が好きなデブの客か――それならこんな男と関わりたくない――あるいは、エミリオを麻薬使用か家宅侵入――どっちもエミリオが得意とするところだ――で逮捕しようとしているデブのお巡りか。それにしたって関わり合いはごめんだ。

「エミーでは?」彼が聞いた。「彼はエミーって名で通っているんだが?」

「彼のことは聞いたこともないわ、それとも彼女かしら」

女が言った。

「それで、あんたの名は？」

「なぜ、そんなことが重要なの？」

「警察の捜査を妨害するやつを知りたいからさ」彼がそう言うと、バッジが現れた。ブルーと金。そこには一級刑事と書かれている。チェッ、お巡りだわ、とまたもや思った。

「タルよ」彼女が言った。

「タル、なるほどね」彼が言った。「うーむ」

彼女は、彼が誰の真似をしているのだろうと考えた。昔々、まだこの世界に入る前に観た映画のアル・パチーノのようにも聞こえた。

それから、どうやってエミリオの話をやめさせようかとも考えていた。エミリオのことは、女の服を着たがるヤク中で、自分がホモであることに気付かないホモを相手にしているとだけしか知らなかったが、今夜はトラブルは避けたかった。一分前、彼女は家に帰るところだと言った。今は、それだけが望みだった。家に帰ること、一刻も早く。

「それから、あんたのラストネームは、小鳥ちゃん？」

「ディアスよ」

「それなら、ヘレーラという女の子、場合によっては男だが、知ってるかもしれないな。その子もヒスパニックだ。あんたたちに共通の職業の点は言うまでもないだろう」

「どんな職業のことを言ってるのかわからないわ」タルが言った。

「おやおや、気の毒に、無垢なお嬢さんが夜の街をさまよっていなさるとはね」オリーが言った。

「失礼ですけど、刑事さん、私、本当に家に帰りたいんです」

「ああ、しかし、ヘレーラという名前を口にしたとき、あんたの目がかすかに光ったと睨んだんだが」オリーが言った。

「でも、そんな男知らないわ」

「じゃあ、きっと俺が勘違いしたんだ、タル」

「ええ、絶対そうよ」

「それなら、帰りたまえ。それから神のご加護を」

彼女は、自分の耳が信じられなかった。

彼女は向きを変えると、あっという間に消えてしまった。

オリーは考えていた。オフィスに戻ったらファイルにあたって、ぴくぴく動く小さな尻とやたらと丈の高いハイヒールのミス・タル・ディアスと、ブロンドのカツラとでっかいおっぱいを持ったミスター・エミリオ・ヘレーラとを結びつけるものがあるか調べてみよう。エミリオはコンピューターに出てこないし、これまでのところ――

短い黒のスカートにピンクのホルタートップを着た赤毛の若い女が、角を曲がってやって来た。彼女はオリーに気がつくと、ニッコリして、スパイクヒールで腰を振りながら近づいてきて言った。「私アンニャよ」。まるで「デートのお相手を探しているの、お兄さん？」と言っているようだった。

「あんたのことを探しているに決まってるわ」アンが言った。「名前を言ったわよ。エミーって。ブロンドで大きなオッパイを持ってる名もよ。エミリオ・ヘレーラって。通りるとも言ったわ」

「そうだ、その通り」エミリオは笑って言った。

彼はマリファナでハイになっていた。これはヘロイン中毒者には珍しいことだ。彼女は、彼がハイになっているので腹を立てるところだった。いや、実はもう腹を立てていた。せっかく重要な情報を与えようとしているのに、まるで小さな女の子のようにクスクス笑っているのだ。

「すごくおかしいや」彼は言って笑った。「でかくてデブのお巡りが、小さくて偽物のオッパイを持ったプエルトリコ人の男の子とやりたいだと。こいつは本当に喜劇だ」

「あの人は、セックスの相手を探しているんじゃないわ」アンが言った。「あんたを探しているのよ。わかった？あんたが何かの犯罪にかかわっていると思ってるのよ」

「そうだ、その通り」エミリオは、またもそう言って笑った。「どんな犯罪だって？　麻薬の不法所持か？　押し込み強盗か？　重窃盗とか自動車泥棒？　それとも売春か？俺はたくさんの犯罪にかかわっているんだ、アン。その男はもっと具体的に言うべきだったな」

「そうね、具体的に言わなかったわ。探りを入れに来たのよ」

「でも、やつは俺が何かの犯罪にかかわっていると考えている。お前はそう感じたんだろう」

「そう。そういう印象だったわ」

「やつは、俺を捜していると言った……」

「そうよ」

「……なぜなら、俺が何かの犯罪にかかわっている……」

「違うわ」

「言わなかったのか、俺が何かの犯罪に……」

「ええ。そうははっきり言わなかった。でもそんなふうに認識したわ」

エミリオは、彼女が難しい言葉を使うのが大好きだ。難しい言葉を使うと非常に愉快な気分になる。彼は、自分がいったいどんな犯罪に手を染めていることになっているのかなあと思った。そのデブのお巡りは俺にどんな用があるっていうんだ？　デブのお巡りなんか知ってたっけ？

「お前、デブのお巡りだって言ったっけ？」

「すごいの、ほんとにデブよ」アンは言って、目をぐるっと回した。

「そいつは自分の名前を言ったのか？」

「ウィークス刑事」

「分署は？」

「八八分署」

「絶対に俺がダイヤモンド取引に関わっていると思ってるぞ」

「ダイヤモンド取引って？」

「リヴィーの報告書に出てくるだろう」

「リヴィーって誰？」

「報告書を書いた女だよ」

「ああ、またあれね」アンが言った。

「絶対あいつは、リヴィーがあの地下室に閉じこめられた時のブラッドダイヤモンドを追いかけてるんだ」エミリオはそう言うと、突然しらふに戻ったように見えた。戻ってはいなかったけれど。「あの時の女は、彼女だったと思うかい？」彼が聞いた。「何らかの方法であの地下室から逃げ出したんだろうか？　もうすぐ始まる例の大きな麻薬取引に巻き込まれているんだろうか？　もっとも、あそこには麻薬なんかなかったけどな。お前はあそこで麻薬を見たかよ?」

「見なかったって、知ってるくせに」

「住所はちゃんと聞いたのかい? カルヴァー三二一一番地って?」

「確かにちゃんと聞いたわよ」アンが言った。

「たぶん、お前が探し当ててくれたバーをチェックした方がいいな」エミリオが言った。「どう思う、アン?」

「そのマリファナまだある?」アンが言った。

14

オリーが、アパートのドアを入ると同時に電話が鳴り出した。彼は部屋を突っ切って走り、受話器を取ったときには息を切らしていた。相手は、超デブのドナーだった。

「あんたのオペラ歌手を見つけたぜ」彼が言った。「どこで会えるかな?」

オリーはカルヴァー・アベニューと六番街のところにあるピザ店の名前を言った。しめた、彼は思った、一石二鳥だ。

「それから、幼稚園の生徒を連れてくるなよ」彼が言った。

「何のことだかわからない振りをしてやるぜ」ドナーは言って、電話を切った。

オリーは、出かける前に冷蔵庫のものを大急ぎで食べた。

もしドナーの記憶が正しければ、ここは二人の殺し屋がダニー・ギンプを撃ち殺したピザ店だ。そんなに昔のことではない。それを思うと不安になった。その殺しは自分やダニーの仕事とは全然関係がなかったことをかすかに思い出したが、それでもオリーのように際立って大きい男とこうやって公共の場に座っているのは、落ち着かなかった。特に、自分も目立たない存在とは言えないだけにそうだった。こんな二人組だったら容易にまわりの注意を引きつけてしまうだろう。またサミュエル・バスで会ってくれと、オリーに頼めばよかったと思った。

「それで、誰だね、彼女は?」オリーが聞いた。

「ヘレーラの方はうまくいったかい?」

「今までのところ、あいつはお前に払った二百の価値はないぞ。それに、簡単に見つからないんだ」

「たぶん、あんたはそれほど腕のいい刑事じゃないんだ、おやじさん」

「いや、たぶん、腕はいいよ。臭いのはお前の情報だ」

「じゃあ、あんたはオペラ歌手のことは知りたくないんだろうな」

「いやいや、お前はただで歌手の名前を教えてもいいんだぞ。エミリオ・ヘレーラの情報が糞ほどの価値も無かったことを考えればな」

「やつは、そこらへんにいるんだから、あんたの仕事は見つけるだけじゃないか。オペラ歌手のことは知りたいのかね、それとも俺は帰ろうか?」

「ピザでも食おう」オリーが言った。

彼らはピザを二枚注文した。二人がかなりの肥満体であるのは理由がないわけではない。オリーはもう一枚注文し、二人で分けた。ドナーは、オリーが今回もただ乗りを企んでいるなと思った。当たっていた。

「さあ、彼女の名前を教えろよ」オリーが言った。

「百ドルくれよ」

「もう二百渡してあるぞ」

「こいつは最新の情報だ」

「この前の情報が真新しかったようにか、えっ? ファイルに記録はないし、街でもまだ探し出せないんだ」

「たぶん、違う通りを探しているんじゃないか」

「じゃあ、今度の情報がなぜ信じられるのか教えろよ」

「もちろんだ、おやじさん。第一に、彼女はオペラ歌手だ。第二に……」

「彼女が何だって？」

「オペラ歌手だ。実は、今クラレンドン・ホールでリサイタルをやっている。クラレンドン・ホールは知ってるかい？」

「正月頃、テロリストにやられたところか？」

「その通り」

「そこで歌ってるのか？」

「たった今な」

「ありがとう」オリーが言った。「じゃあ、名前を聞く必要なんかないな」

「うまくやりやがったな、デブ野郎」ドナーは言って、ピザにかぶりついた。


オリーが、その晩十時三十分にクラレンドン・ホールに着いたとき、ヴェロニカ・ダレサンドロはまだステージに立っていた。彼は、支配人に警察の身分証明書を見せ、ミス・ダレサンドロの舞台が終わったら、緊急に話さなければならないことがあると言った。支配人は、またもやテロリストの攻撃かと思った。

イスラエルのバイオリニストが、去年の十二月にここで自爆テロで殺されて以来、この市では誰も彼もが不安でピリピリしている。世界貿易センターのテロも、あまり役立たなかった。国防総省で起きたことも役立たなかった。この国では、市民は極端に緊張している。アラブ人らしい人を見かければ、ＦＢＩを呼びたくなる。オリーは、アラブ人が大嫌いだ。同様に、ユダヤ人はむろんのこと世界中のありとあらゆる人間が嫌いだ。オリーは偏屈な平等主義者なのだ。自分と同じような顔をし、自分と同じように喋らない者は、尻を蹴っ飛ばすぐらいのことはしてやっても当たり前だと感じている。支配人は、ホロビッツといった。もしオリーがクラシックに造詣が深ければ、これは大いなる偶然と思っただろうが、あいにく何も知らなかった。彼が知っているのは、金貸しのユダヤ人の名前だけだった。だから、ホロビッツも、舞台裏に行くのに入場料を取るのじゃないかと思った。ところが、そのままオペラ歌手の楽屋に連れて行ってくれたのには驚いた。

ヴェロニカ・ダレサンドロは、マルクス兄弟の映画に出ていたジェラルディン・デュモンとかいう女に似ている。鳩胸に真珠をぶら下げ、髪を頭にぴったり刈り込んで昔ボブと言われた髪型にしている。彼女の年齢にしては可愛らしい顔立ちだ。オリーは、聞いてもいなかったのに、彼女の歌を大いに楽しませてもらったと言い、それから、アーヴィング・シュタインというユダヤ人の質屋から黄褐色の豚革のアタッシェケースを買わなかったかと聞いた……

「まあ、そうなのよ」彼女が言った。驚いて目が大きく見開かれている。

オリーは、俺に感心したな、と思った。

「申し上げにくいんですが、ミス・ド・ラ・サンドリ」彼が言った。「そのケースは盗まれたものでして……」

「そんな！」彼女が言った。

「はあ、でも、そうなんです」彼が言った。「四月二十二日、あなたが購入された前日に起きた自動車のウインドウ破り事件で、捜索されている証拠品なんです」

「あらまあ」彼女が言った。

「申し訳ありませんが、そのケースを返還していただかなければなりません」オリーが言った。「もしや……」

「でも、お金を払ったのよ！」

「七ドルですね、私が間違ってなければ」

彼はすでに財布の方に手を伸ばしていた。

「ええ、七ドルよ」彼女はびっくりして頭を振った。

オリーは、彼女がまだ俺に感心していると思った。

「担当部署は、返還された証拠品の弁償をすることになっています」彼はそう言ったが、嘘だった。「ケースはここにお持ちですか？」

「ええ。楽譜を入れるために買ったのよ。楽譜を入れて持ち歩いているわ」

「ぴったりの使用法ですな」オリーは言って、一ドル札を七枚数え、彼女に渡した。「あまり触ってなければいいんですが。指紋を探しているんで」
「あらまあ」彼女がまたもや言った。
「ええ、まあ」オリーは言って、心を込めて微笑んだ。
「ケースをいただけますか」

喜びの河下着工場《レヴ・デュ・ジュール・アンダーウエア・ファクトリー》は、ずんぐりとしたレンガの建物で、ダウド河沿いのリバービュー・プレースに並んで立っている、同じようだけれどももっと背の高いビルの間にあります。本部長殿が多くの言語に堪能でいらっしゃることは存じています。ここは多くの絶望的《デスペレイト》言語、あるいはいろいろな《ディスペレイト》言語を持つ虹の連合都市ですから。しかし、この市にはびこっているスペイン語の〝レヴ・デュ・ジュール〟が、翻訳されるとどうなるかご存じないかもしれませんので、ちょっとだけお手伝いさせてください。

〝レヴ・デュ・ジュール〟は〝喜びの河〟という意味です。

この建物に近づいていく時思ったのですが、建物の所有者は、工場が河に近いところにあるからこの名前をつけたのでしょう。しかし、これはただの推測ですし、刑事は推測するために給料をもらっているわけではありません。しかも、誰も、スペイン系の人でさえ、何百万年たったとしても、ダウド河を〝喜びの河〟などとは決して思わないでしょう。セント・パトリックス・デーのアイルランド人――悪く思わないでくださいね、本部長殿、ちょっと暗喩を使っただけです、それとも直喩だったかしら――よりももっと汚れているのですから。

短い黒の巻き毛と濃茶の目をした若い女が、受付の机の後ろに座っていました。彼女はブラをつけていなかったのでびっくりしました。ここは下着工場ですもの。申し上げなければなりませんが、近頃では若い娘がぴったりのブラを見つけるのはとても難しいのです。だからきっと机の後ろの若い女もブラをつけていなかったのでしょう。コツは、胸を持ち上げると同時に支え、しかもブラをつけてないように見せることです。

同時に、あまり中身が見えてもいけません。つまり、外側の衣服から乳首などが透けて見えてはいけないのです。こんなことをいうと、つまらない女のおしゃべりと聞こえるかもしれませんが、信じてください、私も、非番の時間の半分を、自分の小さくもない胸を包むぴったりしたブラを探すために使っているのです。私が申し上げたいのは、机の後ろの女は、ブラをつけていないか、つけているようには見えないとてもいいブラをつけているかのどちらかだということです。

私は自己紹介をして、この工場の所有者に会わせてもらえるかと聞きました。

「もちろんですわ《メィ・ウィ》」彼女は言いました。フランス語だったらしいので、この会社の名前がスペイン語だと思っていたものだから驚きました。「よろしければ、お座りになって」

ご理解頂けると思いますが、RUFの応接室は、ブラやパンティやガーターベルトやスリップやキャミソールなどを着たマネキンが飾られています。赤や黒や白やブルーやピンクのメリーウィドーを着ているマネキンもあります。紫のものまであるんです。私はソファに腰を掛けました。その後ろの壁には、部屋に並べてあるマネキンが実際に着ている商品を身につけたモデルの等身大の写真がかかっていました。要するに、私はその時、言ってみれば、女性の肉体美とめくるめく女性らしさの海に取り囲まれていました。この女たちはほとんど何も身につけていないか、まるっきり着ていなかったので、刑事部屋の同僚だったらみんな頭を振り向けたことでしょう。時々、私は自分が女性であること、そして簡単には心を乱されないことを感謝します。本当です。

私がここに来たのは、本名でないミスター・マーサー・グラントがなぜRUFなどという問題を持ち出したか調べるためです。RUFとは自らを革命統一戦線と呼んでいるアフリカの団体を指すものだと、私は信じていることになっています。しかし――モーティマー・〝ニードル〟・ループという人物のおかげでわかったのですが——実は、喜びの河下着工場《レヴ・デュ・ジュール・アンダーウエア・ファクトリー》というスペイン系の下着会社のことを指すのです。私がここに来たのは、この工場の所有者が本名ではないマリー・グラントの失踪および殺害の可能性について、あるいは彼女と夫のいとこ——アンブローズ・フィールズという名はやはり偽名です——との関係について何か知っていないか探るためでした。

手短に言わせていただけば、私は真相《ボトム》に近づきつつあるという感触に興奮を覚えました——私の後ろにかかっている写真の女がひものようなビキニ姿で腰から身体を二つに折り、大勢の男を誘惑するような姿勢でお尻を晒しているからといって、シャレを言うつもりはありません、本部長殿。

誓ってもいいです、受付嬢は確かに「マーサーがお目に掛かります、マダム」と言いました。

しかし、間違っていました。実際には「ムッシューがお目に掛かります、マダム」と言ったのでした。

彼女が示した赤いドアは、白のキャミソールと白のレースのパンティをはいた非常に背の高い脚のきれいなブロンドの写真と、黒のブラと黒のレースのパンティをはいた非常に背の高い脚のきれいなブルネットの写真の間にありました。私はドアを開け廊下に入りました。そこには、ランジェリーや薄ものをまとった同じようなモデルの同じような写真が掛かっていました。私は廊下の突き当たりのもう一つの赤いドアまで行き、ノックしました。

聞いたことがあるような声がしました。「はい、どうぞお入りください」

ドアを開けると、目の前にムッシュー・マーサー・グラントがいました。

彼は、金とダイヤモンドの前歯を見せて、ニヤリとしました。

「やあ、ワッツ刑事」彼が声高にいいました。「またお目に掛かりましたね」

その時です。何者かが非常に硬いもので私の後頭部をなぐり、私は、真っ暗闇の海を忘却の彼方へと沈んでいったのです。

彼女が書いたのはここまでだった。

とエミリオは思った。

月曜日の朝、市一帯にサーッと雨が降り、その後に虹が架かって市民を驚かせた。彼らは目で虹のアーチをたどった。ピカッと光るものが見つかれば、虹の先端には金の壺があるというのだ。オリーは虹を見て、幸先がいいと思った。きっと、アタッシェケース中に指紋が見つかるだろう。きっと、その指紋のいくつかはエミリオ・ヘレーラのものだろう。そして、きっと男兼女の売春婦兼こそ泥はとっくの昔に法律に触れるようなことをしているだろう。つまり、ヘレーラには犯罪記録があるだろう。ヘレーラの最新の住所もわかるだろう。

オリーはすぐ、指紋の中にヒットするものがあるか自動指紋照合課に問い合わせた。まず、オリー自身の指紋がケースに付いていて、システム・チェックにかかった。当然だ。俺は警察官なのだからな。ヴェロニカ・ダレサンドロの指紋も、ファイルにあった。彼女は居住外国人で、移民帰化局はグリーンカードを発行する前に彼女の指紋を採ったのだ。

トーマス・キングズレーという人物と一致する指紋が出た。彼は、湾岸戦争の時、米国陸軍に従軍している。ホール・アベニューのグッチ店への電話で、彼がケースをオリーの妹に売った男だと確認された。

イザベラ・ウィークスについては何も出なかった。ありがたい。アーヴィング・シュタインについても何も出なかった。最悪は、エミリオ・ヘレーラにも何もなかったことだ。その男は——本人は女と言うだろうが——きれいだったのだ。

オリーは、自分のことを一匹狼と考えるのが好きだ。それどころか、心に描いているのは夜の肉食動物。非常にかっこよく、スマートでしなやかなだ。彼は他の連中と一緒に仕事をしたいと思わない。おそらく、そういった連中も自分と一緒に仕事をしたくないことを知っているからだ。

なぜかというと、この世の大部分の人間どもは、特に法の執行者は、オリーが自分の最も素晴らしい特性だとみなしている真っ正直な性格を受け入れることができないからだ。これはまったくもって残念なことだ、本当に。もし、あの連中が、彼の虚心坦懐という特別かつ賞賛に値するブランドとうまくやって行けないなら、屁でもこいてやれ、そしてあばよだ。

しかし、署内の連中との付き合いを余儀なくされるときもある。たとえば、凶器の製造番号を浮き上がらせるためにホーガンだったかローガンだったかの助けを必要としたときがあった。二人のアシスタント、パンチョとパブロのことはどうでもいい。

今回もそういうときだった。

そこで、彼は、風紀犯罪取締班のジミー・ウォルシュに電話を入れた。

同じ月曜日の朝、キャレラとクリングは、もう一度ジョシュ・クーガンの話を聞きに行った。今回は、若者偏重のレスター・ヘンダーソン議員のオフィスにいた。ヘンダーソン自身どうも若者好みだったらしい。クーガンは悩みをかかえているようだった。亡くなった議員のオフィスでは誰もが悩んでいるようだった。ああ、気の毒だな、とキャレラは思った。

「ちょっと気付いたんだが、あの朝ホールにいた人たちの中で、何が起きたのか全体像を一番よく摑めたのは、君ではないかと思ってね」彼が言った。

「どういう意味ですか？」クーガンが怪訝そうな顔で言った。「全体像って？」

「銃撃が始まったとき、君はバルコニーにいた。下で起こっていることは何でも見えたはずだ」

「それなら、ブースにいたやつにも見えたはずです」

「彼はフォロースポットに専念していた。仕事があった。君はただ見ていただけだ」

「いや、僕は音響をチェックしていました」

「それって何をチェックするのかな？」

「音量とか、音の明瞭さとか」

「耳を必要とした。そうだろう？」

「そうか。刑事さんの言うことがわかりました」

「じゃあ、あの朝見たことを話してもらおうか」キャレラが言った。

クーガンの記憶によれば、あの場はみんなが興奮してざわざわしていた。というのは、ヘンダーソンがその晩の集会で市長選出馬を表明するだろうと誰もが思っていたからだ。彼が週末をずっと州北部《アップステート》で過ごし、知事の取り巻きやホワイトハウスの人たちと会っていたというのは、秘密でも何でもなかった……

「それは知らなかったな」キャレラが言った。

「とにかく、そういう内部情報があったんです。あそこにいた連中はみんな彼の味方っていうのが僕の印象なんだ。だから、当然……」

もしヘンダーソンが市長選出馬を表明するのなら、なにもかもきちんと整えたいというのが全員の思いだった。チャック・マストロヤンニとは以前一緒に仕事をしたことがあるから、信頼していた。愛国的で党派心が見えるように適当に会場を飾り付けてくれるはずだ。それにもかかわらず、ヘンダーソンは舞台の上をせかせか動き回って、部下に幔幕にもっと深くひだを入れるように指示したり、アメリカ国旗が元気にはためくように扇風機の設置箇所を監督したりしていた。クーガンは、バルコニーに座って、マストロヤンニの音響係が演壇の後ろのマイクに向かって同じ文句を何度も繰り返している間、ホールのあちこちに取り付けたスピーカーから聞こえてくる声に耳を傾けていた。あれは、きっと十時十五分か二十分頃だったろう。みんなは九時か九時少し過ぎ頃からずっと仕事をしていた……

「ヘンダーソンがホールに着いたのは何時だったかね？」キャレラが聞いた。

「九時半頃です」

「一人で？」

「どういう意味ですか？」

「誰かと一緒だったかね？」

「いや、一人でした」

「わかった。それで十時十五分頃だが……何が起きたんだね？」

「ええと、ミスター・ヘンダーソンは自分が登場するところのリハーサルをやっていて……」

……舞台の左から演壇に向かって歩いてきて、その間ずっとフォロースポットが当たっていて、その晩やる通りに挨拶の手を挙げて、演壇のところで立ち止まって、正面に向きを変えようとしたその時、銃弾が飛んできた。続けて六発、バン、バン、バン、そして、ヘンダーソンが倒れていって、まるでスローモーションのようで、彼が倒れていく間もフォロースポットが当たっていた。マストロヤンニが怒鳴った。「スポットを消せ」それでもブースの男がぐずぐずしていたから、彼がまた怒鳴った。「スポットを消せっていったら消すんだ」。それでライトが消えた。アランが「そいつを止めろ！　そいつを捕まえろ！」というようなことを叫んで舞台の右手に走っていき……

「そこは聞いてなかったな」

「そう、彼はマストロヤンニと後からついてきた職人たちと一緒に走っていった。僕は何が起きたか気がつくと同時に、下に降りていった。舞台に着いたときにはアランと他の連中も戻ってくるところだった。狙撃犯は跡形もなく消えてしまったんだ」

「どこを探したんだね？」

「建物の中だと思うけど。どこだろう。本当に知らないんだ。聞きもしなかった」

「君は狙撃犯を見なかった、そういうことだね？」

「弾が舞台のどっち側から来たのかさえわからなかった」

「舞台右だ」キャレラが言った。「それはわかっている。君はそこの袖に立って撃っている人物を見なかったということだね？」

「全然。僕は、マイクの後ろの音響係を見ていたから」

「それからどうなった？」

「大混乱。誰もが一斉に叫びだした。アランが警察に電話するように言ったけど、僕はもう電話していた……」

「八八分署に電話したのは君なのか？」

「いいえ、違います。僕たちがどの分署にいるかわからなかったから。九一一にかけました」

「それはいつ?」

「下に降りて、ミスター・ヘンダーソンが死んでるとわかった時です。自分の携帯から電話しました」

「他の人たちはどこにいたのかね?」

「まだホールにいて、撃ったやつを探し回っていた。実は……」

クーガンはためらって頭を振った。

「何だい?」キャレラが言った。

「アランがかんかんに怒ったんだ、僕が相談もしないで電話したって。僕に言わせれば、男が倒れて死んでいる、セーターは血だらけ、それなのに、なぜ警察に電話するための許可をもらわなければならないのか、ということですよ」

「彼は何と言ったんだね?」

「これは非常にデリケートな問題だから、僕が勝手な行動をしてはいけなかったと言いましたよ。僕は言ってやったんです、どうしていいかわからなかったけど、死人が出たんだから、すぐに警察に通報しなきゃならないと思ったって。いずれにしても、もう遅いって感じでしたね。俺に向かって怒鳴り終わるころには、警察はすでに来てましたから」

「君に向かって怒鳴ったのかい?」クリングが聞いた。

「彼は気が動転していた、そういうことにしておきましょう。撃ったやつを探そうとして必死にそこら中を走り回っているというのに、反抗的な小僧っ子が勝手なことをしたってわけですよ」

「彼は君のことをそう呼んだの?」キャレラが聞いた。

「反抗的な小僧っ子って」

「いや、それは僕が言ってるだけです。でもたぶん、そう思っていたんじゃないかな」

「駆けつけた警察官には話をしたかね?」

「ただ、九一一に電話したのは自分だと言っただけです。警察官は、ほとんどの時間、アランと話をしていた。とにかく、刑事たちがやってくるまでは」彼は一瞬ためらってから言った。「あの目撃者から、あれ以上何も聞いてないんでしょう?」

「どの目撃者のことだ?」キャレラがすぐに聞いた。

「年寄りの浮浪者だけど」

「年寄りの浮浪者とは?」

「制服警官たちが冗談を言ってた浮浪者ですよ」

「冗談を言う? 目撃者のことで?」キャレラが言った。

「ええ、警官は建物の外で話を聞いた酔っぱらいのことをアランに話していたんです」

「それで、酔っぱらいのどんなことを?」

「そいつは、何者かが路地から走って出てきたのを見たと言ったんです」

「そいつが何だって?」

「そいつは見たんです……」

「目撃者は、何者かが路地から走り出てきたのを見たんだな?」

「とにかく、制服警官はそう言ってた。でもそんなはずはないんですよ」

「そんなはずはないとはどういう意味だね? なぜだね?」

「だって、男が出てくるのを見たという路地は、ホールの向こう側にあるからですよ。アランはすぐに、そんなことあり得ないと言った。殺人犯をホールのこっち側でずっと追いかけてたんだから」

キャレラは、銃もホールの向こう側で見つかったんだと考えていた。たぶん、殺人犯はマジシャンだろう、あるいは、殺人ともなると舞台の右左というのは意味がなくなるのかもしれない。

「ご苦労様」彼が言った。「時間をとってくれてありがとう」

15

警察官パトリシア・ゴメスは考え続けていた。ホールの舞台右手の袖から撃った人物は、どうやって舞台左手の外にある路地の下水に凶器を捨てることができたのだろうか？　そうするには、この人物は舞台を横切らなければならなかったのではないか？　それなら、舞台を横切るところをホールにいた誰かに見られたのではないだろうか？

パトリシアは舞台右手の外側にあたる路地に立っていた。理論通りにいけば、殺人犯はホールからここに出てくるはずだ。ところが、困ったことに、警察の仕事をしていると、論理的でも合理的でもないことにしょっちゅう出くわすのだ。彼女は警察官になってまだ四カ月だが、それだけの間に、まったく非論理的かつ不合理なことをあまりにも多く見たり聞いたりしてきた。だから、こんなことなら消防士になった方がよかったと思うこともあった。消防士は、この市のリバーヘッド地区に育ったプエルトリコ人の娘に与えられた選択肢の一つだった。

初出勤の日、パトリシアは真新しいオーダーメイドの制服を着て巡回していた。十一歳の少女がゼリーアップルを食べながら、食品雑貨店から歩道に出てきたちょうどそのとき、麻薬取引の縄張りを巡って対立していた二組のギャングが銃撃戦を始めた。少女は十字砲火に巻き込まれた。パトリシアが現場に着いたとき、少女の血が新しく積もった雪を染め、祖母が少女を腕に抱きしめ泣き叫んでいた。

「アデリア、死んじゃだめ！　アデリア！　アデリア！」

しかし、少女はすでに死んでいた。

パトリシアは、これを不合理かつ非論理的だと思った。

巡査部長は言った。「慣れるよ」

その後何カ月かの間に、彼女は顔に大きな穴を四つも開けた男を見た。隣の女と寝ているところを見つけた妻が撃ったのだ。母親が女友だちと映画に行っている間、一人ベビーベッドに置き去りにされた赤ん坊が、顔をネズミに食いちぎられているのも見た。マクドナルドの店に突っ込んだ車から出られなくなった女も見た。その時は、緊急任務隊の男たちが車を切断して、骨が折れつぶされて血だらけになった女を引き上げるのを見守った。彼女は不合理だと思った。非論理的だと思った。

そして、つい二週間前も、彼女は同じことを思った。七十五歳の老人が何者かに喉を掻き切られ、犯人はまだ捕まってないのだ。しかも、そいつは老人の財布をすっかり空にすると、まだ彼の血が赤く流れている溝に捨てたのだ。パトリシアは老人の傍らに膝をついて「だいじょうぶよ、頑張って」と言ったけれど、もちろん老人は死んでいて、頑張るもなにもなかった。何もかもまったく不合理で非論理的だった。

彼女は一人で路地に立ち、人を撃って犯行現場から逃げるということはどういうことなのか、理解しようと努めていた。舞台の右手から撃てば、舞台の右手に逃げる。混雑したホールを横切って舞台左手から脱出し、ホールの反対側の下水に凶器を捨てるようなことはしない。そんなことはしっこない。この四カ月の間に、非論理的で理屈に合わないことをたくさん見てきた。でも言わせてもらうけど、もし私が人を撃ち殺したのなら、そんなことはしない。

私だったらどうする？　彼女は自分に問いかけた。

そこのドアを通って出てくるわ。そして手には凶器を持っているだろうから、すぐさま一番都合のいいところに捨てる。ということは、すぐそこの配水管の下の下水になるわ。でも、違ってた。殺人犯はこの建物の向こう側に行ってそっちで銃を捨てた。理屈に合わない。銃はこっち側になきゃならないはず。

ただし。

まあ、これはただの仮定だけれど。

でも、仮に共犯者がいたら？　仮に二人の人間がからんでいるとしたら、理由はともあれ、議員に死んでもらいたいと思っている人間が二人いたら……ええと、警察学校では、殺人には理由は二つしかないと教わった。愛かカネ。だから、女を捜せ《シェルシエ・ラ・ファム》、ハニー、さもなくば、カネを追いかけろ。なぜなら、それだけ知っていればいいんだし、それ以上知る必要もないのだから。

仮に私が舞台右手から撃ったとしたら……

……そして、銃を共犯者に渡す。共犯者はこの建物の左側のドアから出ていき、そこで銃を捨て……

その間に……

ええと、ちょっと待って、と彼女は思った。

いいや、これでいいんだわ。その間、私はホールの右手にいるけど、銃は持ってない。ゆっくりとホールから離れて通りに出る。人目を引くものは何も持っていない。銃も何も持ってない。あんたこの事件を解決したじゃない、パトリシア！

そうだとしても、なぜ誰も私を見てないの？　彼女は自問した。

六発も発砲して、誰も私を見てないの？

この場所では、いったい何回くらい人が撃たれたのかしら？

いいわ、たぶん、舞台にいた人は誰も私のことがよく見えなかった。なにしろ私は袖にいたんだから。それに大混乱だったはず。誰かが殺されたんだから。だけど、舞台を降りたところ、舞台裏っていうのかしら、そこだったらどう？　箒やモップを持って立っている人がいなかったの？この建物の中には私がその場を離れるところを見た人がいなかったの？——左右どっちから出ていこうがかまやしないじゃない？——私が犯行現場を離れるところを誰も見ていないの？

オリーは、ここで働いている人に尋問しなかったのかしら？

ここで働いている人は、一人残らず尋問したに決まってるわ。彼は立派な警官だもの。というか、立派な警官だと思うもの、私はただの新人だから、何もわかんないけど。それに、巡査部長がそろそろ疑い始めるわ、非論理的な理屈に合わない殺人事件がいつ起きるかもしれないっていうのに、どうして私が今巡回してないかって。

彼女は腕時計を見た。

もうすぐ昼食の時間だった。

彼女は決心した。電話をして、これから休憩を取ると言っておこう。

それから、軽い昼食をとる代わりに、二十分かそこらキング・メモリアルに行ってみて、管理人が見つけられるかどうかやってみよう。

その昔、妹が、自分たちが受け継いだものの中にはアイルランドの血も少しばかり入っているかもしれないと言ったことがある。しかし、オリーは、アイルランド系の連中なんかは余り好きではなかった。それよりも、イギリス貴族の末裔だと思う方が気に入っていた。彼は、自分の祖先がイギリスのノルマン時代まで遡れるのは確かな事実だと思っている。そのころ——ドゥームズデーブック（ウイリアム一世が一〇八六年に作らせた土地台帳）によれば——ヘースティングズ男爵領の領主が、ワイクス（Wikes）というところの騎士の領土を占領した。オリーは、そこを町だと想像している。町以外にいったい何が考えられる？　ワイクス（Wikes）は、オリーの名の〝ウィークス（Weeks）〟の分家筋に過ぎない。Weackes とか Weacks とか Weakes とか Weaks なんかも同じ分家筋だ。その意味では Weekes も分家筋だ。もちろん、ワイクス（Wikes）という名前の連中は連中で——山ほどいるんだが、どうか俺に手紙なんか書かないでくれ——ウィークスのことを自分たちの名前の分家筋だと考えている。アン（Anne）という名前の連中は自分が本家でアン（Ann）を分家筋だと考え、その逆のことは考えないのと同じだ。まったく、世の中はくだらん連中で溢れ返っている。

彼の妹——自分が暗い人間なものだから何時も世の中の暗い面ばかり見てるアホなやつ——は、もったいぶるのはおよしなさいと言った。なぜって、一五九六年、サフォーク州ウォルバースウィックに、ロバート・ウィークスなる人物が住んでいたけれど、その人は商人に過ぎなかったという確かな証拠があるからというのだ。その上、彼女はその商人の印を調べ、オリーのために見本を刺繍してくれた。彼はそいつを浴室の便器の上にかけてある。

「Wの字が、どんな風にデザインに組み込まれているかよく見てね」彼女が言った。アホなやつ。ある年のクリスマス、彼女はその見本の刺繍を額に入れてくれたのだ。盗まれたアタッシェケースと同じで、何の価値もないプレゼントだ。そもそもが、このケースのために、彼はウォルシュのようなアイルランド人に会いに来なければならなかったのだ。

彼は、大好きなアイルランド人のジョークでウォルシュに挨拶した。

「二人のアイルランド人が、バーから歩いて出てきたんだってさ?」彼が言った。

「それで?」ウォルシュが期待でニヤニヤしながら言った。

「そういうこともありうるな」オリーが言って、肩をすくめた。

ウォルシュの顔から笑いが消えた。たぶん、ウォルシュは、アイルランド人が年から年中酔っぱらっているのを揶揄されたと思ったんだろう。いいさ、冗談を笑って受けられないなら、屁でもこいてやる。

「エミリオ・ヘレーラという女装の売春婦を捜しているんだ」彼が言った。「通り名はエミー。ピンと来ないかな?」

「俺は、まだあんたのジョークとやらを考えているんだ」ウォルシュが言った。

彼はおそらく六フィート二か三インチ。大男の赤毛のアイルランド人で、こめかみがグレーになりかけている。広い肩、樫の木のような腕、右手で抜きやすいようにグロックの床尾が左側のショルダーホルスターから突き出ている。この明るい四月の朝、彼はシャツ姿だった。袖をまくり上げ、襟のボタンをはずし、ネクタイをずり下げている。ウォルシュのやつは自分がテレビの刑事のように見えるはずだと思っている、とオリーは思った。テレビの刑事は、自分が本物の刑事のように見えると思っている。が、実はそうではない。困ったことに、本物の刑事は、テレビを見てテレビの刑事のように振るまい始め、テレビの刑事は刑事で、本物の刑事がやっているだろうと思うように演技しているのだ。悪循環だ。オリーは、自分が自分らしく見えるのを嬉しく思った。

「ジョークのことなんか、気にするなよ」彼は言った。「それから、自分が本物の刑事であるばかりでなく、本物の作家でもあるため付け加えた。「ジョークは、真実の民間伝承なんだ」

「ということは、二人のアイルランド人がバーから歩いて出てこられないというのは真実なのか？」ウォルシュが聞いた。

「そういうこともあるだろ」オリーは言って、またもや肩をすくめた。

「そこが、このジョークの気に障るところなんだ」ウォルシュが言った。「その〝そういうこともあるだろ〟という言いぐささ。その次に肩をすくめるだろ。それは要するにこういうことを言ってるんだ。つまり、二人のアイルランド人がバーからちゃんと歩いて出てこられるというかすかな可能性はあるが、ジョークの語り手はこれまでの人生でそんな現象を一度も見たことがない。しかし、だからといって、それがありえないわけではない。二人のアイルランド人が千鳥足だったり、酔っぱらって倒れたりする代わりに、ちゃんと歩いて出てこられる可能性もある、とジョークはそう言ってるんだ」ウォルシュは、幾分興奮して結論づけた。

「うーむ、そうかね？」オリーは、驚いて頭を振った。

「俺はそんなふうに考えたこともなかったね。ところで、このヘレーラというやっこさんを探す手伝いをしてもらえるのかな？」

パトリシアが話を聞いた男は、ブラニスラフ何とかというセルビア人だった。ラストネームは聞き取れなかった。母音が入ってない何とかいう名前だった。この男がこのホールで働きはじめたのは去年の十二月で、ちょうどパトリシアがパトロールを始めたころだ。

「あんたが巡回してるの見たことがあるな」彼がニヤニヤ

しながら言った。歯が悪く髪の毛もまばらだ。彼女は、五十歳ぐらいだろうと思ったが、後でたったの四十一と聞いてびっくりした。ステキなブルーの目をしている。彼は話をしている間中ニコニコしていた。アメリカが爆弾を落としたときは、コソボにいたと彼は言った。「アメリカ人が悪いとは思ってないよ。悪いのはアルバニアの野郎たちだ」

「月曜の朝は、ここにいました?」彼女が聞いた。「議員が殺されたとき?」

「フーッ」彼は言って、ブルーの目をぐるっと回した。

「何という事件だ!」

「あなたは、どこにいました?」彼女が聞いた。

「トイレですよ」彼が言った。「トイレを磨いてたんだ」

「トイレは、舞台の近くにあるの?」

「近いのもあれば、そうでないのもあるさ」彼が言った。

「俺が議員を殺したとでも思ってるのかね?」

「いいえ、違うわ。ただ、舞台から逃げていく人を見たかどうか知りたいだけ」

「誰も、見なかったな」

「銃を持ってる人よ?」

「見なかったな。誰も見なかった。床にモップをかけて、窓を洗って、トイレや洗面台や何もかも磨いて新品のようにピカピカにしていたから」

「トイレには、窓があるかしら?」パトリシアが聞いた。

「窓があるのは、二カ所だ」彼が言った。「新鮮な空気を入れるためなんだ」

「そのトイレを見てもいいかしら?」

「どっちも男性用トイレだがな」

「かまわないわ」彼女が言った。「警官ですもの」

パトリシアが八歳で、サンファンの祖父母を訪ねた時のことだった。ある晩、父親が大きなホテルのショーに連れて行ってくれた。ショーが終わったとき、彼女はトイレに行きたくなったが、いつものように廊下には女たちの長い列ができていた。男性用トイレから出てきた父親は、彼女がそこに並んで足踏みしているのを見て言った。「ついておいで、こっちはからっぽだ」。そして彼女を男性用トイレに連れて行くとドアの前に立って、彼女がおしっこをしている間、誰も来ないように見張っててくれた。その時初めて小便器を見た。

　次に小便器を見たのは、つい先週ファーリーと一番街の角にあるソニー劇場でだった。そこで何者かが男性用トイレで少年からカネをまきあげ、顔を殴ってその顔を小便器に突っ込んだのだ。彼女が銃を抜いて駆けつけたとき、そこには血と小便が流れていて、犯人はとっくに消えていた。スクリーンではハリーポッターが上映されていた。

　ブラニスラフが案内してくれた最初の男性用トイレは、舞台右手のすぐ傍にあった。そこの小便器は彼が言ったようにピカピカに磨かれていた。石目をつけたガラス窓がトイレの突き当たり、小便器の反対側の壁にあり、窓が大きく開いていた。隣の壁には、ハンドドライヤーがかかっている。パトリシアはハンドドライヤーが嫌いだ。もっとも、好きな人なんていたためしがない。彼女の考えでは、ハンドドライヤーは手を乾かすためではなくて、ペーパータオル代を節約するために考え出されたのだ。彼女は窓のところに行って、身体を乗り出して外を見た。

　彼女が見たものは、この建物の背後を右から左に走っている通気孔のようなものだった。

　共犯者説もこれまでだわ、と彼女は思った。


　その月曜日、ポートレスとドイルがオーケー・ダイナーから出てきたところをキャレラとクリングが追いついた。彼らは、この二人の刑事がキング・メモリアル殺人事件でここまでやってきたことを知って驚いた。その時までデブの刑事がこの事件を捜査していると思っていたからだ。

「ウィークスは、手を引かれたんですか？」ポートレスが聞いた。「どうかしたんですか？」

「いや、一緒にやってるんだ」クリングが言った。

「お宅たちは、内務調査員じゃないでしょうね？」ドイルが聞いた。

「いや、つまらん殺人事件を捜査している、正直でまっとうな法執行官にすぎませんよ」キャレラが言った。

　ドイルは、冗談かどうかわからずにキャレラの顔を見た。

ポートレスも冗談かはっきりわからなかった。内務部が囮を送ってくることがあるからだ。

「それで用件は？」彼が聞いた。

「あの建物の外の路地で、浮浪者の話を聞いたそうだが」キャレラが言った。「間違いないね」

「ええ、ベトナム退役軍人だって言ってました」

「名前を聞いたかね？」

「いや、老いぼれの酔っぱらいだったから」

「老いぼれってどのくらいの年かね、ベトナムに行ったって言うんだろう？」クリングが言った。

「まあ、老いぼれに見えたんですよ。そうしておいてください」ドイルが言った。

「名前を聞いたかね？」

「いや、あいつは酔っぱらっていたし、武器も見てません。どうして大騒ぎしてるんです？」

「お前さんは名前を聞くのが面倒くさかったんだろう？」クリングが言った。「目撃者なのに」

「老いぼれの酔っぱらいですよ」ドイルが言い張った。

「それに」ポートレスが言った。「テレビ局の女が聞いてますよ」

「何を聞いたんだ？」キャレラが言った。「どこのテレビ局だ？」

「彼の名前ですよ」ポートレスが言った。

「彼は放送許可書にサインしなきゃならなかったんです」ドイルが言った。

「女の名前は？」クリングが聞いた。「テレビ局の女だ。彼女の名前はわかってるだろうな？」

「もちろん」ドイルが顔を輝かせて言った。「ハニー・ブレア。チャンネル4・ニュースの。誰だってハニー・ブレアなら知ってますよ」


キャレラは、刑事部屋に帰るとすぐ彼女に電話した。留守電だった。

「ミス・ブレア」彼は言った。「こちらはスティーヴ・キャレラ刑事です。たぶん覚えていらっしゃらないと思いますが、クリスマスのころグローヴァー・パーク動物園でお会いしました。女とライオンの事件ですが、覚えていらっしゃいますか？　実は、レスター・ヘンダーソンが射殺された日に、キング・メモリアルの外であなたが話を聞いたというベトナム退役軍人の名前を知りたいのです。現場に駆けつけた巡査の話ですと、その男は放送許可書にサインしたということです。彼の名前を教えて頂けると大変助かります。フレデリックの七八〇二四にお電話下さい。では」

彼女は十分後に折り返し電話してきた。

「まあ」彼女が言った。「キャレラ刑事ね」

「やあ、ミス・ブレア、嬉しいですな……」

「ハニーと呼んでくださいな」彼女が言った。

「折り返し電話をくれて、ありがとう、ハニー」彼が言った。「そんなにお時間をとらせません。知りたいのは……」

「私なら、いくら時間がかかってもいいのよ」ハニーが言った。

「知りたいのはその男の名前だけで……」

「クラレンス・ウィーヴァー。住所はハックスレー・ブルバード七〇二番地。電話番号はわからないわ。他に何か？」

「今のところ、何も」彼が言った。

「何か思いついたら、また電話してね」ハニーが言った。

電話にカチッという音がした。

彼は、受話器を見た。

入り口のドアに掛けられた手書きの木札にはＤＳＳハックスレーと書かれてあった。ＤＳＳは社会事業局のことだ。ハックスレー・ブルバードは、かつては木々が立ち並ぶ散歩道で、両側には優雅なアパートが並んでいた。今も木々は残っているが、アパートは市の管理下に置かれ、福祉住宅となっている。ハックスレー七〇二番地は、昔は映画館だった。七年前この建物をホームレスのシェルターにしたときに、椅子は取り払われた。ヘンダーソンが殺害された一週間後の月曜の午後、ここでクラレンス・ウィーヴァーを見つけた。

シェルターには八四七台の簡易ベッドが置いてあった。

ウィーヴァーは三一二番のベッドで、手を頭の下に回し、目を閉じて横になっていた。カーキ色の作業着にカーキ色のタンクトップの下着を着ている。靴とソックスは脱いでいた。足は汚れ、指の間には垢がこびりついている。くるぶしは街を歩いていたときについた汚物でうす汚れていた。

そっと、キャレラが声をかけた。「ウィーヴァーさんですか？」

彼はまっすぐに座り、目をパチッと見開いた。本当にベトナム戦争に従軍したにしては年を取りすぎ、か弱そうに見えた。ガリガリにやせ、髭も剃らない、歯のない黒人。腕はやせ細り、胸がへこみ、午後の二時だというのに吐く息にウイスキーの臭いがする。

「あれは何だ？」彼はいきなりそう言うと、郵便物が到着した音を聞いたかのようにあたりをやたらと見回した。

「何でもありませんよ」キャレラはそう言って、ウィーヴァーにバッジを見せた。「少しばかり質問があるんでね」

ウィーヴァーは丁寧にバッジを調べた。

「私はキャレラ刑事。こちらは相棒のクリング刑事」

彼は刑事たちを見上げ、脚をベッドの片側に回した。

「あのテレビ局は、たったの五セントすら送ってこないんだよ」彼はそう言って、頭を振った。「報奨金がもらえるかって聞いたら、ブロンドの女がどうぞ放送許可書にサインしてと言ったんだ。知ってることをみんな話したのに、誰も何も送って来ないんだよ」

「どんなことを話したんだね、ミスター・ウィーヴァー？あの朝何を見たの？」

ウィーヴァーの記憶によると、彼はキング・メモリアルの横の路地に入ろうと考えていた……

「路地は二つあるんだ」彼が言った。「一つは右、一つは左。たいてい、片方のゴミの缶にはそっち側のオフィスから出る紙や屑しきゃ入ってない。もう一つの方は、時々ソーダの瓶があるし、食べ物にありつける時もあるんだ。何かの理由でホールを使う連中が出すんだな。俺が何かめっけようと思ってそこに入ろうとしたとき、見たんだよ。若いもんがあの建物から飛び出して来た……」

「若いというと……」

「はい、刑事さん」

「どのくらい若いのかね？」

「難しいね。この頃の若いもんがどんなだか知ってるでしょうに。背が高くて、やせっぽちで……」

「背の高さは？」

「五フィート七かな？　八かな？」

キャレラは、それじゃ背は高くないと思った。クリングも同感だった。

「白人それとも黒人？」彼が聞いた。

「白人。そいつは白人だった」

「髭は剃ってあったかね？　それとも顎ひげとか口ひげみたいなものを生やしていなかったかね？」

「いや、そんなことはない。髭はきれいに剃っていたと思うよ」

「傷跡は？　傷跡に気付いたりしなかったかね？」

「いや、すごく速かったし、帽子をかぶっていたから顔が見にくかった」

「鋭は持っていなかったそうだが」

「うん。銃は持っていなかった、刑事さん。俺は軍隊にいたんだよ、ベトナム退役軍人なんだぜ。だから、武器のことなら何でも知っている。あの男は、武器を持っていなかった。俺は、テト攻勢の時にベトナムにいたんだ」

「そうですか、退役軍人さん」クリングが言った。「それでは、その男が何を着ていたか教えてもらえますかね？」

「もう他の警官に話したが、ブルージーンズにスキーパーカーを着ていた……」

「パーカーは何色？」

「ブルー。ジーンズより濃い色だ。それから白のスニーカー。帽子を目深にかぶっていた」

「どんな帽子かね？」

「野球帽だな」

「何色？」

「黒だ」

「何かついていたかな？」

「どういう意味だい？」

「チームの文字だが？」

「何のことだね」

「ニューヨークのNYとか、ロサンゼルスのLAとか……」

「サンディエゴのSDは？　それともパドレスだったかな？」

「ミルウォーキー・ブリューワーズのMでも？」

ウィーヴァーは考えている。

「フィリーズとか？」

「ロイヤルズは？」

「そんなようなのがついていなかったかね？」

「そうだ、文字がついていた」ウィーヴァーがようやく言った。

「どのチームだったね？」

「わからないね」

「じゃあ、何て書いてあったんですかね、退役軍人さん？」

「SRAだよ」


「SRAだって？」クリングが言った。

「SRAという文字ですよ、刑事さん」

「SRAか」キャレラが、繰り返した。

「確かにSFじゃないんだね？」クリングが聞いた。「サンフランシスコの？　サンフランシスコ・ジャイアンツだが？」

「さもなくばSL？」キャレラが聞いた。「セントルイス・カーディナルズの？」

「いや、確かにSRAだった。俺は偵察兵だったんだよ。ベトナムで」

「その文字は何色だったかね？」キャレラが聞いた。

「白だ」

「黒い野球帽に白い文字か」クリングが言った。「そんなのどこのチームだろう？」

「ああ、あれだ」キャレラが言った。

「何だよ？」

「スモーク・ライズ。スモーク・ライズ・アカデミーだ」

16

その月曜日の午後三時半、キャレラとクリングが車で通りかかると、スモーク・ライズ・アカデミーの裏手の運動場は空っぽだった。制服――男の子はグレーのズボンに黒のジャケット、女の子はグレーのスカートに同じような黒のブレザー――を着た少年少女が、このような大都市には珍しい田舎道をのんびりと家に向かって歩いていた。春の陽光に満ちた明るい午後、おしゃべりしたり、ふざけたり、スキップしたり、笑ったりしている。

キャレラがこの前来たときに応対した家政婦が、今回もドアを開けた。彼女は二人が来たことをミセス・ヘンダーソンに知らせると言って、呼びに行く間、丁寧にドアを少し開けておいた。三分もしないうちにパメラ自身がドアを開けてくれた。まだ黒い服を着ている。今回はセーターとスカート、それに黒のストッキングと黒のローファーを履いていた。

「何か新しいことでもわかりましたの？」彼女がすぐに聞いた。

「入ってもよろしいでしょうか？」キャレラが聞いた。

「どうぞ」彼女は言って、彼らを家の中に入れ、リビングに案内した。キャレラは前にも来たからそのリビングを覚えていた。

「コーヒーはいかがですか？」彼女が聞いた。

「いえ、結構です」キャレラが言った。

クリングは、首を振った。

刑事たちは、フランス窓と近くに見えるハミルトン橋を背にしてソファに座った。パメラは向かいの椅子に腰を掛けた。

「二度もお邪魔してすみません」キャレラが言った。「二、三、お聞きしたいことがありまして」

「私は期待していたんですけど……」

「ミセス・ヘンダーソン」キャレラが言った。「ご主人が射殺された朝、あなたがどこにいたか教えていただけますか？」

「何ですって？」

「お尋ねしていることは……」

「ええ、聞いています。弁護士を呼んだ方がいいでしょうか？」

「そうは思いません、ミセス・ヘンダーソン」

「なぜ知りたいんですの、私がどこに……？」

「いやだったら、質問に答えなくていいんですよ」クリングが言った。

「あら、そうなんですか……」彼女は言った。そして、すぐに、まったく馬鹿げていると言わんばかりに手を軽く振った。「この家にいましたわ」

「十時か十時半頃だったと思いますが」

「ええ、ここにいました。それだけですか？　それなら……」

「誰か、あなたと一緒にいましたか？」

「いいえ。一人でした」

「家政婦さんも……」

「家政婦は、月曜は遅く来るんです」

「ほう？　なぜですか？」

「月曜日は一週間分の買い物をするんです。お昼ぐらいにならないと来ませんわ」

「そうしますと、家政婦は月曜日の朝はここにいなかった、間違いありませんね？」

「間違いありません」

「奥さんは、ここに一人でおられた」

「ええ」

「お子さんたちもいなかったんですね？」

「子供たちは歩いて学校に行きます。だからここを八時半に出ますわ」彼女は腕時計を見た。「そう言えば、子供たちがいつ帰ってきてもおかしくない時間です。お帰り願えますかしら。これ以上質問がないようでしたら……」

「車の運転はしますか、ミセス・ヘンダーソン？」

「いいえ。でも免許証を持っているかという意味ですか？　それなら持ってます。でも運転はしません。この市では車を持っていませんの。夫は市議会議員でしたから、必要な時には車と運転手を用意してもらえます」

「確か、息子さんが学校の野球チームに所属しているということでしたが」

「ええ、二塁手です」

「息子さんは野球のユニフォームを持っていますか？」

「ええ、持ってますけれど？」

「野球帽も？」

「ええ？」

「SRAというイニシャルがついている黒い帽子ですか？ スモーク・ライズ・アカデミーのイニシャルですが？」

「持ってるはずですわ」彼女は突然立ち上がった。「今、子供たちの声が聞こえました」彼女が言った。「失礼ですが、帰って頂かなければなりませんわ」

　車まで行く途中で子供たちとすれちがった。

　十一歳の男の子と、八、九歳の女の子。

「こんにちは」キャレラが言った。

　二人とも、返事をしなかった。


　スモーク・ライズの門のブースには、制服を着た守衛が詰めている。守衛は、しゃべっていいのか迷っていた。

「だいじょうぶだよ」クリングが請け合った。「ミセス・ヘンダーソンが、もう話してくれたことをチェックしているだけだから」

「うーん」守衛は言ったが、すぐに気を許して有名人の気分を楽しみ始めた。

「先週の月曜日、ヘンダーソン家の家政婦がここに来たのは何時だったか教えてもらえるかね？」

「ジェシー？ 昼頃だったと思うな。月曜はいつも遅く来るんだ。買い物をしてあげるんですよ。それとも、してあげていたのか。今はどうなっているのか知らないけど」

「ミセス・ヘンダーソンは？ あの朝この団地《デベロプメント》から出かけていったかね？」

「ここは団地とは呼ばないんです」守衛が言った。

「何と呼ぶの？」

「ここの住人は住宅地《コンパウンド》と呼んでるね」

「あの朝、彼女はこの住宅地から出かけていかなかったかね？」キャレラが聞いた。

「九時頃、出かけるのを見ました」守衛が言った。

「リムジンか何かで？」

「いや、タクシーです。二、三分前に、中に入れました」

「九時頃と言ったね？」

「ええと、確かタクシーは九時五分前にここに来たと思いますよ。十分後ぐらいに出ていったんじゃないかな？　九時十五分ぐらいかもしれない。まあ、そのくらいの時間ですよ」

「イエローキャブだったかね？」

「ええ、イエローキャブでした」

「彼女が何を着ていたか、気がつかなかったかね？」

「ミセス・ヘンダーソンですか？　今言ったでしょう。タクシーの中ですよ」

「わかってるが、でも、たまたま……？」

「彼女が何を着てたか、どうして俺にわかるっていうんです？」

「でも、気がついたかもしれないだろう」

「いや、気がつかなかったな」

「タクシーの中を覗いたりしなかったわけだね？」

「しませんよ。十分前に入ってきたタクシーだとわかっていたから、門を開け、手を振って通しました」

「彼女がいつ帰ってきたか、知ってるかね？」

「ちょっと考えさせて」

「ごゆっくり、どうぞ」

「コーヒーを飲んでいたから」

「ほう」

「確か十一時か、十一時十五分頃でしょう」

「またイエローキャブだったかね？」

「ああ、だが、違うイエローキャブだった。最初の運転手は黒人だったけど、今度のはターバンを巻いていた」

「シーク教徒《シック》かね、どう？」

「いや、俺にはかなり健康そうに見えたな。ターバンを巻いた大男だった。たぶん、テロリスト、そう思いませんか？」守衛は言って、ニヤッとした。

「たぶんな」クリングが言った。「今度は、何を着ていたかわかったかい？」

「ああ、わかりましよ。ここの住人かどうか確かめるためにタクシーの中を覗きこんだからね。ミセス・ヘンダーソンだったから、通したんだ」

「それで、何を着ていたかね？」

「ラフな服装でしたよ。ジーンズにジャケットと野球帽」

「野球帽には文字がついていたかね？」

「俺には学校の野球帽のように見えましたよ。ここの学校のね？　子供たちがかぶってるでしょう？　それみたいに見えましたね。驚きでしょう？」門衛が言った。「きっと、ご主人に会いにいったんですよ。留守にしてたからね。だから、たぶん会いに行ったんですよ。そう思いませんか？」

「そうだね」キャレラが言った。

「面白いと思ってくれるんじゃないかと思って」パトリシアが、オリーに言った。彼はもちろん食べていた。彼女は食べているオリーを見るのがちょっと楽しかった。なんて食いしん坊《ガスト》。それから〝ガスト〟という言葉は、元はスペイン語だったかしらと思った。「キング・メモリアルの支配人からもらったんです。建築家が描いたあの建物の概略図です。何が何で、どこがどこだかがわかります」彼女は、図面をテーブルの自分の方に広げた。オリーは、リズムを崩すことなく手と口を動かしながら、図面を見ようと身体を乗り出した。（次ページ参照）

「ホールは建物の右側にあって」彼女が言った。「事務所は左側に並んでいます。おわかりと思いますけど、この二つの男性用トイレは、一つは右、一つは左ですけど、通気孔に向かって窓が開くようになっていて、建物の後ろを小さくて狭い通路が走っています。チェックした時、窓が大きく開いていました。それで思ったんですけど……」

「自分でチェックしたのか？」

「ええ。今日早いうちに」

「なかなか意欲的だね、パトリシア」

「ありがとうございます」彼女が言った。「私おかしいと思ったんです。トイレの窓が大きく開いてるのは、どうして？　そこで、建物の一方の側から反対側まで通路を歩いてみたんです。窓をよじ登って出て、反対側の窓から入りました」

オリーは、彼女がこの左側にあるトイレの窓をよじ登って外に出ると、建物の裏側を横切り、右側のトイレの窓をよじ登って中に入る姿を思い浮かべた。それから……

「わかった」彼が言った。「殺人犯がそうしたと思ったんだね。彼はこっちのトイレに入り……」

「はい、図面の左側のこの男性用トイレです」

「……窓から出て、建物の裏手を走って横切り、もう一つのトイレに入って……」

「はい、もう一つの男性用トイレです」

「それから、ここの出口から路地に出ていった」

「そこで下水に銃を投げ込んだ」パトリシアは言って、肩をすくめた。「とにかく、そんなふうに考えたんです」

「君の考えは当たっていると、思うよ」オリーは、言った。

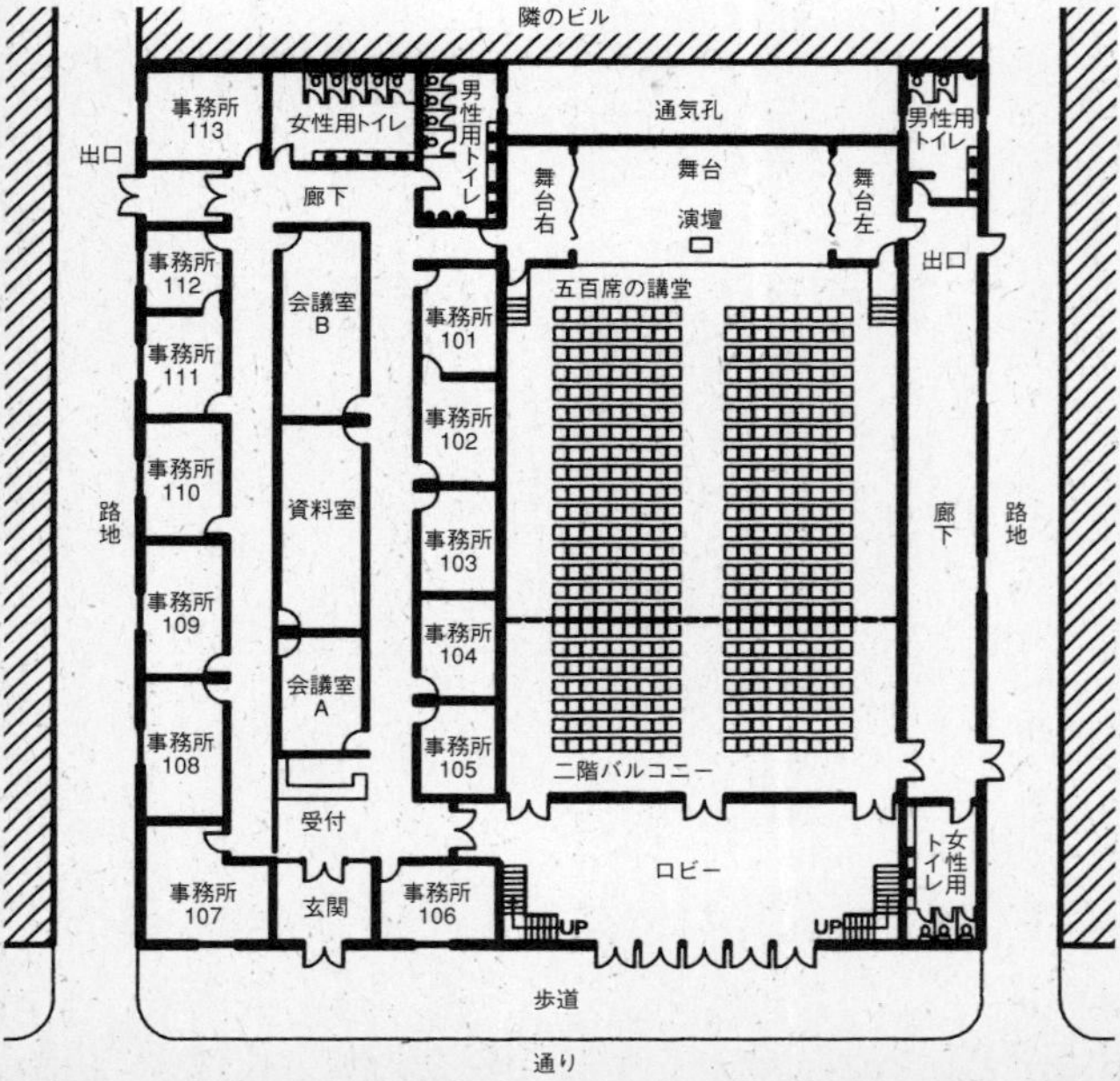

「ちょっと、君はそれだけしか食べないの？」

「あまりお腹がすいてないんです、本当に」

「すいてない？」オリーは仰天して言った。「俺は、年がら年中はらぺこだ」

「たぶん……」彼女は言いかけて頭を振った。

「何だい？」オリーが言った。

「たぶん、それって、あなたにとって何かやることが神様からいただけたってことなんじゃないかしら」彼女はそんなふうに言ってみて肩をすくめた。

「やることなら、いっぱいあるさ」オリーが言った。

「私が言いたいのは、何か……そうね……何かを忘れさせてくれる……自分が抱えている問題なんかを」

「別に問題なんかないよ」

「だって、食べることって楽しいでしょ、ご存じですよね」

「ああ、それなら知ってる」彼が言った。

「役所を相手に闘うよりも」彼女が言った。

「ケ・シ・プオイ・ファーレ？」彼が言った。

「それはそうと、それをセルビア語でどう言うかわかったわ」

「冗談だろう」

「いいえ。キング・メモリアルの掃除のおじさんが教えてくれたわ」

「で、どう言うの？」

「シター・モグー」彼女が言った。

「シター・モグー」彼が繰り返した。

「〝何にも《ナッシング》〟っていうのも知ってるわ。〝何ができるっていうんだ？〟ってセルビア語で聞いてみて」

「シター・モグー？」彼が言った。

「ニーシタ」彼女が答えた。

「ところで、何で俺が問題を抱えてると思ったんだい？」

「そんなこと思ってません」

「問題があるから、食べると言っただろう」

「いいえ、食べるの楽しいから食べると言ったんです」

「それも確かに言った。しかし、俺には問題があるとも言った」

「じゃあ、私の間違いだわ」

彼は彼女を見つめた。彼の携帯電話が鳴った。ベルトから外し送受信ボタンを押した。

「ウィークスだ」彼が言った。「やあ、スティーヴ」彼は耳を傾けた。「いつ？　わかった。じゃあな」彼は切ボタンを押し、再び携帯電話をベルトにかけた。「八七分署に行かなきゃならない」彼が言った。「キャレラとクリングが何か摑んだらしいんだ。ダンスは好きかい？」

「ええ、大好き」パトリシアは自分で言って驚いた。

「いつかダンスに行かないか？」

「ええ、いいわ」

「俺はダンスがうまいんだぞ。一度サルサ・コンテストで優勝したことがある」

「きっと上手でしょうね」

「ほんとにうまいんだ」

「私そう言ったでしょう？」

「じゃあ、いつ行きたい？」

「わからないわ。あなたは男でしょ、そちらから言って」

「今度の週末はどう？」

「いいわ」

「土曜の晩は？」

「いいわ」

「ステキな服を着ておいで」

「ええ、着るわ」

「俺はブルーのスーツを着よう」

「すてきね」彼女が言った。

「シター・モグー？」彼が言った。

「ニーシタ」彼女が答えた。


「さてと、わかったことを教えてくれ」バーンズが言った。

すでに五時近くで、オフィスに集まった刑事たちは一時間前には家に帰っているはずだった。しかし、キャレラとクリングは、ここが肝心要だと思っていた。

「第一に」キャレラが言った。「彼女は、夫が浮気していることを知っていた」

「誰の夫だろうとみんな浮気しているさ」パーカーが言っ

た。「だからって飛び出して銃を撃つなんてことにはならないよ」

「それに、なぜ浮気相手の手紙をあんたに渡したりするんだい？」ホースが言った。

「捜査を攪乱させるためだよ」クリングが言った。

「捜査を攪乱させるためだと？」パーカーが言った。「何だね、シャーロック・ホームズか？　捜査を攪乱させる？」

「彼女は、俺たちに捜査に協力してると思わせてるんだ」クリングが説明した。「いつものことだ」

「よし、動機はわかった」ウィリスが言った。

男どもは、警部のコーナーオフィスのあちこちで座ったり、立ったり、寄りかかったりしている。ほとんどが、長い一日の後で骨の髄まで疲れていた。ところが、オリーは生き生きとして力がみなぎっているようだった。一人で、警部が用意したドーナッツを食べコーヒーを飲んでいる。

「それに彼女にはチャンスがあった」キャレラが言った。「九時十五分に住宅地を出ていって……」

「現場に行って仕事をする時間はたっぷりあった」ブラウンが言った。

「戻ってくる時間も」クリングが言った。「十一時か十一時半に帰って来たことがわかっている」

「手段は？」マイヤーが言った。

「銃に残っているのは不鮮明な指紋だけだ。彼女とそれを結びつけることは無理だ」

「じゃあ、〝相当な理由〟はどこにある？」パーカーが聞いた。「ご婦人は買い物に出かけたかもしれない……」

「いや、それは家政婦がしていた」

「アリバイなしか？」バーンズが言った。

「ありません」

「まだ彼女を逮捕する理由にはならない」パーカーが言った。

「目撃者の供述もある。スモーク・ライズの守衛が見たのと同じ服なんだ」

「帽子の捜索令状が取れるじゃないか」クリングが言った。

「どの帽子のことだ？」バーンズが聞いた。

「彼女がかぶっていた野球帽です」

「野球選手なのか?」ウィリスが聞いた。

「彼女の息子が」

「たぶん、そいつが殺したんだ」マイヤーが言った。

「たったの十一歳ですよ」

「十一歳の殺し屋を見たことがあるぜ」ブラウンが平然と言った。

「この子は違う。俺のへそぐらいしかない」キャレラが言った。「目撃者は五フィート七か八ぐらいの人物を見ている。だいたい彼女の背の高さだ」

「まだ、逮捕令状をとるのは無理だ」パーカーが言った。

「俺も、同意見だ」バーンズが言った。「銃に指紋はないし……」

「窓の下枠から指紋を採ってみたらどうなんだ」オリーが言って、チョコレートをまぶしたドーナッツにかぶりついた。

「窓の下枠とはどこのだ?」

「トイレのだ」オリーが言った。「たぶん、犯人がヘンダーソンに弾を撃ち込んだ後、そこを出たり入ったりしたんだろ」

バーンズは、オリーが何の話をしているのか皆目わからなかった。

他の連中も、誰一人わからなかった。

「俺のガールフレンドが、トイレに行ったんだ」オリーが説明した。


ネリー・ブランドは、その月曜日の午後七時に分署に着いた。黄褐色の麻のスーツを着て、それがブロンドがかった髪、濃いめの茶のシルクブラウス、薄手のストッキング、それに濃茶のフレンチヒールのパンプスを引き立たせていた。再び雨が降り始めていた。彼女は、持ってきた傘を、刑事部屋と外の廊下を隔てる板張りの腰仕切りのすぐ内側にある傘立てに入れた。日勤は三時間前に交代していた。中国人の通訳がボブ・オブライエンの机のところに座り、二時間前に捕まった男と話をしていた。オブライエンは、二人が歌うような会話を続けている間、退屈そうに座っていた。この男は、二人の妻を殺していた。オブライエンにはそれだけわかれば十分だった。北京語だろうが広東語だろうがかまやしない。

「今晩は、ボブ」ネリーが言った。「みんなはどこ？」

「警部のオフィスだ」オブライエンが言うと、通訳が振り向いて言った。「何ですか？」。彼が「地方検事と話してるんだ」と言うと、通訳が言った。「まあ、こめんなさい」。オブライエンには確かにこう聞こえた。「こめんなさい」

ネリーは勝手知ったる刑事部屋を横切り、バーンズ警部のオフィスに行ってドアの上部の曇りガラスをノックし、バーンズの「入れ」という大声が聞こえたので、ドアを開け、中に入った。キャレラがいるのがすぐわかった。もちろんよ……

「今晩は、スティーヴ」

「やあ、ネリー」

……それから、八八分署のオリーもいる。

「ハロー、オリー」

「ハイ、ネリー」


彼女は電話で概要を伝えられ、二つの分署が共同で事件の解決にあたっていることを承知していた。すでに、ハーシュ警部補も、ミセス・ヘンダーソンが八七分署で逮捕されたため、ここで尋問することに許可を与えていた。警察の速記官が部屋の向こうの通りに面した窓近くの小さなテーブルに腰掛けていた。窓は雨と下を走る車の騒音を防ぐために閉めてある。

ミセス・ヘンダーソンは、弁護人と並んで、背もたれのまっすぐな椅子に腰掛けていた。弁護人はアレックス・ウィルカーソンという男で、ネリーは何度も剣を交えたことがある。パメラ・ヘンダーソンは、濃いブルーのスーツと白のブラウスを着て、ブルーのストッキングとブルーのハイヒールのパンプスを履いていた。高価なデザイナー・スーツのはずなのに、どういうわけかみすぼらしく見えた。たぶん、車から署の玄関まで歩いてくる間に、雨で髪と服が湿ったからだろう。ネリーの第一印象は、ネズミ色としか言いようがない肩までの長さの髪と、細長い顔には少し大きすぎる同じようなネズミ色の目と、口紅を塗ってない薄い唇だった。

「ハロー、アレックス」彼女が言った。

「やあ、今晩は、ネリー」

四十代後半の男。ウィルカーソンは、ひょろひょろした苦悩する若きアブラハム・リンカーンを気取っていた。黒っぽいスーツとボータイを好み、一房の黒髪が男の子のように額にかかっている。彼は今パイプを吸っていた。バーンズの机に〝癌禁止地区〟という表示があるのにだ。バーンズは仏頂面をしていた。お前さんの煙で脳みそをあぶっちゃえよ、弁護人。こっちは、あんたの依頼人を電気椅子に送ってやるからな。

ネリーは自分の名前を言い、逮捕した警察官の要請で地方検事局から来た者だと説明し、ミセス・ヘンダーソンは第二級の殺人罪で告訴されたことを知っているかと聞いた。

「依頼人は、知っています」ウィルカーソンが言った。

「権利についても?」

「はい、知っています」

「いつでも尋問をやめさせることができることは、知っていますか……?」

「質問には、一切答えないようにと忠告しておきました」ウィルカーソンが言った。

「それでは、もうこれ以上言うことはありません」ネリーが言った。「さあ、彼女の指紋を採ったら、ダウンタウンに連れて行って罪状認否の手続きをしてください」

「ちょっと言い足したいことがあるんだが」ウィルカーソンが言った。「そちらには逮捕する〝相当な理由〟がありません。今この瞬間から明らかになることは一切――あなた方が採ろうとしている指紋も含めて――結局は、あなた方に不利な毒入りの木の実になりますよ」

「そのリスクは負いましょう」

「確かに忠告しときましたからね」

「それはどうも」

「ちょっと言わせてください」パメラが言った。

「ミセス・ヘンダーソン、ご忠告します……」

「私はなぜ、逮捕されたのか知りたいんです」

「いいですか」ネリーが言った。「ここの刑事たちは、あなたがご主人を射殺したと考えているようなんです。それが間違いだと刑事たちに納得してもらいたければ……」

「彼女は、いかなる質問にも答えません、検事殿、ですから、我々に対し余計な希望を抱かないで頂きたい」

「わかりました。じゃあ、始めますよ、皆さん、いいですか。あなたは……？」

「私には何も隠すことなどありません」パメラが言った。

ネリーはこれを聞いて喜んだ。何も隠すことがない者は、すでに終身刑への道を一歩踏み出しているのだ。

「あなたは、逮捕されたんですよ」ウィルカーソンが言った。「質問に答えようものなら……」

「私の答えは記録されるのでしょう？」パメラが聞いた。

「そうです。しかし、あなたには黙秘権があるんです」ウィルカーソンが言った。「それに、たとえ黙秘することを選んでも……」

「黙秘などしたくありません！」パメラが言った。

「私はただ、そうしても法廷で不利になることはないと言いたかっただけです。強制されることはありえない……」

「法廷でも言いますわ」

「証言しない方がいい……」

「私は、殺していません！」

部屋に、沈黙が流れた。

「では、どうしましょう？」ネリーが聞いた。「尋問を行いますか、それともやめますか？　あなた次第です、ミスター・ウィルカーソン」

「どうも私の依頼人次第のようですな」ウィルカーソンが言った。

「ミセス・ヘンダーソン、どうしますか？」

「質問をどうぞ。私は殺していません」

「弁護人、それでいいですか？」

ウィルカーソンは手を広げ、ため息をついた。

「ありがとう」ネリーが言った。

彼女はパメラに宣誓させ、名前と住所と職業を聞き、パメラが自分の権利を知らされ理解していることを再確認してから、尋問を開始した。

「ミセス・ヘンダーソン、あなたは四月二十二日の朝十時半どこにいましたか？」

「家にいました」

「それはどこですか？」

「プロスペクト・レーン二十六番地。スモーク・ライズの。住所なら二分前に言いましたわ」

速記官の指がタイプライターの上を飛んでいた。

Q　何を着ていたか教えてもらえますか？
A　普通のスカートとセーターです。
Q　何色だったか覚えていますか？　スカートは？　セーターは？
A　おそろいのオリーブグリーンのセーターとスカートです。家にありますから、お望みなら、お見せできますわ。

「失礼ですが、検事殿、何を狙っていらっしゃるんです？」ウィルカーソンはそう聞くと、同情と励ましを求めてバーンズの方を向いた。バーンズは自分の机に無表情に座っている。「なぜ、夫が死んだ日の依頼人の服がそんなに重要なんです？」

「それはたぶん、ある目撃者が、あの朝、彼女がまるっきり違う服を着ているのを見たからですよ」ネリーが言った。

「ほう、誰が……」

「アレックス、あなたも宣誓して喋りたいのですか？　それとも依頼人の尋問を続けていいですか？」

「ミセス・ヘンダーソン、よろしいですか？」彼が、彼女の方を向いて聞いた。

「私には何も隠すことはありません」彼女が再び言った。

Q　ミセス・ヘンダーソン、あなたはブルー・ジーンズをお持ちですか？
A　はい、持ってます。
Q　ブルーのスキーパーカーは？
A　持ってます。
Q　白のスニーカーは持ってますか？
A　いいえ。

Q　では白のランニングシューズは？
A　持ってます。
Q　黒の野球帽はどうです？
A　黒の野球帽は持ってません。
Q　SRAの文字が付いている野球帽ですが？
A　持ってません。
Q　四月二十二日の朝、そのような帽子をかぶっていませんでしたか？
A　いいえ。おそろいのグリーンのセーターとスカートを着てました。
Q　帽子はかぶってなかったんですね。
A　かぶってません。
Q　その文字が何を表しているかわかりますか？
A　何を表しているか刑事さんのお考えは聞きました。
Q　で、何を表しているのですか？
A　スモーク・ライズ・アカデミーです。
Q　息子さんはそこに通っていらっしゃいますね？
A　ええ、通っています。
Q　息子さんはそのような帽子を持っていますか？
A　息子に聞いてください。

「失礼ですが、検事殿、息子さんの学校とこれが、いったいどういう関係があるっていうんです？　あなたの狙いが何なのか再度お聞きしなければなりませんな。ミセス・ヘンダーソンはすでにお話ししました……」

ネリーは、大きなため息をついた。

「はったりはやめてください」ウィルカーソンが言った。

「まだ、法廷ではないのですから」

「あなたの依頼人は、私の尋問に答えたいと言ったんですよ。気が変わったのなら、それはそれで結構です。でも、まだ……」

「私はただ、あなたがどこに行こうとしているのか、わからないんですよ」彼は悲しげな声を出し、再び同情を誘うようにバーンズの方を見た。バーンズは無表情のままだ。

「私も、あなたがどこに行こうとしているかわかりません」パメラが言った。

「私は、あなたのご主人が殺された朝のキング・メモリアルに行くつもりです」ネリーが言った。「下水溝から凶器が発見されたあの建物の西の端に行くつもりです。クラレンス・ウィーバーという男のところに行くつもりです。彼はあの路地から飛び出してきた何者かによって、もう少しで突き飛ばされるところでした。彼が見た人物は、今私が質問したのと同じ服を着ていました。ブルー・ジーンズ、スキーパーカー、白のスニーカー……あるいはランニングシューズかもしれないわね？　……SRAというイニシャルがついた黒の野球帽。私が言いたいのは、帽子のイニシャルは息子さんが通っているスモーク・ライズ・アカデミーを表しているのじゃないかということ。さらに、殺人が起こった朝、あなたが路地をセント・セバスチャンまで走って来たとき、息子さんの帽子をかぶっていたのではないかということ……」

「ちょっと」ウィルカーソンが言った。「ずいぶんはっきり言ってくれますね、ネル」

「ネルなんて呼ばないでください」ネリーが言った。「森の中で狼と一緒に育てられた訳じゃないんですからね」

「これはまあ、失礼しました。地方検事殿。しかし、あなたの狙いがどこにあるか話してくださった上、いろいろと素晴らしい示唆を与えてくださったからには、あなたの美辞麗句を質問の形にしていただけませんかね？　なぜなら、こちらの忍耐の緒も切れそうになってきましたし、私も言いたいことがあるんです。最初に依頼人に忠告したことです、つまり今後一切沈黙を守るということです」

「ミセス・ヘンダーソン」ネリーが言った。「あなたは、キング・メモリアルの路地から飛び出してきたところを目撃者に見られた人物ですか？　はい、いいえで」

「いいえ」

「ミセス・ヘンダーソン、あなたはホールから逃げ出すのを急ぐ余り、黒人の男を突き飛ばしそうになりましたか？　はい、いいえで」

「いいえ」

「ミセス・ヘンダーソン、あなたは舞台右袖からご主人を撃ち……」

「いいえ」

「そして逃走を……」

「いいえ」

「最後まで言わせてください」

「これ以上、質問には答えたくありません」パメラが言った。

「よろしい」ウィルカーソンは言って、偉そうに頷いた。

「あなたは質問に答えるのをやめることはできます。それがミランダ・エスコベドゥの権利ですから、そして、未だにこの合衆国の幸運な市民に適用されていますから」ネリーが言った。「でも、あなたは逮捕された身です。目撃者が見た時にかぶっていたのと同じような帽子をかぶるように私が頼むのをやめさせることはできません。それはそうと、この目撃者は、今階下で待っています。面通しの時にあなたをよく見るために。それから私が、指で鼻を指すようにとか、舞台を歩くようにとか、三回ジャンプをするようにとか、ト長調で《イーンシィ・ウィンシィ・スパイダー（童謡）》を歌うように頼むのもやめさせることはできません！ それから、アレックス、指紋と毒入りの木みたいなくだらないお説教は結構よ。キャレラ刑事から彼女の指紋はもう採ってあると聞いてるけれど、後で、それが彼女の指紋じゃないというような技術的なたわごとや、あなたの思いつきなんかを聞かされたくないわ。それに、そういう思いつきは、今までの経験から、たくさんあるのはわかってるのよ。だから彼女の指紋をもう一度、今、私の目の前で採らせてもらいたいし、そうするつもりよ。それから、その指紋を、キング・メモリアルの別々の二つのトイレから採取した指紋と照合してみるつもり。もしそれが一致すれば、私は一致すると確信してるけれど、あなたの依頼人は……」

「この人たちは、そういうことが全部できるんですか？」パメラがいきなり聞いた。

「残念ながらできると思いますよ」ウィルカーソンが言った。

「じゃあ、おしまいだわ」パメラが言った。

17

ここは、市の食肉加工地区だ。

日中は、トラックが出入りし、牛の脇腹肉が積みおろされ、運搬台のフックに掛けられ、中に運び込まれ、そこで重さが量られ冷蔵される。日中は、通りに食べ物の屋台や花のワゴンや額に入れて飾るための写真を売る露店が並び、民族服に身を包んだアフリカ商人がイミテーションのロレックスやルイヴィトンのバッグを呼び売りしている。日中は、レストランや本屋、アンティーク市場、家具屋などが店を開き、カップルが河までそぞろ歩き、大きな汽船やタグボートや、ベスタウンまでダッダッと音を立てて進んでいくフェリーを眺めている。

夜になると、通りは売春婦でいっぱいになる。

「風紀班じゃ、もうこんなちっぽけなことにかかずらってないんだ」ウォルシュがオリーに言った。「テロビジネスが始まってからは、もっと重要なことを心配するようになっちまったからな。売春婦たちにとっちゃ、やりやすくなった。テロがやりやすくしてくれたんだ」

「犯罪をやってのける売春婦は、どうなんだね?」オリーが言った。

「それなら、話は別だ。まあ、時には、女がおかしな客を刺すこともあるさ。どんな風に切り刻もうと凶器《A》による暴《D》行《W》には変わりない。駄洒落を言うつもりはないけど」

「俺は殺しのことを言ってるんじゃないんだ。貴重品が入っているアタッシェケースを盗むような軽い犯罪のことだ。そういうのは、あんたの注意を引くかね?」

「あのなあ」ウォルシュが言った。「あんたは、時々人を小馬鹿にしたような言い方をするぜ」

「えっ、そうかね。今言ったことが、人を小馬鹿にしているのか?」

「〝そういうのはあんたの注意を引くかね?〟と言ったろう? そこのところを強調して? まるで俺たちが仕事を

してないみたいにな。風紀犯罪取締班は、どっかのアタッシェケースを心配する以外、一日中何もすることがないみたいだ」

「いやあ、あんたはたった今、他のことに気を取られていると言ったぞ。もっと重大なことを心配してるとな。もう、こんなちっぽけなことにかかずらってないと……」

「そこんとこだよ」ウォルシュが言った。「あんたのその言い方だ」

「あんたが言ったことを、繰り返しているだけだぜ」

「あんたの繰り返し方なんだよ」

「俺はただ、アタッシェケースを盗むような売春婦は、あんたの貴重な時間を使うだけの価値があるかって聞いてるだけだ……」

「ほら、まただ」ウォルシュが言った。「俺の貴重な時間だと。痛烈な皮肉じゃないか。人を小馬鹿にしたような口調じゃないか。俺が言いたいのは、俺たちはアラブ人のような連中に対して九・一一事件以来厳戒態勢をとって来たってことだ。俺たちは風紀犯罪取締班なんだ。だから、この市の売春宿は一つ残らず知っている。あのくずどもは、日に五回も神に祈っていながら、飛行機をビルに突っ込ませる前に、飲みに行ったりラップダンスに行ったりするんだぜ」

オリーは、突然、この男が好きになった。

「言っとくけどな」ウォルシュが言った。「俺だったら、売春宿に行こうと思っている時には、ちょっとでも中近東の男だと見られたくないね。もっとも、連中の宗教じゃ、そんなことはしてはいけないことになっているんだ。とにかく、売春宿に行ってはいけない。ロンドンのサウジアラビア人は、別だけどな」ウォルシュがそう言い、オリーはますます彼が好きになった。「街中に張り巡らしてあるんだ、薄気味悪いやつが現れたら、すぐ俺たちに電話してくれる女たちをな。けど、俺たちがやってるのはそれだけじゃない、ウィークス」

「ああ、わかってる」オリーが言った。

「いや、わかっていない。俺たちが他のことに気を取られているとかいう言いぐさやら、俺の貴重な時間がどうとかいう皮肉やら……」

「そんなにデリケートになんなよ」オリーが言った。

「いや、俺はデリケートにできているんだ」ウォルシュが言った。「風紀係は売春ばかり心配しているわけじゃない。保険証券詐欺やノミ行為、高利貸し、ダフ屋なんかも追っかけているんだ。大物の仕切り屋も追っかけている。密輸不正組織法《RICO》であいつらをとっ捕まえ、ムショに永久に放り込んでやりたいんだ。だから、どこかの売春婦がアタッシェケースを盗んだからといって、俺がそんなにはりきらなきゃならないわけはないだろう？　冗談もいい加減にしてくれないか？」

「悪かったな。でもケースの中には俺にとって貴重なものが入っていたんだ」

「お前さんのケースなのか？」

「ああ、俺のケースだ。そのヘレーラ野郎が、駐車しておいた車から盗んで質に入れたんだ」

「お前さんのケースに入っている貴重なものって何だよ？」

「今度はあんたがやってるじゃないか」

「何を？」

「皮肉っぽく聞こえるぜ」

「そんなつもりはなかった」

「つまりだ、あんたは自分がデリケートにできていると言ったろう。俺もデリケートなんだ」オリーが言った。

「悪かったな？　言ってくれ、そのケースには何が入っていたんだ、いいだろう？」

「俺が書いた小説だ」

「あんた、小説を書いたのか？」

「ああ」

「俺も、書いたんだ！」ウォルシュが言った。

誰も同じことをしたがるんだな、とオリーは思った。

「今エージェントが預かっている」ウォルシュが言った。

やつにはエージェントがいるんだ、やっぱり。

「何を書いたんだい？」オリーが聞いた。

「警察の仕事だよ。いったい何を書いたと思ったんだ？」

ウォルシュが聞いた。

オリーは思った。俺たちには、そういった小説が必要だ、それはいいだろう。でも、警察の仕事を書いた小説がもう一冊か。昔は警察の仕事を書いた小説なんか一冊もなかったのに。それが突然――誰の、あるいは何の影響でそうなったのかわけがわからないが――アメリカ中のどんなにつまらない小さな町でも、架空の人物が刑事部屋から仕事に出かけることになってしまった。そこら中に出回っている警察小説を見れば、アメリカの村という村に犯罪がはびこっていることになる。人口が六百人という小さな村でも、そういった小説によれば、一時間毎に殺人事件が起きる。仮に、オクラホマのダング・ヒープに住んでいたとしよう。昼間の仕事は自動車修理工。だが、警察署長のところに行って、自分は作家で、この警察署のシリーズものを書きたいと申し出たとする。すると、署長は言ってくれるはずだ。「中に入って座ってくれ。俺の思ってることをあんたに打ち明けようじゃないか」。本物の警官かどうかなど問題じゃない。だいたい、本物なんかもういなくなってしまった、とオリーは思った、それが問題なんだ。まあ、ウォルシュは本物だ。けど、どうしてくれよう、このアイルランド野郎め。こいつまでも警察小説を書いたとは。競争相手じゃないか。

「そんなわけだから、ヘレーラを探そう、いいだろう?」オリーが言った。

「近いうちに、一緒にビールでも飲もう」ウォルシュが言った。「情報交換だ」

ああ、来年の近いうちにな、とオリーは思った。

「こんにちは、みなさん、私のお尻の写真を撮らない?」

二人の後ろで声がした。

振り向くと、二人の若い娘がそこに立ってニヤニヤしている。カメラを持っている方が少しハイになっているらしかった。完全なハイではないが、たわいない感じだ。マリファナだろう、とオリーは思った。

「ポラロイドなの」彼女はまだニヤニヤしながらそう言って、カメラを持った手を二人の方に伸ばした。「もしお気に召したら、さらなる探求について話し合ってもいいわよ」

さらなる探求か、オリーは思った。近頃じゃ誰も彼もが文学者みたいな口のきき方をする。

「遠慮しとこう」彼が言った。

しかし、本当を言えば、やりたかった。

その娘は短い黒のスカートに赤い絹のブラウスを着、それにマッチした赤のエナメル靴を履いていた。ストッキングははいてない。〝オズの魔法使い〟に出てくるドロシーのように見える。赤い靴でそう見えたのだ。非常にきれいな胸をしていて、ローカットの農婦が着るようなブラウスからよく見える。オリーは、バラ色の乳首がブラウスの右側からのぞいているのを見たような気がした。口の端にはほくろがあり、黒髪はひねって小さな輪に結び、目は濃い茶色だった。オリーは突然、パトリシア・ゴメスを思い出した。

「ヘレーラを探したくないのか?」ウォルシュが聞いた。

「私の写真を撮って、もっと楽しんだら」女はそう言って、眉毛を動かした。

「いつかな」オリーは言って、彼女にウインクすると、ウォルシュの後についていった。

〝くつろぎ《コージー》〟という名前が正面の板ガラスの窓に書いてある。

「ここなら、何か知ってるかもしれない」ウォルシュが言って、ドアノブに手を伸ばした。

刑事たちが入ると、ドアの上の小さなベルがチリンと鳴って、目だけでなく耳にもくつろいだ気分を与えた。印象はギンガムと松材《パイン》。青いチェックのテーブルクロスのかかったテーブルが十個か十二個。バーの前のスツールに同じ青いチェックのクッション。そして、バーの後ろにパインのフレームの鏡。白のTシャツと胸の高さを強調する赤のラリー・キング・サスペンダーに、ハイヒールのパンプスと短いブルーのスカートをはいたブロンドが、バーの後ろに立っている。同じ服を着た二番目のブロンドは、テーブルで客の接待をしている。部屋のあちこちに六、七人が座っていた。刑事たちはバーのスツールに腰を下ろした。バーのブロンドがやってきた。オリーは、もう一人のブロンドは双子の妹かもしれないと思った。

「飲みに来たの、それともお仕事？」彼女がウォルシュに聞いた。

「二人とも非番だ」彼が言った。「何にする、オリー？」

二人が文学仲間だということを発見するまでは〝ヴィークス〟だった。今じゃ〝オリー〟だ。次は、比喩の効果的使用法について質問してくるかもしれない。

「ビールがいい」オリーが言った。「パブスト（米国製ビール）はある？」

「すぐお持ちします」ブロンドが言った。「あなたは、ウォルシュ刑事？」

「バーボンを一杯、フロー君よ、別に水を少し」

もう一人のブロンドがバーに来た。メモを見て読み上げた。「ベーコン・レタス・トマト・サンドイッチ、マヨネーズぬきで。アイスティー、ノーシュガー」それからウォルシュの方を向いて言った。「あら、お久しぶりね。本のすすみ具合は？」

「終わったよ」ウォルシュが言った。「今はエージェントのところに行ってる」

「うわあ、すごい。うまく行くといいわね」

「ありがとう、ワンダ。こちらはウィークス刑事」

「こんばんは」ワンダは言って、素早く彼の品定めをした。

二人のブロンドのうち、オリーはワンダの方が美人かなと思った。もっとも、本音を言えば、二人とも魅力的だ。オリーは昔からブロンドが好きだった。とくに本物のブロンドが。でもこの二人は絶対に本物のブロンドに見えない。ま、そうは言っても、パンティを下ろすまではほんとのことはわからない、そうだろう？　彼は、今パトリシア・ゴメスのような女に惹かれるのを不思議に思った。色黒でエキゾチックな顔立ち。正確に言えば、彼女に惹かれたわけではない。しかし、少なくとも彼女に興味を持ったことは確かだ。事実、彼は思い浮かべていた。彼女は元気だろうか。今、夜の十一時に何をしてるだろうか。後で家に帰ったら電話してみようと思った。そしてパンケーキか何かを食べに行かないかと誘ってみよう。彼は確かに、彼女のぴちぴちした制服姿が好きだった。

その晩、八七分署を出るとき、今度の土曜の晩にプエルトリコの女の子とダンスに行く約束をしたと、親友のパーカーになにげなく言った。

「その子は売春婦か？」パーカーが聞いた。

「バカ言え、違うぞ」オリーが言った。「警察官さ」

「仲間の警察官と、デートしちゃいけないんだぜ」パーカーがむっとして言った。

「制服の着こなしが好きなんだ」オリーは言って、ウインクした。

「どんな着こなしをしようと関係ない。警察官とデートするな。特に、プエルトリコ人とはするな」

「なぜだ？」オリーが聞いた。

「そりゃあ、お前さんのペニスを切り落として、近くのクチフリート店に五セントで売ってしまうからさ」パーカーが言った。

オリーは、今そのことを考えていた。

ここのワンダと、バーの後ろの双子の姉が、一応双子の姉だとして、制服の着こなし方を知っているのは確かだ。Tシャツに赤いサスペンダーがメロンのようなオッパイを形作っている。この新しい直喩はどうかね、ウォルシュ刑事？

ワンダが、彼の左のスツールに腰を掛けた。

「それで、刑事さん、なぜこっちの地区に来たの？」彼女が聞いた。

カウンターの上に片肘ついて、よりかかり、左の胸をカウンターの丸みを帯びた端に押しつけている。短いブルーのスカートが、非常に白くて非常になめらかそうな脚と腿の上にずり上がっている。彼を見上げた目はブルーだ。彼女の姉もブルーの目だ。もちろんフローが姉だとしたら。

「ああ、こっちの方でちょっと仕事があってね」オリーが言った。

「あなたも風紀の方？」彼女が聞いた。

「いや、いや。俺は八八分署。ちょうど殺人事件が解決したところなんだ」

「まあ、殺人事件」ワンダが言って、セクシーなブルーの目をぐるっと回した。「誰が殺されたの？　それとも私、僭越なことを言ってるかしら？」

　近頃じゃ、誰も彼も文学的だ。

「いや、そんなことはない」彼が言った。「たぶん新聞で読んだと思うよ。レスター・ヘンダーソンだ」

「わあ、大物じゃない」ワンダが言った。

「だけど、こいつがここに来たのは、アタッシェケースを探すためさ」ウォルシュが、身体を傾けてオリーの向こうのワンダに言った。

「実は、アタッシェケースは見つけたんだ」オリーが言った。

「じゃあ、ケースの中に入ってた本だ」ウォルシュが、ワンダに言った。「オリーも、本を書くんだ」

「そうなの、オリー？」ワンダが言った。「オリーと呼んでもいい？」

「ああ。でもあれにはペンネームを使った」彼が言った。

「どんな名前を使ったの？」

「ジョン・グリシャム」ウォルシュは言って、アイルランド人のジョークにお返しをした。

「実は、女の名前を使ったんだ」オリーが言った。

「えっ、ほんとう？」ワンダは言って、目を大きく見開きながら彼の方に身体を近づけた。

「ちょっと、いいかしら」フローが言った。

「すぐ戻ってくるわ」ワンダが言って、身体を横に回すとスツールから下りた。スカートが腿の上の方へもっと上がり、実際、カトマンズに届きそうになった。彼女はバーの向こうの端に行き、注文の品を取り上げ、肩越しにオリーの方に振り返り——彼はパンツの中がかすかに大きくなったように感じた——ウインクしてから、くるりと回って、ボーイ・ジョージの額入りポスターがかかっている壁際に一人で座っている男の方へ行った。

「私も、本が書けたらなあ」フローがあこがれるように言った。

「そうだな、そのうち教えてあげよう」オリーが言った。

「きっと、私たち二人に教えてもらえるわね」彼女が言った。

「たぶんな。ワンダが戻ってきたら聞いてみよう」

オリーは〝しめた〟と思った。棚ぼた式に三人プレーか。世の中ついてることもあるんだな。ウォルシュが、彼を見た。口元に、独善的かつアイルランド人的表情がかすかに浮かんでいる。おそらく、こざかしいジョン・グリシャム発言に——そんなやつ何者だか知らんが——自己満足しているのだ。

「ところで」ウォルシュが行った。「聞きたいことがあったんだ、ここで見かけたかもしれない人物についてだが」

「どうしてそう思うの」フローが聞いた。

「そんな場所だからさ、くつろぎ《コージ》ってところは」

「ハニー、私がいなくて寂しかった？」ワンダが言って、再びオリーの左側のスツールに腰を掛けた。オリーは彼女の膝に左手を置いた。

「どうして本に女の名前を付けたの？」彼女が聞いた。

「売れると思ったからさ」オリーは言って、手を腿の方に滑らせた。

「それだけの理由なの？」彼女は言うと、彼の方にすり寄っていった。

「そいつはプエルトリコ人で、両方やるやつさ」ウォルシュがフローに言った。「街ではエミーで通っている。まっとうな名はエミリオ・ヘレーラ。ここで見かけたことがないかな？」

「もちろん、あるわよ」フローが言った。「エミーはかわいいわ」

「あんたもエミーを知ってるのかね？」オリーがワンダに聞いた。ちょうど手がスカートのずっと中まで届き、肝をつぶした時だった。

「あの子が、男だって言ってくれてもよかったじゃないか」彼がウォルシュに向かってわめいた。二人の男は、オリーが車を止めておいた通りに向かって歩いていた。一目見れば、警察官だとわかる。のっしのっしとしたあの歩き方。同じように、売春婦も一目見ればわかる。あの気取った歩き方。

「結構うまくやっていたじゃないか」ウォルシュがニヤニヤしながら言った。「だから、俺としては……」

「それに、ジョン・グリシャムって何者だ？」

「邪魔したくなかった、美しい……」

「もう一人も男か？　フローも？　彼女も男なのか？」

「彼女も男だ、オリー」彼はまたもやニヤッとした。このアイルランド野郎め。「だから、あの二人は除外だろう、えっ？」彼が言った。

オリーが前を歩いていた。車まで来て、ドアの鍵を開け、また、女のようなヤク中の売春婦に窓を壊されていないかチェックしているとき、ウォルシュが追いついた。

「もう俺は必要ないだろう？」彼が言った。「欲しい情報は手に入れたな？」

「場所だけだ」

「キングストン・ステーションに住んでると教えてくれたじゃないか」ウォルシュが言った。「それ以上何が必要なんだ？」

「キングストン・ステーションは横に六ブロック、縦に一マイルだ」オリーが言った。「迷子になれる広さだ」

「ジャマイカ人地区でもある」ウォルシュが言った。

「だから？」

「あんたの探してる男はプエルトリコ人だ。ひどく目立つだろうが」

「俺は、先週ずっとそいつを探していたんだ」オリーが言った。「これまでのところ、あんまり目立っていないぜ」

「あんたの本は何ていうの？」ウォルシュが聞いた。

「そんなこと知るか」オリーが言った。

「いいタイトルだ」ウォルシュは言うと、彼に向けて指を振り、車から去っていった。

キングストン・ステーションと呼ばれているこのあたりの正式な名前は、ウエストフィールド・ステーションである。おそらく、鉄道がまだ市のこちら側を走っていたころに、そこの駅がウエストフィールドと呼ばれていたからだ。ダブリンという愛称がついたのは、圧倒的な数のアイルランド移民がここに定住した後だった。世紀の変わり目にはロシア系ユダヤ人が流れ込み、俗称リトル・キエフとなった。やがて上昇志向のあるユダヤ人は郊外に移り、その後をダウンタウンのスラム街から抜け出てきたイタリア人に譲った。地域はそれでもリトル・キエフと呼ばれていたが、街には「こんにちは《ボン・ジョルノ》」や「くたばっちまえ《ヴァ・ファングル》」と叫ぶ声がこだましていた。しかし、それも長くはなかった。

繁栄が、人口移住を招く。イタリア人も郊外への道をたどった。自然は真空を嫌う。次に、プエルトリコ人が来た。そしてついにジャマイカ人。実際、多くのジャマイカ人が居着いたので、最初はここ以外に住む白人たちが、ついで、ここの住民自身が地域をキングストン・ステーションと呼ぶようになった。いずれにせよ、やり手の市長は、ジャマイカ人の票を狙って、地域の名をみんなが呼んでいるように法的にもきちんと変えるべきだという提案さえしている。しかし、ジャマイカ人以外に、この考えに賛成している者はいない。毎日の会話では、ウエストフィールド・ステーションはキングストン・ステーションだが、地図上の名前は、鉄道が河に沿って走り始めた一八七八年当時のままだ。

キングストン・ステーションにいる者は誰もが——少なくとも、ジェームズ通りにいる者は誰もが——エミーと自称している服装倒錯者兼売春婦の名前を聞いたことがあった。しかし、誰一人としてどこにいるのかは知らなかった。オリーは長いこと刑事をやっている。情報が漏れたと悟った。エミリオ・ヘレーラは、何らかの手段で、警察が自分を捜していることを知ったのだ。

結局、あいつはどこにいるんだ?

夜中のシャナハンズ・バーは、勤務明けの警察官でいっぱいだった。エミリオとアンは少しばかり居心地の悪さを感じた。しかし、二人がここに来たのは、オリヴィア・ウェズレー・ワッツが市警察本部長への報告書の中で言っているバーが本当にここなのか確かめるためで、実際いかにもそれらしく見えた。

エミリオは、カルヴァー・アベニューの地下室から出てきたところを見かけた女は、絶対リヴィーだと確信していた。何らかの手段を使って逃げたのだ。アンは、あまりにも現実離れした考えだと思った。

「彼女は、報告書の描写にぴったり当てはまる」エミリオはそう言うと、報告書を引用した。ヒントを求めて何度も何度も読み返したから、今では空で言えるのだ。「〝私は女性刑事です。二十九歳。身長は五フィート八インチで、体重は百二十三ポンド。ということはすらりとしています〟」

「私の体重は百六ポンド」アンが言った。「それならすらりとしているわ」

「それは、やせこけてるっていうんだ」エミリオは言って、報告書の引用を続けた。「〝髪の色は赤みがかった茶で、母は金褐色と呼んでいました……〟」

「私の髪も赤よ」

「お前の髪は赤みがかった茶じゃないよ」

「でも赤よ」

「にんじん色だ」

「それでも、赤に変わりないわ」アンが言い張った。

「〝肩の丁度上ぐらいの長さに切ったので〟」エミリオが引用した。「〝母はシャギーカットと呼んでいました〟」

「私の髪もショートだわ」アンが言った。

「そしてシャギーだ」彼が同意した。「〝目はグリーンで……〟」

「私の目もね」

「〝私はいかにもアイルランド人らしく見えます〟」

「私もアイルランド人みたいに見えるわ」

「アン、何が言いたいんだ？」エミリオが聞いた。完全にイライラしている。

「要するに、あんたは、私のことをオリヴィア・ワッツ何とかだと思うかってこと」

「もちろん、思わないさ」

「じゃあ、なぜ通りで出くわしたアイルランドのかわいこちゃんが、彼女だと思うの？」

「だって、彼女は例のあの建物から出てきたじゃないか！」エミリオが言った。「そうでなきゃ、偶然過ぎるだろ！」

「世の中は偶然に満ちているものなのよ」アンがわかったふうに言った。

「俺は偶然なんか信じない」エミリオが言った。「偶然を信じるなら神を信じないことになる。物事が起こるのは神の御技であって、偶然なんかじゃないんだ」

「そう、わかったわ。じゃあ、私を麻薬中毒の売春婦にしたのも神様なのね。そうでしょう?」

エミリオが彼女を見た。

「君は何だ?」彼が聞いた。「無神論者かい?」

「そうよ」アンが言った。

「いつから?」

「牧師館で牧師さんに触られた十二歳の時からよ」

「そんなことあり得ない」

「あら、そうお?」

「とにかく、エッチな牧師がいたからって神のせいにできないよ」

「じゃあ、何を神のせいにしようかしら? 神の名のもとに戦争をしているあのばかどもを? 神の名のもとに殺し合いをしている連中を? 私は、神の名を使って人を殺すような無神論者を知らない。一人も知らないわ。あんなひどいことが起こるのを許す神なんか、私は信じない。偶然を信じるわ。物事が起こるのは偶然なのよ」

その時、フランシスコ・パラシオスが入ってきて、バーに座っている彼らの隣のスツールに腰を掛けた。

ガウチョは、エミリオが同じプエルトリコ人だとわかったことと、女を見る目があったことから、そして特に女がパンティやブラをつけていそうもない場合には見る目があったから、そこの若いカップルと話を始めた。最初は、エミリオにスペイン語だけで話しかけた。アイルランド人らしい若い娘に色目を使っていると思われたくなかったからだ。実はそうだったんだが。彼女は、気分を害して言った。

「あんたたち、一晩中スペイン語を話しているつもり? もしそうなら、私だって他にすることがあるんだから」

ガウチョは、バーに身を乗り出してアンとおしゃべりを始めた。最近観た映画のことや、好きな色、春雨の中を帽子をかぶらずに歩くのが好きかなど、女が聞きたがると思ったことは何でも話題にした。事実、アンは、自分に注意を向けられて嬉しくなった。彼女は、淑女をものにするには売春婦のように扱え、逆もまた真なりという格言をよく知っていた。今、彼は彼女を淑女のように扱っている。ということは、彼女が売春婦じゃないかと疑っていることになる。しかし、彼女はそれで構わなかった。重要なのは淑女のように扱ってくれる思いやりだから。

一方、ガウチョは、彼女が売春婦だとは思ってもいなかった。彼の目には、どこかの郊外に住む清潔なアイルランド娘だ。もっとも、下着も着ずに遊び回っている時代錯誤のヒッピータイプだったが。彼女には頭が切れてぶっきらぼうなところがある。彼は女のそんな性格が好みだった。アイリーン・バークもそんな性格をしているが、残念無念、彼にあまり興味を示してくれなかった。彼は腕時計を見た。刑事たちは、十分の遅刻だ。

「ねえ」彼が言った。「ボーイフレンドと一緒なのは知ってるけどさあ……」

「ボーイフレンドじゃないわよ」アンが言った。

「ほう、それは好都合」ガウチョが言った。「約束があってね——実は、相手はまだ来てないんだ——仕事は三十分以上はかからないはずだ。そのあとここより静かなところで一杯やらないか、どう?」

アンが、彼の目をじっと見つめた。

グリーンの目と茶色の目がぶつかり、火花が飛んだ。

「いいわ」彼女は言って、アイルランドの棍棒《シレイラ》——といっても何のことやら——のようににっこりした。

その時、偶然のように、アイリーン・バークが入ってきた。

エミリオは、五分後ぐらいに入ってきたもう一人の男は、パラシオスのような民間人か、あるいはリヴィーのような刑事に違いないと鋭く見抜いた。今では赤茶の髪の女はオリヴィア・ウェズレー・ワッツに間違いないと確信している。

三人は、公衆電話ボックスの傍のテーブルに移った。エミリオは、脚を組んで非常に甘いソフトドリンクをチビチビ飲んでいるアンと一緒に、まだバーに座っていたが、そこからは、彼らの会話を一言も聞き取ることができなかった。これはなんとも残念だった。リヴィーが今日逃げ出してきた地下室に隠されているブラッド・ダイヤモンドの話をしているに決まっているからだ。

実を言えば、彼らはコカインの話をしていた。

同じように、半マイルほどアップタウンにあるアパートのリビングでも、三人の男がコカインの話をしていた。

スージー・Q・カーチスは、首謀者の夫と二人の頭脳明晰な相棒との間で開かれるブレインストーミング・セッションへの参加を許されていなかった。彼女の仕事は、映画〝ゴッドファーザー〟に出てくる女たちのように常に食事の支度をすることだった。もっとも、この映画に登場するギャングは、人を殺すのとおなじように、アサリのスパゲッティやソーセージとピーマンの炒め物を作ることにも興味を持つことがあるらしい。家庭的なところもあって、可愛いと言えば言えるのだ。しかし、ちょっとでも眼付《がんづ》けでもすれば、喉を切り裂かれてしまう。

彼女の夫と仲間は、明日の晩の殺しについて話し合っている。

スージーは、キッチンでトマトのスライスを入れたツナサンドを作っていたが、そこから夫たちの会話が手に取るように聞こえた。

「銃をぶっ放しながら突っ込む」夫が言っている。「絶対、あいつらにボディチェックのチャンスを与えない」

「そんなことをさせたら、こっちが不利になっちまう」コンスタンチンが言った。「やつらに、ボディチェックさせたらな」

彼女は、彼が肩をピクピクさせながら、ニヤニヤしているところが想像できた。

「その通り」夫が言った。「彼女は絶対コカインを持って来るさ。こんなに苦労してお膳立てしたんだ、コカインを持ってこないなんてバカなことはしないだろう。一人残らず撃ち殺してコカインをかっさらったら、あばよと行こう」

「チンピラを連れてくるんじゃないのか」ロニーが言った。「何人だ？　二人か三人か？　それとも半ダースか？　それだって、こっちには、奇襲作戦てものがある」

「そうだ」コンスタンチンが言った。「俺たちが銃をぶっ放しながら突っ込んでくると思うやつなんていないさ」

「その通り!」ハリーが言って、笑った。「俺たちがそんなバカだなんて誰が思うものか?」

私よ、スージーはそう思い、もう一つのトマトをスライスした。


彼女を、自分の店の奥の部屋に連れて行った。そこにはあらゆる種類の大人のおもちゃが並んでいる。もちろん、彼女は全部見たことがあった——見たこともいじったこともないものなどなかった——しかし、わくわくしながら眺め、アイルランドの処女のように当惑し、革のメリーウイドーと腿まである革のブーツをつけるように頼まれた時には、ショックを受けたような振りをした。じゃあ、鞭はどこ、ハニー? 結局、彼はサド・マゾ行為をするつもりがないことがわかった。その逆だった。アンのようなカトリックのいい子に、売春婦のような格好をさせたらどんなふうになるか見たかっただけだ。

彼女は、まだ彼に胸の張り裂けるような思いをさせない方がいいだろうと考えた。

このまま様子を見よう。もうしばらくはアイルランド娘のキャスリーンだと信じさせてあげよう。それから、売春婦だと打ち明けて、二百ドルばかり、あるいは、状況が許す範囲のところを要求しよう。

ところが、彼は自分のことを話し始めた。

彼女はそれが面白かった。

彼女に心を開いていくところが。

自分は、ガウチョという名のスパイだと言った。

冗談でしょ、彼女が言った、スパイだなんて。

ほんとだよ《ヴエルダード》、彼が言った。それとも、カウボーイ。そう呼ばれるときもあるんだ。

へえー、彼女が言った、スパイねえ。

警察のだ、彼が言った。

じゃあ、つまり、情報屋ってことね。

でも面と向かっては言わなかった。

彼女は、彼に話をさせておいた。

そして、もちろん、すべての男と同じように、彼も自分がいかに重要な人物なのか見せたがった。

そこで、貴重な情報の発見に一役買ったことを話した。その情報によって、警察は明日の真夜中、カルヴァー・アベニューのアパートの地下室で、大きな麻薬取引の手入れをすることになったのだ。

カルヴァーの三二一一番だわ、彼女はそう思ったが言わなかった。

真夜中ね、彼女は思った。

それが決行の時間。

明日の真夜中。

百五十キロのコカインが取引される、と彼が彼女に言った。

三十万ドルの取引だ、とも言った。

だから、結局、彼女はお金を要求しなかった。

もうすでに十分なものをもらっていたから。

それに、一年中セックスの相手をさせられるより、愛し合う方がちょっとステキだ。


彼女の手紙は、前の晩に見つけました。

その時、彼をどうしても殺してやろうと思いました。

家には銃がありました。レスターがどこで買ったかは知りません。彼のオフィスに近いダウンタウンの質屋ではないかと思います。最初の子供が生まれたときに買ったのです。ライル。彼が生まれたときに。スモーク・ライズで誘拐事件があったと聞いていたからです。何年も前に、川辺のキング邸で。ダグラス・キングです。それで、銃が必要だと考えたのです。レスターが銃を登録したかどうかは知りません。率直に言って、私にはどうでもいいことです。レスターは議員なので、しょっちゅう勝手なことをするんです。たとえば、はっきりと駐車禁止のサインが出ているところに駐車したり、ちょっと飲み過ぎたときは赤信号を無視したりするんです。規則破りはお手のものでしたわ。自分にはそうする特権があると思っていたんです、おわかりですか？　市議会議員だからですわ。でも今回だけは、一つ余分に規則を破ったんです。

私は、自分が美しくないことは承知しています。でも、いつもいい妻でした。彼が十九歳の女と一緒にいると思うと――どうしてそんなことができるのでしょう? 彼を殺さなければならない。ただそれだけを思い詰めてました。問い詰めることも、説明をもとめることも、許すことも一切考えませんでした。彼が死ねばいい、彼を殺したい、ただそれだけでした。彼が州北部《アップステート》から帰ってきたら、まっすぐキング・メモリアルに行くことは知っていました。そこに何時頃着くかも知っていました。こういうことはみんな知っていました。彼が、電話で話してくれたからです。ただ一つ、若い女と寝たことだけは、話してくれませんでした。

銃は、彼の書斎の金庫に入っていました。同じところで、手紙を見つけました。書斎の机です。手紙を探していたわけではありません。彼の予定表を探していたんです。あの日曜日、彼が帰宅したらディナーパーティに行くことになっていて、私の予定表には六時と書いてありました。早すぎると思ったので、彼の予定表と比べて確認したかったのです。予定表は机の上のどこにも見つからなかったので、机の引き出しを調べ始めました。その時、手紙を見つけたのです。右側の真ん中の引き出しの奥で、積み重なった紙の下に埋もれていました。

彼なんか死んでしまえばいい、と思いました。

手紙を読み終えると、壁にはめ込んだ金庫にまっすぐ行って開け、銃を取り出し、装塡しました。いつもは、子供がいるので弾をぬいてあります。弾薬の箱は銃と一緒に金庫に入れてありました。私は銃に弾をこめると、二階に行って着替えました。

便宜性だけを考えて、着替えました。それだけです。変装など思いもよりませんでした。逃げおおせようという考えも一切ありませんでした。何も気にかけませんでした。ただ、彼が死ねばいいとだけ思っていたのです。それで動きやすさを考えて服を選びました。庭仕事をするときのダブダブのブルージーンズ、Tシャツ、白のソックスにリーボック。髪は、彼を撃つ時に顔の前にぱらぱら落ちてきて目に入ったりしないように、アップにしてライルの野球帽の下に入れました。家を出るときに、スキーパーカーを着ました。私たち、子供が生まれる前はよくスキーをしました。銃はパーカーの右ポケットに入れておきました。

ホールまでは、タクシーで行きました。まっすぐ中に入っていきましたが、私を止める人は誰もいませんでした。あんなテロ騒ぎがあった後だから、私のボディチェックか何かをする人がいると思うでしょう。でも、いないんです。私はポケットに銃を入れたまま、すんなり中に入りました。ホールの後ろ側のドアを開けました。中を覗けるぐらいに。彼は大勢の人たちと一緒に舞台に立っていました。アラン・ピアス、ジョシュ・クーガン、それに私の知らない人たちです。ドアを閉め、ホールの脇に回ると、たくさんの事務所とその間をつなぐ廊下がありました。廊下の突き当たり近くまで行き、舞台に続くドアを開けました。

心臓が早鐘のように鳴っていました。

ドアを開けた私は、舞台裏にいました。袖と呼ばれるところだと思います。舞台が見えます。私が立っていたところはとても暗く、まわりには誰もいませんでした。みんな舞台に立って指示を飛ばしたり、ライトを調節したり、いろいろやっていました。アランが、レスターにいったん左の袖に行ってから演壇に向かって歩いてくるように、そうすればフォロースポットがちゃんと彼に当たっているか確認できるというようなことを話していました。私はポケットから銃を取り出しました。

アランが、オーケー、歩き出してください、と言い、レスターが舞台の向こう側の袖から足を踏み出し、舞台中央に向かって歩き始めました。あの明るいライトが彼を照らしている。まるで私のために光を当ててくれているようでした。あの最低の人を殺せるように。

手が、震えていました。

彼が演壇に着いたとき、撃ちました。

六発、撃ちました。そのすべてが命中したとは思いません。でも、彼が倒れるのを見ましたし、ピンクのセーター一面に広がった血が見えましたから、彼をしとめたと思いました。誰も彼もがわめき叫んでいました。私は、逃げ出しました。

その時、初めて生き延びたいと思いました。逃げたいと思いました。

それまでは、彼が死ねばいいとだけ思っていました。後ろで、叫び声が聞こえました。

走り続けました。

突き当たりに〈出口〉という表示のある廊下がありました。私はその下にあるドアに向かって走りました。その時ホールの端の事務所から誰かが出てきました。女です。私は向きを変え再び反対方向、舞台に戻るように走り出しました。でも、前方からは舞台を降りてくる声がします。それで、一番近くのドアを開け、どこであろうと、ともかく中に入りました。どこだかわかりませんでした。ただ隠れようとしたのです。

部屋は暗く、突き当たりの狭い窓からかすかに日の光が漏れていました。部屋の外で走り回る音や叫ぶ声が聞こえました。薄明かりを通して、小便器が見えました。男性用トイレにいたのです。誰かがドアを開けようとしたので、私は個室に飛び込みました。誰かいますか？　男が大声で言いました。私は息を殺しました。部屋は暗く、窓から光が差し込んでいます。いったいスイッチはどこなんだ？　男が独り言を言ってました。沈黙が流れ、男が壁を手探りしているのがわかりました。それから、男はもう一度、誰かいますか？　と聞き、なにやらぶつぶつ言い、ドアを閉め、行ってしまいました。外を走り回る音がもっと聞こえました。人声が通り過ぎ、かすかになっていきました。私はじっとしていました。

どこへ行ったらいいか、わかりませんでした。泣きたくなりました。彼を殺した後になって泣きたくなったのです。彼が死んだからではありません、あんな最低の人。捕まって永久に刑務所に入れられるかもしれないから泣きたくなったのです。子供たちのことを思いました。あの男が戻ってきて、今度こそ明かりを付け、部屋を探し、私を見つけ、連れて行ってしまうのではないかと恐怖にかられながら、暗闇の中でじっとしていました。

暗闇の個室で、どのくらいの時間じっとしていたかわかりません。やっと個室から出ると、立ち止まって、しばらく耳を澄ましました。それから、窓のところに行きました。わずか三、四インチでしょうか、開いていました。全部開けてみると、通気孔のようなものが見えました。遙か頭上には空、下には舗装された狭い通路。私は、窓の下枠を乗り越え、向こう側へ降りました。通路は建物の端から端まで続いていました。両側を壁で囲まれたその通路を走ると、突き当たりの壁にまた窓が見えました。これもわずかに開いていました。その窓にたどり着き、全開し、飛びついてよじ登ってみると、そこはまたもや男性用トイレでした。今度のは小さく、個室が二つ、小便器が一つ、洗面台がいくつかあるだけでした。

電気はついていました。

個室の一つに、男が入っていました。彼が咳をするのが聞こえ、続いて水を流す音が聞こえました。

部屋の向こう側、洗面台の反対側のドアに向かって走りました。

ドアを開け、長い廊下に足を踏み出しました。ホールの舞台左手に出たのです。赤くペンキを塗ったドアがすぐ左手にあり、上に〝出口〟の表示が点灯していました。ドアを開け、路地に出ました。太陽の光が私の目を打ちました。私は、壁際の下水溝に銃を捨て、駆け出しました。

ちょうどその時、軍隊の作業着を着た年寄りの浮浪者が、向こう側から路地に入ってきました。

もう少しで突き飛ばすところでした。

彼は言いました、ヘイ！

それだけです。

ヘイ。

私が、人を殺したばかりなのに。

彼らは、自白に変更や追加したいことがあるかと聞いた。彼女はないと言った。彼らは彼女に署名するように言い、ペンを渡した。

彼女は署名した。

すべては終わった。残るは死だけ。

18

これがいわゆる大団円だと思います。

私は作家ではありません、本部長殿、しかし、作家たちは、小説の中ですべてが納まるべきところに納まり、締めくくりになる章をそう呼んでいます。あるいは、〝顕現《エピファニー》〟と呼ぶこともあります。これが宗教的な意味合いを持つことは承知していますが、ある種の劇的変化を指すのです。たとえば、女が鏡に自分を映してみると、充血した目で誰かが見返しています。殴られて気を失い、どこだかわからない地下室の椅子に縛られているためです。

飢え死にしそうになっているときに、黒人の女が、ドーナツとコーヒーを載せた——あるいはドーナツとコーヒーが載っていると言った方がいいでしょうか——盆を持って入ってきました。盆の上にはウジも載っていましたが、黒人の女はそれを注意深くのけてから私の前に盆を置きました。

「さあ、どうぞ」彼女が言いました。

私は、後ろ手に縛られているのにどうやって食べるのかと聞きました。

「食べる心配をするのも、そんなに長くはないわ」彼女は言って、プッと吹き出しました。私は縁起が悪いと思いました。

「あんたは、夜中までには死んでるのよ」彼女はそう付け加え、私は不吉な予兆だと思いました。

時計が、時を刻んでいました。

十一時半頃ドアが開き、ミスター・マーサー・グラント自らが、階段をのっしのっしと降りてきました。彼の後ろには〝喜びの河下着工場《レヴ・デュ・ジュール・アンダーウエア・ファクトリー》〟のフランス人受付嬢がいました。

「妻のマリーだ」彼が言った。「ところで、これが私たちの本名さ」

「なら、なぜ本当の名前ではないと言ったのですか」

私は聞きました。

「あなたを工場に誘い出すためさ」彼が言いました。

「これが罠と言うものさ。しょっちゅう使われている手だ」

「いとこのアンブローズ・フィールズは？」

「おお、呼んだかね、お嬢さん？」そう尋ねる声が聞こえました。映画《グリーンマイル》に出てくるような黒人の大男が地下室の階段を降りてきました。人の身体から鼻水を絞り出し、その上なお排尿させることができそうです。私に近づいて来るとき、ぶら下がっている電球の下でひょいと頭を下げました。「それも、俺の本当の名前なんだ」彼はそう言って、ニヤッとしました。

もう、何を聞かされても、私は驚きませんでした。

私には、時計が時を刻んでいることしかわかりませんでした。

「それで、ダイヤモンドはどこ？」私は聞きました。


「どのダイヤモンドだね？」グラントが聞きました。ニヤニヤ笑った口から金とダイヤモンドの歯が見えました。彼の傍らには、カーリーヘアで茶色い目の妻マリーが立っています。ブラはしていません。彼女もニヤニヤしていました。

「コンフリクト・ダイヤモンドのことよ」私が言いました。「これはみんなブラッド・ダイヤモンドがからんでいるんじゃないの？」

「もう一つのブラッド・ダイヤモンドのことは忘れたのかね？」グラントが、聞きました。

「きっと、もう一つのブラッド・ダイヤモンドのことは忘れたんだろう」アンブローズが、言いました。

「あらまあ、この人はもう一つのブラッド・ダイヤモンドのことを全部忘れてしまったんだわ」マリーが言いました。

「あなたは、火曜日までに死んでるはずだと思ってたわ」私が、言いました。

「手がかりを失わせるためよ」彼女が言いました。

「しょっちゅう使っている手だわ」

「それに」アンブローズが言いました。「心配することはない。あんたの方こそ真夜中には死んでいるんだから」

「でもなぜなの？」私は聞きました。

前にどこかで聞いたことのある声が言いました。

「なぜなら」

私は、上に続いている階段の方を見ました。

私の知っている人が降りてきました。

その火曜日の真夜中、彼らは同時に地下室にやって来た。防弾チョッキを着た六人の刑事と、目出し帽をかぶった三人の男だ。その上、エミリオとアンが夜中の十二時きっかりに現れたとしたら、それこそ交通渋滞になっていただろう。しかし、その瞬間、二人はカルヴァー三二一一番に行く角を曲がろうとしていた。撃ち合いが始まった音を聞いた時、もう少しで逆方向に逃げそうになった。

最初に発砲したのは、ロシータの手下だった。

手下たちは、初めはどっちを向いたらいいかわからなかった。まるで北部同盟が一階から階段を降りてきて、パシュトゥーン族が裏庭からドアを破って入ってきたみたいだった。一人残らず銃を持っていたから、誰かが傷つかなければならなかった。ロシータの手下たちは、自分がそうなるつもりはなかった。そこで銃を撃ち始めた。

彼らは、まず目出し帽の三人の男を狙った。

簡単な標的だ。三人が順番に一列になって降りてくる。まず列の最初の男を撃つ。そいつが転げて二番目の男が矢面に立つ。そうやって、ついには三人が三人とも階段に倒れ、一ダースもの穴から血を流していた。その一つの穴は、目出し帽をかぶった最初の男の目と目の間にあった。

防弾チョッキを着た男たちは、そうはいかない。

まず、彼らは鋭い先端を持った破壊槌でドアを打ち破り突入した。ドアの木材がそこら中に飛び散った。その上、六人全員が突撃銃を携行していた。

ロシータの手下どもは——さらに言えば、ロシータ自身も——その武器がＡＲ－一五だと気が付いた。人の頭を吹っ飛ばすことができるコルトの重カービン銃だ。手下たちが振り向いたとき、踏み込んできた男の一人が叫んだ。

「警察だ！　そこを動くな！」

その男は、女だった。

手下たちは、刑事であろうがなかろうが、女を撃つことには何のためらいもなかった。ただ、彼らを一瞬止まらせたのは突撃銃ＡＲ‐一五だった。

警察には、その一瞬の停止だけで十分だった。

彼らはハアリのように群れをなして部屋に押し寄せ、怒鳴り、罵り、手錠を掛け、目に入る者は誰彼なく――ロシータの場合は彼女だが――逮捕すると言った。パーカーが、百五十キロのコカインが入っているスーツケースを拾い上げた。

「報告書を出した方がいいわよ」アイリーンが、彼に念を押した。

彼がしかめっ面を見せた。

報告書を出さないみたいじゃないか。


エミリオとアンは、そのビルに近い物陰に小さくなって寄り添っていた。

その時には、何台もの警察車両が縁石に向かって駐車され、ドームライトがチカチカしていた。覆面カーも来ていた。警察署全部がここに引っ越してきたようだった。昨晩シャナハンズで見かけた男がスーツケースを持って出てきた。リヴィーが手錠を掛けられた女の後から出てきた。他にも突撃銃を持った刑事たちがいた。大きな手入れだったに違いない。

エミリオが一歩踏み出したとき、アンが彼の腕に手を置き、止めようとした。しかし、彼はその手を振り払った。

「刑事さん？」彼が言った。

アイリーン・バークが、振り向いた。

「はい？」

「あなたの報告書については心配しないでください」彼は言って、ウインクした。

「えっ？」

「燃やしましたから」彼が言った。「悪いやつらがあれを見ることはありません」

「えっ？」彼女が再び言った。

「でも心配ご無用。僕が覚えています」彼はそう言ったが、その瞬間、自分が連綿と続いてきた伝統的な語り部の一人になったことに気が付かなかった。

アイリーンは、まだ何のことかわからなかった。

その時、ロシータが突然逃げるような動きを見せた。アイリーンが彼女の腕を摑んで言った。「変な考えを起こさないこと」。そして縁石に止めてある車の方にグイと押した。

エミリオがただ一つ残念に思うことは、彼女がどうやってあの地下室から脱出したのか決してわかりそうもないことだった。

19

ガブリエル・フォスター牧師から、その水曜日の朝十一時に電話があった。彼はクリング刑事と話をしたいと言い、クリングが電話に出ると言った。「ミス・クックのことがあるから、あなたを呼んでもらいました」

クリングは黙っていた。

「あなたとミス・クックとの関係ですが」彼が言った。

「副部長のクックのことですか？」クリングが言った。

「ええ、副部長です」フォスターが言った。クリングは絶対クスッという笑い声が聞こえたと思った。「何かあったら電話するように頼まれたでしょう。私がこの町の実情をきっちり把握しているはずだからということで。あなたのパートナーが、そう言ってましたね」

「はあ」クリングが言った。

「この話は、あの議員さんとは関係ありません。安らかに眠らんことを、お気の毒に。あの件は解決なさったそうですが」

「ええ、解決しました」クリングが言った。「で、この話とは何のことです？」

「大きな麻薬取引が行われようとしています」フォスターが声を落として言った。「三十万ドルの取引です。百五十キロのコカイン。私の街に麻薬はいりません。もっと話を聞きたくありませんか？」

「すでに、もっと聞いています」クリングが言った。「昨日の真夜中に行われました」

「行われた？」フォスターが驚いて言った。

「行われました」

「ほう。そうですか」フォスターが言った。長い沈黙があり、彼が言った。「彼女によろしく」そして、電話を切った。

アイリーンは、署を出るところだった。刑事部屋から階下に通じる金属製の階段まで廊下を歩いていくと、クリングが男性用トイレから出てきた。彼女は驚いて、その場に立ちすくんだ。

「あら、こんにちは」彼女が言った。

「やあ」彼が言った。「昨晩はうまく行ったそうだね」

「ええ、そうなの。大成功だったわ」彼女が言った。

「ほかのことはどうかね？　アンディと仕事をするのは？」

「すっごく楽しいわ」

「彼のジョークを聞いたかい？」

「ええ、聞いたわ……」

「どのジョークを？」

「修道女がガソリンの缶におしっこするやつ？」

「かわいいジョークだ」

「かわいいわね」アイリーンが言い、二人は押し黙った。

「あのう」彼が言った。

「聞いて……」彼女が言った。

「何だい？」

「あなたが気まずい思いをしなければいいんだけど」

「ない、ない。気まずいだって？　へえ、どうして？　気まずいの？」

「だって、ピートがちょっとした歓迎のレクチャーをしてくれたのよ……」

「彼がレクチャーを？」

「ええ。あなたにもした？」

「何について？」

「ここは幸せな大家族だとか……」

「いや、しない。何だって？　幸せな大家族？　なぜ？」

「私が立派な警官だとも言ってくれたわ。だけど、〝バートとのことがある〟って言ったの」

「ほう」

「だから、あなたにも同じことを言ったかしらと思っていたの。つまりは警告ってことね」

「いや、聞いてない。俺だったら、ピートに糞食らえって言ったよ」

「ほんとう？」アイリーンは心底驚いて言った。

「俺のプライベートな生活……は、ピートとは一切関係がない。俺たちのプライベートな生活……俺たちのプライベートな生活……これを何だと思っているんだ、メロドラマか？　俺たちは、ここではプロだ」クリングが言った。「本当にむかつくよ、アイリーン。いっそ彼のところに行って、話をつけ……」

「ちょっと、落ち着いて、バート。暴動を引き起こすつもりはないわ」

「君は何と言ったの？　彼が、バートとのことがあるとか何とか言ったとき」

「問題が起こるとは思いませんって言ったわ」

「そう、起こらないね」

「私には起こらないってわかっている。あなたはシャーリンと一緒だし、私は……」

私は何かしら？　と彼女は思った。いまだに、理想の男性を探している？

「私は、この八七分署に完全に満足しているわ」彼女が言った。「ただ、あなたも大丈夫か確かめたかっただけ」

「大丈夫だよ」彼が言った。「心配しないで」

「だから、そのう、お互いに避けたり、馬鹿なことをしたりする必要はないって言いたいの。お互いを気遣ってそっと歩いたり……」

「俺たち、そんなことしているのかね？」

「ううん。つまり、あのことは考える必要もないって、そう言いたいの。私たちは二人とも、あなたが言う通り、プロだし、これはメロドラマでもないわ」

「確かにそうだ。それに、人はなぜ自分たちの間にあったことを忘れなきゃならないんだ？」彼が言った。彼女は、できればその時その場で彼を抱きしめたかった。「なぜ過去を忘れずに進むことができないんだろう？」彼は声を落としたが、別にセクシーになろうとしているわけではなかった。口説こうとしているわけでもなかった。「いっぱい思い出がある、アイリーン。覚えているからって、誰も俺たちを撃つことはできない」

「ええ、できないわね」彼女は言って、微笑んだ。

「部屋にもどるの？」彼が聞いた。

「いいえ、帰るところよ」彼女が言った。

「それなら」彼は言って、彼女に会釈して階段の方を示した。

彼女は突然、なぜ自分があんなにも彼のことを愛していたのか思い出した。

ガウチョは、今晩もう一度アンに会いたいと思い、午後三時に電話を入れた。この間は彼女と一緒で楽しかったし、今度はホントにお祝いすることができたのだ。警察の手入れが予想通りうまく行き、彼の仕事の報酬として気前のいい八七分署のお巡りが五百ドルもの大金をくれ、今それを手にしているのだ。

彼女が教えてくれた番号を、十回以上鳴らした。

アンは、聞いていなかった。

三十分前にヤクを打ちまくり、エミリオのアパートのマットレスの上で恍惚状態になっていた。目を閉じ、夢見心地の表情を浮かべている。エミリオも電話の鳴る音を聞いていなかった。トイレの便座に座り、腕に注射を刺したまま、同じように穏やかな表情を浮かべている。

ガウチョは電話を切り、不眠症を治すハーブを買いに来た女の応対に出ていった。

　キャレラは、その午後三時半にハニー・ブレアに電話した。

　彼女は、満面に微笑を浮かべながら蜜のような声で電話に出た。

「まあ、こんにちは」甘ったるい感情が滲み出ていた。

「お仕事はいかが？　ご用件は？」

「妻が、仕事を探しているんです」彼が言った。

「えっ、何ですって？」

「妻が仕事を探しているんです」彼はもう一度そう言って、説明を始めた。妻は美しい女で、口と耳が不自由だが、光のようなスピードで手話ができ、その上、表情がものすごく豊かだ。そこで思ったんだが、テレビ局で、テレビ画面の左隅の小さな枠の中に登場して、ニュースが流れているときに聴覚障害者のために手話をしてあげられるような人を探しているなら、彼女はうってつけの人間だ。

「本当に世界中で一番美しい女なんだ」彼が言った。「あなたが後悔するようなことはありません。保証しますよ」

　電話に長い沈黙があった。

「ハニー？」彼が言った。

「はい」彼女が言った。

　再び長い沈黙が流れた。

　それから彼女が言った。「あなたって、ホントにユニークな方ね。わかっていらっしゃる？　全くユニークだわ」

　彼は、彼女が頭を振っているところを想像した。

「履歴書を送るように言ってね」彼女は言った。「ともかく、やってみるわ」

　そして切った。


　八八分署では、その午後遅く勤務が交代するとき、オリーはパトリシア・ゴメスにばったり出会った。

「ヘンダーソン事件のお手柄には感謝しなけりゃならないな」彼が言った。

「まあ、私の方こそ」彼女が言った。

「ボスにはもう話しておいたよ。だから、君が果たした役割を知ってる」

「わあ、すごい」彼女が言った。「ありがとう」

一瞬ぎこちない沈黙が流れた。

「あなたの本を盗んだ男は見つかったの？」彼女が聞いた。

「いや。手元にあるのはまだ最終章だけだ」

「すばらしいんでしょう」

「ああ、そうだ」彼が言った。「でも、捕まえるさ。心配しないでいいよ。いつだって明日ってものがある、そうだろう？」

「いつだって、明日はあるわ」彼女が言った。

彼が彼女を見た。

非常に真面目に聞いた。「俺のペニスを五セントで切り落とすつもりかね？」

「えっ？」彼女が言った。

「そして近場のクチフリート店に売ってしまうかな？」

「なんで私がそんなことを？」彼女は聞き、微笑んだ。

「それに、クチフリートなんて好きじゃないわ」


彼は彼女を見つめ続けていた。

「まだ、土曜の夜ダンスに行きたいと思っているかい？」

「新しいドレスを買ったわ」

「じゃあ、オーケーだな」

「ええ、オーケーよ」

「あんたに何ができるっていうんだい《ケ・プエデ・ハセール》？」彼が聞いて、肩をすくめた。

「何にも《ナーダ》」彼女が言った。

私は、彼が階段を降りて地下室に入ってくるのをじっと見ていました。

「やあ、オリヴィア」彼が言いました。「また、会うことになったな」

「そうらしいわね、本部長」私は目を細めながら言いました。

「彼女は知ってるのかね？」彼が黒人に聞きました。

「何にも」アンブローズが言いました。

「では、彼女を殺せ」本部長が言いました。

彼の顔には言い知れぬ悲しみがありました。私には、彼が後ろめたく思っているのが——あるいは、気がとがめていると言った方がいいかもしれません——わかりました。

「まだ、真夜中じゃありません」私は言いました。

「だが、誰が気にしているっていうんだね？」

「私です。いったいどういうことなのか教えてもらえませんか？」

「そうだな、君は二度と話すことはできないのだから」本部長が言いました。「私の小さな秘密を、知ってはいけない理由はないだろう」

これは、私が刑事の仕事をしている中で何度も聞いたことがあるセリフです。だから、本部長のような学識のある方から——こんな言い方をしてごめんなさい——このような言葉を聞いて驚いてしまいました。本部長ともあろう方なら、お前は二度と話すことはできないと言われたら、その人は次の三十秒で相手のキンタマを蹴り上げ、世界中に秘密をばらしてしまうことを、十分承知しているはずですから。

この知識によって力を得た私は、縛っているロープをほどきにかかりました。つまり、本部長が自分の秘密を話している間、背中の後ろでこっそりと、脚や脇の下を剃るのに使う小さなカミソリを使ったのです。

ここに至ってわかったことですが、私が赤ワインを彼の真っ白な麻のスーツにこぼしたのは、私がこの仕事についてからの長い年月の間に、現実であろうと彼の思い込みであろうと、ともかく私のせいで彼が被ることになった数々の侮辱の最初のものに過ぎなかったということです。彼が言うには、そのスーツは、昔トム・ウルフがバーンズ・アンド・ノーブルで行った講演を聞いた後に買ったお気に入りのスーツだったそうですが、気にしなくていいとのことです。また、昔バイクを彼の私用車のリア・フェンダーにぶつけたことがありましたが、それも気にしないでいいそうです。あれはたまたまメルセデスベンツでしたけど——名前を挙げたからといって宣伝しているわけではありません、ほんとです。私だって警察官の端くれですもの、そのような商売の追求には興味ありません。それから――うかつにも――レポーターのいる前で彼のことをろくでなしと呼んだことがありましたが、それも気にしないでいいそうです。あれは、彼がまだ刑事局長で、市警察本部長になるとは私も知らなかったのですから。

本当に彼の気に障ったのは――

正直言って、私には、どうしたらあんなにもみみっちくなれるのかわかりません。まじめに言ってるんです。

本当に彼の気に障ったのは――私を椅子に縛り付けているロープをカミソリで少しずつ切っているこの時になってわかったのですが――かつて私が、本部長に報告もせずに、大量のいわゆるコンフリクト・ダイヤモンドを証拠品保管所に預けてしまったことでした。

このダイヤモンドの原石《ラフ・アイス》は、シエラレオネかアンゴラの反政府グループから流れてきたもので、あるやり手の刑事が、出所の追跡は事実上不可能だと考えたに違いありません。この刑事は警察公文書の中でも有名なアフリカ・コネクション・セフト事件を起こし――後に映画化され、ピーター・コウという有望な若手俳優が主役を演じ、不朽の名声を得ています――麻薬不法所持の罪で刑務所に入っています――脇道に話がそれてしまいました。

さっき話したように――あるいは、先ほどの話のようにと言った方がいいでしょうか――回収した戦利品を証拠品として提出するつもりでいることを本部長に話してさえいれば、どこか山奥の分署の間抜けな刑事の代わりに、本部長自身が証拠品保管所の棚に載っているブラッド・ダイヤモンドの山に手を付けていたかもしれません。私がやろうとしていたことを話してさえすれば、本部長は今頃どこかのステキな地中海クラブでおいしいヴーヴ・クリコをちびりちびりやっていたでしょう――もちろん、シャンパンの銘柄を挙げたからといってその宣伝をしているわけではありません、文字通り、彼が言っただけです。

「君は、本部長に報告書を提出しなければならなかった」彼が言いました。「私は報告を受けていなければならなかった。君がいなければ、こんなところに突っ立って、君の頭に銃弾を撃ち込む代わりに、今頃どこかのステキな地中海クラブでおいしいヴーヴ・クリコのシャンパンをちびりちびりやっていただろう」そう言いながら、彼はジャケットの下のショルダー・ホルスターから九ミリのグロックを抜きました。

「警察だ。そこを動くな」階段の方から誰かが叫びました。親友であり、時にはパートナーでもあり、六年ごとに離婚し、三年ごとに撃たれているマーギー・ガノンが、銃を手に階段を駆け下りてきました。

偶然にも、マーギーは三年前のちょうど今日ぐらいに銃弾に撃たれています。だから当然、本部長がまた彼女を撃ちました。彼女は、ここに書けないような猥褻な言葉を吐きながら、階段を転げ落ちました。その時には、私は椅子から立ち上がっていました。手も自由です。暖炉の近くの箱に入っていた便利なラグレンチを掴み、本部長の頭を殴り付けました。神様お許しを。なぜなら、彼は私より地位が上なんです。それから、アンブローズとマリーの方を向いて言いました。

「さあ、次は誰？」

次には、誰もいませんでした。

本当に全てが終わりました。

創作の神秘

これまで多くの作家たちが、創作の神秘を明らかにしようとしてきた。作家にとって、文芸を司る女神ミューズは常に自分の肩に乗っているものなのだ。

私はそう信じている。

一日の仕事を終えた作家はしばしば自分の書いたものを読み返すが、それがどこから来たのかはわからないからだ。私はずっとそうだし、ほとんどの作家も同様だ。そのプロセスはいつも謎に包まれている。そして作家がミステリを書くとき、そのプロセスはさらに神秘化される。

ミステリ小説は普通小説とはまた別のものだ。

ご存知のように、普通小説には三つのタイプがある。

ひとつはお高い文学《クオリティ・リテラチャー》と呼ばれるもの——略して〝クォル・リット〟。

次に普通小説のリストのせいぜい中ほどにしか載らない本《ザ・ミドル・オヴ・ザ・リスト・ブック》と呼ばれるもの——略して〝ザ・ミッドーリスト・ブック〟。

三つ目は駄作《トラシュ》と呼ばれるもの——やはり略して〝トラシュ〟。

〝クォル・リット〟は、プロットなしの小説と定義できるかもしれない。それはもっぱら現在時制で書かれ、本来はマニア向けの雑誌に掲載されるようなプロットのない短篇を引き伸ばしたものだ。

〝トラシュ〟は、とんでもなく美しいヒロインが、世界を股に掛けた大きなビジネスを手に入れる途中で、もつれた男女間の性的関係といった類のことにうまく対処しながら、デザイナーズ・ブランドの服を絶えず脱いでいるといった小説と定義できる。

〝ザ・ミッド-リスト・ブック〟は、五百部しか売れないという条件で、〝クォル・リット〟でも〝トラシュ〟でもない小説と定義できる。

すべての版において。

普通小説でないものは何でもジャンル小説と呼ばれる。ジャンル小説は四つの大きな範疇に分類できる。

スパイ小説――世界を救うことについて書かれたもの。

ロマンス小説――純潔を救うことについて書かれたもの。

サイエンス・フィクション――別世界を救うことについて書かれたもの。

ミステリ小説――ご近所を救うことについて書かれたもの。

私はミステリを書いている。

近頃まで、ミステリは尊敬すべきものとは全くみなされなかった。その理由は知らないが、当時を振り返ってみれば、グレアム・グリーンは自分のスリラーを、より〝純文学〟的な作品から区別するために、〝エンターテインメント〟と呼んでいた。当時を振り返ってみれば、ジョン・マーカンドは成功を収めた自作の〈ミスター・モト〉シリーズを公然と蔑み、実際自分との関係を否認していた。私が〈八七分署〉シリーズを書き始めた当時、そのシリーズにはペンネームを使うのが望ましいと思えた。これはいわゆる〝純文学〟

とやらの作家として芽を出し始めた私のキャリアを守るためだった。かくしてエド・マクベインが誕生した。

しかしこの頃では、本のカヴァーを裏返すことなく、公共の浜辺でミステリを読むことができる。ミステリは今や相当の地位を得た。最大のミステリは、これまでずっとミステリに敬意が払われなかったことだ。エヴァン・ハンターの肩に載っているミューズは、エド・マクベインの肩に載っているミューズとは違ったのだろうか？

日本では、《ミステリマガジン》と〈ハヤカワ・ミステリ〉シリーズが、ミステリを尊敬すべき読物にするうえで、大きな戦力となってきた。〈ハヤカワ・ミステリ〉五十周年記念に際して、私が誇らしいのは、早川書房が実質的に私の著作のすべてを当時から出版し続けてくれていることだ。長くて幸せな関係がずっと続いている。おめでとう！　これからは次の五十年を目指して頑張って欲しい。

エド・マクベイン

（編集部訳）

訳者あとがき

八七分署に、英雄はいない。刑事といっても、スーパーマン的魔力を持ったり、剃刀のように切れる頭脳を持ったり、ジュードウなんかが出来るわけでない。誰もが薄給で、小市民的つつましい平凡な家庭生活——ラブ・アフェアや離婚はあるが——を営んでいる。捜査にしても誰もが出来そうな足での聞きこみの積み重ねや電話をかけまくる地味なものである。邪悪で物騒な大都市で、拳銃は野放し状態で出廻っているから、銃を使った逮捕劇もあるが、拳銃の名人のスリリングなシーンがあるわけではない。どの刑事も、いつもミランダ告知や黙秘権を盾に供述しない被疑者に手こずらされている。証拠集めや捜索にしても、令状なしでやったり、手続に違法があると証拠能力がなくなると、地方検事に叱られる。

唯一のスターは、キャレラくらいで、いったんは死ぬはずだったのを読者の人気という圧力で死ななくなった。それでも、決して辣腕という刑事でない。

アメリカ人にしても、権力をかさにきる警察が好きでないから、かつては依頼人のためなら証拠湮滅もへいちゃらでかけずりまわる弱い者の味方ペリイ・メイスンとか、坐っていて警察の鼻をあかすネロ・ウルフのような探偵が好きだった。しかし、大都市の犯罪が激増し、自分達を守ってくれるのは、身近にいる平凡で実直な警察官でしかないと気がついた時、八七分署の刑事達が頼もしくなったのである。

ところが、最近になって、このシリーズに異色の刑事が出現。

デブで、横着で、肩で風を切り拳銃をみせびらかしてのっしのっしと歩く。人種差別なんか気にしないから平気でニグロはろくでなしだと口にする、滅茶苦茶な大食漢でおまけにだらしないから、服はいつもシミだらけ。平気でタカリをやるし、女性とみると自分の容貌は忘れてちょっかいを出し、相手に気があると自惚れる。音痴なくせに女のピアノ教師に歌を習い、ついに文才があると思いこんで小説まで書き出す。八七分署の隣り、八八分署のオリーである。八八分署だけでなくどこでも鼻つまみで、敬遠されるし、キャラも毛嫌いしていた。ところが、案外こまめで、よく肝心なところを調べるし、動物的嗅覚で犯人にめぼしをつける。それだけでなく、危機一発のところで二度もキャレラの生命を救う。

平凡な刑事と捜査ではマンネリになるから、エド・マクベインもついに型やぶりの刑事を使いだしたなと思い、いつかはオリーが重要な役になるのではないかと勘ぐっていたら、案の定、本書は主役になった。しかも、テーマはオリーの書いた小説である。市長候補殺し犯人の実際の捜査と、小説を本当のものと思いこんだ麻薬中毒のコソ泥の動きとがダブってプロットが進行する。ミステリとしても異色の構成だが、例によってマクベインの達者な筆さばきで読者を混乱させず結末で二つを見事に結びつける。

オリーの大ファンである訳者としては、オリーがちっとも無頼漢ぶりを発揮してくれないのは残念だった。ただ、新しいキャラクター、女性の新人警察官パトリシア・ゴメスが新登場、新人の糞真面目さが事件解決の鍵になるところが面白い。この新人にさっそくオリーがちょっかいを出した。この二人の仲がどう展開するか、次作が楽しみである。

二〇〇三年九月

HAYAKAWA POCKET MYSTERY BOOKS No. 1742

山《やま》 本《もと》 博《ひろし》

1931年生　早稲田大学大学院法律科修了
弁護士・著述業
著書
『日本のワイン』『ワインの女王』
訳書
『マネー、マネー、マネー』エド・マクベイン
『マクベス夫人症の男』レックス・スタウト
(以上早川書房刊) 他多数

この本の型は，縦18.4センチ，横10.6センチのポケット・ブック判です．

検印
廃止

〔でぶのオリーの原稿《げんこう》〕

2003年11月10日印刷　2003年11月15日発行

著　者　エド・マクベイン
訳　者　山本博
発行者　早川浩
印刷所　星野精版印刷株式会社
表紙印刷　大平舎美術印刷
製本所　株式会社川島製本所

発行所　株式会社　**早川書房**
東京都千代田区神田多町2ノ2
電話　03-3252-3111（大代表）
振替　00160-3-47799
http://www.hayakawa-online.co.jp

〔乱丁・落丁本は小社制作部宛お送り下さい
送料小社負担にてお取りかえいたします〕

ISBN4-15-001742-5 C0297
Printed and bound in Japan

ハヤカワ・ミステリ〈話題作〉

1733
孤独な場所で
ドロシイ・B・ヒューズ
吉野美恵子訳
〈ポケミス名画座〉連続殺人鬼となった帰還兵のディックス。次に目をつけた獲物は……ハンフリー・ボガート製作・主演映画の原作

1734
カッティング・ルーム
ルイーズ・ウェルシュ
大槻寿美枝訳
〈英国推理作家協会賞受賞〉競売人のリルケが発見した写真には、拷問され殺される修道女が。写真に魅せられたリルケは真実を追う

1735
狼は天使の匂い
D・グーディス
真崎義博訳
〈ポケミス名画座〉逃亡中の青年は偶然の出来事からプロ犯罪者の仲間に……ルネ・クレマン監督が映画化した、伝説のノワール小説

1736
心地よい眺め
ルース・レンデル
茅　律子訳
愛なく育った男と、母を殺された女。二人の若者が出会ったとき、新たな悲劇の幕が……ブラックな結末が待つ、最高のサスペンス！

1737
被害者のV
ローレンス・トリート
常田景子訳
ひき逃げ事件を捜査中の刑事ミッチ・テイラーが発見した他殺死体の秘密とは？　刑事たちの姿をリアルに描く、世界最初の警察小説